Horst Wolfram Geißler
Wo schläft Kleopatra?

Roman

Sanssouci

1 2 3 4 5 01 00 99 98 97

ISBN 3-7254-1114-X

Gesamtherstellung: Clausen & Bosse, Leck
Printed in Germany

Wo schläft Kleopatra?

ÜBER DER STADT VERDÄMMERTE EIN GRAUER TAG, VOM AUSsichtsfenster der hochgelegenen Wohnung sah man die Lichter hellwerden, bunt, kaltweiß, golden.
Der Mann am Fenster hatte nachdenkend auf das beginnende Farbenspiel hinuntergeblickt. Da es nun aber an der Wohnungstür klingelte, ging er, öffnete – und blieb, die Klinke in der Hand, stehen. «Tatsächlich!» sagte er. «Ich täusche mich nicht, das ist Kommissar Lebrun! Alter Freund, wie kommen Sie aber nach Paris, für das Sie immer so unliebenswürdige Namen hatten?»
«Ich denke, Sie sind der letzte, dem ich das erklären muß», antwortete Lebrun und schüttelte ihm die Hand. «Wenn Sie nur so freundlich sein und mich vollends eintreten lassen wollten! Seit wann übrigens –» er deutete mit den Augen auf das Namensschildchen an der Tür, «seit wann heißen Sie de Louha?»
«Das hat nichts zu bedeuten. Klingt es nicht recht gut?»
«Ich weiß, in solchen Sachen pflegen Sie vorsichtig zu sein», sagte Lebrun, indem er Hut und Mantel ablegte, «um so sträflicher ist Ihr Leichtsinn in anderen Dingen: Man klingelt – und daraufhin öffnen Sie einfach! Ich möchte schwören, daß Sie nicht einmal durch das Guckloch geschaut haben. Diese Sorglosigkeit wird Ihnen eines Tages schlecht bekommen.»
«Mein lieber Lebrun, glauben Sie denn im Ernst, daß der

Privatgelehrte Doktor Will Fox irgendwo in dieser harmlosen Welt einen Feind hat, der ihm Unannehmlichkeiten machen würde?» Die beiden lachten. «Aber Sie halten mich doch für zu leichtsinnig. Wenn Sie die Eingangstür näher betrachten, werden Sie erkennen, daß sie aus Stahl und in einem Stahlrahmen ist. Diese kleine Änderung habe ich machen lassen, seit im vorigen Sommer eingebrochen wurde, Sie erinnern sich. Übrigens haben Sie – mit der bei Ihnen gewohnten Hinterlist – weiblich geklingelt, und ich bin Ihnen auf den Leim gegangen.» Er drehte das Licht im Wohnzimmer an und ließ den Besucher eintreten.

«Weiblich geklingelt ist hübsch», sagte Lebrun. «Was meinen Sie damit?»

«Sie wissen recht gut, was ich meine», antwortete Fox. «Sogar den elektrischen Klingeln hört man es an, ob ein männliches oder ein weibliches Wesen auf den Knopf drückt. Hat man sich erst einmal verständnisvoll genug mit der Psychologie des Klingelknopfes befaßt, so gibt es nur selten einen Irrtum, und andererseits kann man auf diesem unschuldigen Instrument ein Solo spielen, ohne Fehler zu machen.»

«Von Hinterlist kann bei mir selbstverständlich niemals die Rede sein», erwiderte Lebrun und setzte sich. «Es ist wahr, ich habe weiblich geklingelt. Aber warum? Nur weil ich wissen wollte, ob Sie – wie meistens – Damenbesuch erwarten. In diesem Falle nämlich war anzunehmen, daß Sie sofort öffnen. Ich stelle fest, daß Sie es getan haben, und komme ferner zu dem betrüblichen Schluß, daß ich möglichst schnell wieder zu verschwinden habe.»

«Ihr Scharfsinn ist hinreißend.»

«Beachten Sie vor allem mein Zartgefühl! Nun aber: Ich sehe Sie in einem eleganten Hausmantel mit dunkelblauen Seidenaufschlägen, unter ihm tragen Sie eine schwarze Hose und Lackschuhe. Nach der Tageszeit zu schließen erwarten Sie also eine Dame zum Tee, mit der Sie später ausgehen und den Abend verbringen werden.»

«Sie bemerken, wie fassungslos ich diese Schlüsse bewundere.»

«Aber das ist noch gar nichts. Ich kann Ihnen weit mehr sagen.»

«Sie spannen mich auf die Folter!»

«Die Dame ist groß, dürfte nicht viel größer sein. Ein schwerer, sagen wir normannischer Schlag, dabei jedoch elegant, wie sich das so glücklich nicht oft verbunden findet. Und sie hat grüne Augen.»

«Hören Sie –»

«Grüne Augen mit Goldpünktchen in der Iris, wie wenn die Sonne durch Meerwasser scheint.»

«Lebrun!» sagte Fox. «Was ist daraus zu schließen, wenn ein Kriminalkommissar in solchen dichterischen Schwung gerät? Und was soll ich davon denken, daß Sie die Dame so gut kennen, und wie nahe sind Sie ihr gekommen, daß Sie sogar die Goldpünktchen in den Augen gesehen haben? Wollen Sie gütigst bemerken, daß ich vor Eifersucht lodere!»

«Ihr Verdacht ist leider falsch. Ich habe die Dame noch nie gesehen, geschweige denn die Goldpünktchen. Aber der Schutzmann, zu dessen Bezirk dieses Haus gehört, und der täglich ein paarmal . . .»

«Ah, dieser Schurke!»

«Er heißt Denis, hat eine sehr zierliche Figur und ein überaus sanftes Gemüt. Aber deshalb brauchte ihn die Dame, als er ahnungslos vor der Haustür stand und ihr den Weg versperrte, nicht einfach beim Kragen zu nehmen und wie einen Blumentopf beiseite zu stellen.»

«Hat sie das getan?»

«Bedauerlicherweise. Und dabei sagte sie etwas, zum Glück in bretonischer Sprache. Wo bleibt da die Achtung vor der Polizei? Sie glauben aber nicht, wie begehrt der Posten seitdem ist.»

«Und dies alles hat sich bis zu Ihnen nach Marseille durchgesprochen?»

«Wer redet von Marseille!» antwortete Lebrun. «Ich bin seit Anfang Oktober nach Paris versetzt.»

«Welcher liebenswürdige Zufall!»

«Doktor Fox, Sie wissen, daß ich nicht an den Zufall glaube. Also steht bei mir fest, daß die Versetzung Ihrer Fürsprache zuzuschreiben ist. Heute habe ich zum erstenmal eine Stunde Zeit und beeile mich, Sie zu besuchen, um Ihnen herzlich zu danken.» Lebrun stand auf und machte eine Verbeugung.

Fox schüttelte den Kopf. «Sie erweisen mir zu viel Ehre, lieber Freund, überschätzen meinen Einfluß, unterschätzen sich selbst. Die Hilfe, die Sie mir damals in Marseille nach der Ermordung des armen Ali geleistet haben, ist amtsbekannt genug, mich hat man nicht gebraucht, um auf Sie aufmerksam zu werden.» Er streifte die Wanduhr mit einem Blick, der dem Kommissar nicht entgehen konnte. «Und jetzt lassen Sie mich hier also ganz nebenbei ein wenig überwachen?»

«Ganz nebenbei, ja, und sehr wenig. Man tut, was man kann, irgendwie möchte ich mich doch dankbar zeigen, zumal ich weiß und eben vorhin wieder bemerken mußte, wie leichtsinnig Sie sind.»

«Nur wenn sich's um Kleinigkeiten handelt.»

«Ja, zum Beispiel um Ihr Leben.»

«Das sage ich ja.»

«– mit dem Sie gelegentlich spielen!»

«Mein lieber Lebrun, bisweilen und natürlich nur als warnendes Beispiel fällt ja wohl einmal ein Ziegel vom Dach und einem Vorübergehenden auf den Kopf. Wer da nicht an Zufall glaubt, der muß an eine gußeiserne Vorbestimmung glauben. Ich denke, das ist ernst genug.»

«Jedenfalls ernster als der Zufall, dieser Clown.»
«Sehr hübsch, vergessen Sie aber nicht, daß es in jedem guten Zirkus mehr als einen Clown gibt.»
«Sie erklären also die Welt für einen Zirkus, Doktor? Meinetwegen. Ist sie aber wirklich ein guter?»
«Jedenfalls gibt es genug Clowns darin. Freilich sollte man sich nicht täuschen lassen: Diese Clowns sind in das Programm eingeplant wie jede andere Nummer, da wird nichts improvisiert, es scheint nur so.»
Lebrun nickte. «Ich bin wie stets Ihrer Meinung und stehe wie stets zu Ihrer Verfügung. Sollten Sie mich jemals brauchen (was ich nicht zu hoffen wage), so erreichen Sie mich über das Polizeipräsidium.»
«Sie wissen», sagte Fox, «daß ich als reiner Dilettant oft genug auf Fachleute wie Sie angewiesen bin. Dabei sind Sie immer im Vorteil. Denn wem Gott ein Amt gibt, dem gibt er bekanntlich auch den Verstand.»
«Das ist es ja . . .» seufzte Lebrun aufrichtig bekümmert und wandte sich zum Gehen. «Das Amt ist auch danach. Übrigens: Was ist eine Kanopusvase?»
Fox war daran gewöhnt, daß der Kommissar mit dem, worauf es eigentlich ankam, immer erst ganz zuletzt herausrückte. Auch diesmal hatte er auf dergleichen gewartet, deshalb überraschte ihn die Frage nicht sonderlich, wenn er auch wegen ihrer Seltsamkeit stutzig wurde. «Hin und wieder», antwortete er bedenksam, «habe ich wohl einen kleinen Erfolg gehabt mit meinem Steckenpferd, der Polizei ein bißchen ins Handwerk zu pfuschen – vergessen Sie darüber jedoch nicht, daß ich eigentlich Archäolog, Altertumsforscher bin. Infolgedessen kommen Sie – welcher höchst merkwürdige Zufall! – mit Ihrer Frage nach der Kanopusvase ziemlich an die richtige Stelle. Das sind also altägyptische Gefäße mit einem Deckel – nein, Deckel ist ungenau, denn das Ding wird nicht über die kreisrunde Öffnung gestülpt, sondern

wie ein großer Kork hineingesteckt, wahrscheinlich mit gutem Grund, denn die Ägypter pflegten in diesen Vasen die Eingeweide der Verstorbenen aufzuheben und beizusetzen, getrennt von der Mumie. Erlauben Sie mir aber die Frage: Aus reiner Vorliebe für antike Innereien möchten Sie wohl kaum etwas über diese Kanopusvasen wissen?»

«Nicht nur. Ich muß morgen früh in den Louvre. Dort ist in der ägyptischen Abteilung im Erdgeschoß ein solches Ding beschädigt oder umgeworfen oder gestohlen worden, die telefonische Mitteilung war nicht ganz klar. Das Museum wird um zehn Uhr geöffnet; wenn ich um neun Uhr dort bin, wird das wohl genügen?»

Fox hob die Schultern. «Besondere Kostbarkeiten sind diese Vasen nicht», sagte er so nebenhin, daß Lebrun hören mußte, wie gleichgültig ihm die Angelegenheit war.

Der Kommissar fragte: «Bleiben Sie in der nächsten Zeit in Paris?»

«Ich fahre wahrscheinlich schon morgen, spätestens übermorgen weg.»

«Dann wünsche ich Ihnen viel Vergnügen. Voilà, man klingelt. Durchaus männlich, wer hätte das auch anders erwartet. Auf Wiedersehen.» Lebrun wollte die Tür öffnen, hatte damit aber kein Glück, so sehr er sich auch bemühte.

Fox sah das mit zufriedenem Lächeln. «Sie erkennen», sagte er, «daß ich doch nicht ganz so leichtsinnig bin, wie Sie denken. Zuschlagen können Sie diese Tür zwar, aber nicht mehr aufmachen. Neben dem Riegel sehen Sie vier konzentrische Metallscheibchen übereinander, eine meiner kleinen Erfindungen. Wenn Sie die vierstellige Zahl, die man einstellen muß, nicht wissen, kommen Sie nicht aus der Wohnung, und da wir hier im elften Stock sind, würde ich den Ausweg durchs Fenster nicht empfehlen. Ist das nicht eine nette Überraschung, unter Umständen?» Er drehte die Scheiben in die richtige Lage. Lebrun warf ihm einen Blick zu und trat ins Treppenhaus.

In der Tür des Aufzugs erschien eine Dame. Der Kommissar, höflich grüßend, glitt an ihr vorbei, schloß eilig die Kabine und versank.

«Wenn doch alle Menschen so pünktlich wären wie du!» sagte Fox und nahm ihre Hand. «Ich wußte auf die Minute, wann ich ihn hinauszukomplimentieren hatte.»

Als sie dann am Teetisch saßen und der Kupferkessel zu singen begann, sagte das Fräulein von Louha: «Wenn man dieses leise Singen hört, könnte man glauben, es gäbe nichts Freundlicheres und Liebenswürdigeres auf der Welt als das Wasser. Aber geh einmal dahin, wo ich noch gestern war: Wie es in dieser Jahreszeit von weither anrollt und braust und brüllt und an die Granitfelsen donnert, wie es aufgischtet! Und mitten drin seit ein paar hundert Jahren dieses eigensinnige Kastell Louha, darin die Tante als Schloßgespenst! Es gab Nächte, in denen das Meer dermaßen an die alten Mauern krachte, daß man sich wunderte, wie das Schloß nur aufrecht stehen blieb und aus den Wassern wieder auftauchte, und es sah wirklich aus, als ob sich's schüttelte.»

Fox, in Erinnerung an die seltsame Zeit, die er einmal in diesem alten Louha an der Kanalküste verlebt hatte, betrachtete seine Freundin Yvonne mit besonderen Augen. Seit damals war sie Gefährtin so manchen Abenteuers gewesen, daß er glauben durfte, sie besser und genauer zu kennen als jeder andere Mensch, ihre Mutter nicht ausgenommen – und trotzdem blieb sie ihm noch oft genug rätselhaft. Sie war groß und üppig, hatte rötliches, glänzendes Haar, auf dem ein grüner Schimmer liegen konnte und das sich auf dem etwas zu weißen Nacken ringelte. Wenn sie, in einem bäuerlich grauen

Leinenkleid, auf den meterdicken Granitquadern stand, die zu den Wehrmauern des alten Kastells Louha aufgetürmt waren, so dachte man unweigerlich an die Welt des Königs Artus und Tristans oder noch weiter zurück an Gestalten der Edda. Hier aber, in Paris, war sie eine bemerkenswert elegante Frau – unbegreiflich, wo sie die Derbheit ihrer Erscheinung unterbrachte. Da sie gerne Schwarz trug und einen sehr guten Schneider hatte, sah sie schlank und biegsam aus. Auch an diesem Nachmittag war sie in schwarzer Seide. Aber Fox, mit seiner höchst bildhaften Phantasie, betrachtete dieses Schwarz, verstieg sich zu der Vorstellung, daß die geliebte Yvonne, aus irgendeinem Grunde (sagen wir: aus Zorn über den Schutzmann Denis) an ihre Walkürenverwandtschaft erinnert, mit einem Wurfspeer ausholte – da bliebe wohl nirgends eine Naht ganz, und Lebrun hatte recht, als er sich in einem etwas scheuen Bogen zur Liftkabine flüchtete.

«Was gibt es da zu brummen?» fragte Yvonne, zwar gewohnt, betrachtet zu werden, aber nicht mit einem solchen Gesicht.

«Laß mich nur», sagte er, «mir ist wieder einmal ganz wunderbar urweltlich zumute, das hab' ich immer nur dir zu danken. Du solltest mich nie wieder so lange allein lassen, Yvonne. Ich werde so intellektuell ohne dich.»

«Eine größere Unverschämtheit fällt dir nicht ein?»

«Nein, wirklich, und du verstehst mich ganz gut. Aber du mußt schließlich auch verstehen –»

«Ah, intellektuell! Willst du damit etwa andeuten, daß du mit einer neuen Angelegenheit zu tun hast? Wär' ich doch nur schon früher zurückgekommen! Und du schriebst mir von einem angenehmen, friedlichen Winter, von Theater, Konzert, Skilaufen!»

«Nirgends ein Grund zur Aufregung, mein sonderbares Wasserfräulein, niemand spricht von einer neuen Angelegenheit, und noch heute abend wird dieser friedliche Winter beginnen.»

«Das war in deinem Brief angedeutet. Aber ich kenne dich und wurde dermaßen mißtrauisch, daß ich schleunigst kam.»

«Irrtum. Mein verehrter Freund und Lehrer, der Professor Helfering – ich habe dir sein neues Buch nach Louha geschickt. Obwohl es erst vor zwei Monaten erschienen ist, zeigt sich bereits klar, daß es einen außerordentlichen Erfolg haben wird.»

Yvonne sagte: «Ich kenne den Professor nicht. Jetzt, nachdem ich dieses Buch gelesen habe, bedaure ich das noch mehr als bisher.»

«Du wirst ihn heute abend kennenlernen.»

«Hier?»

«Nicht gerade hier in meiner Wohnung, man hat ihn zu einem Vortrag in die Universität eingeladen, das Buch macht so großes Aufsehen. Ich habe natürlich bereits mit ihm telefoniert und ihn zum Essen nach dem Vortrag eingeladen. Er war nett genug, jede andere Einladung abzulehnen. Wir werden also zu dritt sein. Darf ich nun hoffen, endlich einmal im Sinne des Fräuleins von Louha gehandelt zu haben? Du begreifst jetzt, warum ich dich bat, dich recht schön zu machen.»

«Für den Professor?»

«Natürlich, nur für ihn, denn dein Freund Fox weiß ja leider nur zu genau, wie verhängnisvoll hübsch du sein kannst.»

«Du solltest nicht so viel Süßholz raspeln», gab Yvonne gleichmütig zu bedenken. «Es macht allmählich den Eindruck, als ob du ein schlechtes Gewissen hättest. Glücklicherweise habe ich nicht das geringste Talent zur Eifersucht. Um nun aber von etwas Vernünftigerem zu reden, nämlich von deinem Professor: Dieses Buch, das er «Studien über Alexander den Großen» nennt, und an das ich mich nur zögernd herangewagt habe, ist wahrhaftig wunderbar, wenigstens für ein so dummes Frauenzimmer wie mich. Nun, er vergißt ja auch nie, darauf hinzuweisen, daß er nach langen Jahrzehnten, vielleicht sogar Jahrhunderten endlich wieder manches Neue bringt. Hoffentlich schwindelt er damit nicht.»

«Es handelt sich», antwortete Fox, «um die Auswertung von einigen Papyrushandschriften aus der Zeit des ersten Ptolemäus, die Helfering zwar nicht gefunden, wohl aber zum ersten Mal in ihrer Bedeutung erkannt und dementsprechend verstanden hat. Du hast recht, das Bild des großen Alexander wird dadurch noch erstaunlicher und hinreißender. Dazu kommt, daß Helfering unvergleichlich zu schreiben und darzustellen weiß, ähnlich wie der alte Mommsen. Ich schwanke, was ich mehr bewundern soll, sein Wissen oder seine literarischen Fähigkeiten.»

«Und ich bin jetzt in der allerbesten Laune und noch neugieriger auf ihn als bisher», sagte Yvonne.

«Madame sprachen aber vorhin von einem dummen Frauenzimmer – sollten Sie damit wirklich das Fräulein von Louha gemeint haben?»

«Und Sie, mein Herr, werden wohl nicht zu behaupten wagen, daß ich mich irre?» fragte Yvonne, und die Goldpünktchen in ihren Augen flimmerten.

Ein ganzes Jahr lang hatte Fox den Professor Helfering nicht gesehen, und als dieser nun so schlank und elegant wie je den großen, überfüllten Saal betrat, von Beifall begrüßt, als er seinen Text auf dem Vortragspult zurechtlegte und die Augen mit der Spur eines Lächelns über die Hörerschaft gleiten ließ und so mit ihr in Kontakt kam; als er die Vorlesung in jenem Tonfall begann, den Fox aus seiner Studienzeit so gut kannte und der im

Laufe der Zeit vielleicht noch etwas kühler, dafür mit Bescheidenheit kokettierender geworden war; als Fox den klugen Kopf, das sorgfältig frisierte weiße Haar, den tadellosen Frack betrachtete, der an diesem Abend vielleicht nicht unbedingt notwendig gewesen wäre, aber getragen wurde, weil er gut aussah – da wurde dem Jüngeren wieder einmal klar, daß dieser deutsche Universitätsprofessor sehr wenig mit jenem in den alten Witzblättern gemein hatte.

Helfering bediente sich der französischen Sprache, und weil er sie nicht beherrschte, war er darauf angewiesen, sich genau an das Manuskript zu halten. Freilich war das, was er mitzuteilen hatte, so fesselnd, zudem so lebendig hingestellt, daß man alles Unwesentliche vergaß. Die neu entdeckten schriftlichen Überlieferungen bezogen sich vor allem auf den Zug Alexanders nach Indien und brachten eine Menge bisher unbekannter geographischer und kulturgeschichtlicher Daten. Helfering machte ihre wissenschaftliche Bedeutung klar, verzichtete aber nicht darauf, durch diese neuen Erkenntnisse das Leben des großen Makedoniers erst recht märchenhaft aufleuchten zu lassen, baute sogar eine Brücke hinüber zu den Quellen von Tausendundeiner Nacht, die bisher niemand bemerkt hatte, und fing seine Zuhörer damit vollends wie in einem Zauberkreis. Gelegentlich überschritt er die Grenze der Zurückhaltung, die er sich in seinem neuen Buche selbst gesetzt hatte, und ließ glühende Farben der indischen Welt über die strengen Umrisse der antiken Zeichnung hinausfließen.

Der Erfolg war außerordentlich, er hätte im Konzert eines weltberühmten Solisten kaum größer sein können. Der Buchhändler, der draußen auf dem Flur einen Tisch mit Helferings Werken aufgestellt hatte, verkaufte wenige Minuten nach dem Schluß des Vortrags seine letzten Exemplare, und noch auf dem Katheder stehend mußte Helfering die Bücher signieren, es dauerte länger als eine Viertelstunde. Als letzter trat ein Herr hinzu, der geduldig auf diesen Augenblick gewartet hatte. Er war sehr lang und sehr mager, hatte einen auffallend schmalen Kopf, über dessen Knochen die gelbliche Haut auf eine ungewohnte Weise gespannt zu sein schien; das kurzgeschnittene Haar war dunkel und glanzlos, und da nun einmal alles an ihm zu schmal und zu mager geraten war, so betonte er dies auch noch durch eine eng anliegende Jacke, enge Hosen und schmale, spitze Schuhe. Helfering, während er das ihm hinaufgereichte Buch entgegennahm, war über diese Erscheinung verwundert, die zweifellos etwas Orientalisches hatte, machte sich aber freilich keine Gedanken, da es ihm jetzt vor allem darauf ankam, den öffentlichen und anstrengenden Teil des Abends zu Ende zu bringen – es war zehn Uhr vorbei, und er hatte seit Mittag nichts gegessen. Aber während er seinen Namen in das Buch schrieb, sagte der Fremde in einem zwar gut verständlichen, aber doch durchaus fremdländischen Deutsch, daß dieser Vortrag, noch mehr natürlich des Professors Buch, gerade für ihn von ganz ungewöhnlicher Bedeutung sei – er müsse das ausführlich darlegen, denn er sei fest überzeugt, daß Helfering sich nicht nur dafür interessieren, sondern großen wissenschaftlichen Gewinn aus seinen Mitteilungen ziehen werde.

Der Professor wußte nach einem langen Wirken in der Öffentlichkeit hinreichend Bescheid über die oft phantastischen Meinungen und Regungen des Publikums, er hatte sich abgewöhnt, sie allzu ernst zu nehmen. Besonders in diesem Falle bestand für ihn keine Gefahr, die Mitteilungen des Unbekannten zu überschätzen, da ihm die Erscheinung des Mannes, so gepflegt sie übrigens sein mochte, irgendwie mißfiel, hauptsächlich aber, weil er sich mit jedem Augenblick mehr auf das Essen freute.

Ohne viel zu überlegen, wandte er deshalb ein Mittel an, das ihm geläufig war: Er überreichte dem Fremden außer dem signierten Buch seine Visitenkarte und bemerkte dazu freundlich, er müsse morgen früh heimfahren, aber falls jener einmal nach Deutschland käme, werde sein Besuch angenehm sein.
Der Fremde, in keiner Weise gekränkt, gab ihm daraufhin seine eigene Karte und sagte, daß er eigens wegen Helferings Vortrag für diesen Abend von London, wo er wohne, herübergeflogen sei.
Der Professor steckte die Karte ein, ohne auch nur den Namen zu lesen, denn er sah in der Eingangstür des jetzt leeren Saales seinen Freund Fox mit einer Dame, die er zwar noch nicht persönlich kannte, von der er aber schon recht viel gehört zu haben glaubte. Ohne sich weiter um den Fremden zu kümmern, dem er schon mehr Zeit geopfert hatte, als ihm lieb sein konnte, ging er auf das erfreulichere Paar zu. So kam es, daß der Unbekannte als letzter den Saal verließ, noch immer hatte er das verbindliche Lächeln in dem gelben Gesicht.
Eine Viertelstunde später saßen die drei in einem kleinen, aber wegen seiner Küche berühmten Lokal, und zwar bei Kerzenlicht, das durch eine Deckenbeleuchtung nur insofern unterstützt wurde, als es durchaus notwendig und geschmackvoll war. Da der Tisch in einer Nische stand, durften sie sich durchaus ungestört fühlen.
«Wie ich selbst über Sie denke, Hochverehrter», sagte Fox, «das wissen Sie lange genug. Nun möchte das Fräulein von Louha Ihnen Bewunderung darbringen wie einen Blumenstrauß.»
«Sie setzen mich in Verlegenheit», erwiderte vergnügt Helfering, dem freilich nichts ferner lag als Verlegenheit. «Darf ich aber daraus das Recht ableiten, nun meinerseits Madame zu bewundern?»
«Das würde ohne Zweifel wegen meines tiefgründigen

Wissens geschehen!» sagte Yvonne lachend. «Wie schade, daß Ihr Vortrag nicht länger dauerte – ich hätte bis Mitternacht zuhören können, und allen anderen ging es gewiß ebenso. Ja, es hätte nicht nur so lange dauern dürfen, sondern auch müssen! Denn Sie haben uns leider nur bis zum Scheitelpunkt dieser großartigen Lebenskurve geführt, ohne ein Wort über den Abstieg.»

«Abstieg!» sagte Helfering voll Eifer und kopfschüttelnd. «Abstieg! Wer spricht davon? Ich nicht. Natürlich hat die Kurve nicht immer ihre Richtung beibehalten, ich bezweifle jedoch von jeher, ob die Wissenschaft rechthat, wenn sie dazu neigt, die Umkehr Alexanders jenseits des Indus als entscheidend und als den Beginn eines Abstiegs aufzufassen. Aber was wissen wir denn? Stellen Sie sich doch vor: Der Zweiundzwanzigjährige beginnt seinen Krieg gegen das ungeheure Persien, der Vierundzwanzigjährige erobert Ägypten, dann zieht er quer durch Asien bis zum Himalaya, er stirbt mit dreiunddreißig Jahren und hinterläßt ein Weltreich.»

«Verehrter!» sagte Fox freundlich bittend. «Wie wär's, wenn wir uns jetzt vorübergehend mit dem Essen beschäftigten?»

«Es wäre sehr klug und angebracht», erwiderte der Professor. «Aber Sie sehen, das Fräulein von Louha nagelt mich auf den großen Alexander fest, als Opfer der Wissenschaft werde ich verhungern. Geben Sie mir ein Glas Sekt, Bester.»

Yvonne bat: «Nur noch Ihren Namen, sonst vergessen wir das!» und brachte das Buch zum Vorschein. «Natürlich hatte ich es schon gelesen, nun aber, da ich Sie gehört habe, möchte ich es selbst besitzen und habe es mir vorhin gekauft.»

Helfering griff in die Brusttasche seines Fracks und zog daraus neben dem Füllhalter eine Besuchskarte. «Ah ... ein merkwürdiger Typ ... Wilton. Wohnhaft in London.

Sagt Ihnen der Name etwas? Mir auch nicht. Übrigens bestimmt kein Engländer. Er versprach mir sensationelle Mitteilungen, eben vorhin, nun, man kennt das. Ja, wenn die Wissenschaft so einfach wäre! – Gekauft haben Sie das Buch? Wie gerne hätte ich's Ihnen geschenkt, aber ich konnte ja nicht ahnen, daß Ihr Interesse dermaßen weit reicht.»
Yvonne war deutlich im Begriff, sich mit Feuereifer von neuem in ein Gespräch zu stürzen, jedoch Fox legte beschwichtigend seine Hand auf die ihre und bat sie mit einem Blick, seinen vielgeplagten Freund und Lehrer wenigstens für die nächste halbe Stunde zu schonen.
Helfering hingegen, entzückt von so viel Teilnahme an seinen Bestrebungen und Erfolgen, verstand es, zwei Annehmlichkeiten miteinander zu verbinden und erwies sich als ein überaus gewandter Causeur, obwohl ihm das Französische immer wieder Schwierigkeiten machte. «Sie haben durchaus recht!» sagte er zu Yvonne. «Ich konnte nur die Hälfte, ja nicht einmal die Hälfte von dem zur Sprache bringen, was zu meinem Thema gehörte. Durfte ich denn aber die Leute totreden? Nun jedoch, Madame, da wir unter uns sind und auch auf diesen philiströsen Fox keine Rücksicht zu nehmen brauchen, schon weil er der Wissenschaft so schnöde den Rücken gekehrt hat – welche Frage beschäftigt Sie? Wie Sie sehen, lasse ich mich deshalb keineswegs beim Genuß dieser wirklich delikaten Forelle stören . . . sind es tatsächlich Mandeln, die man darauf gestreut hat?»
«Ich hätte gerne gewußt», sagte Yvonne, «weshalb Alexander die kaum begonnene Eroberung Persiens, die durchaus noch nicht gesichert und deren Weitergang zweifelhaft war, unterbrach und sich statt nach Osten nach Süden wandte, um erst einmal Ägypten in seine Gewalt zu bringen.»
«Eine Frage», versetzte Helfering, «die Ihr großes Ta-

lent für Geschichtsbetrachtung zeigt! Unterbrach er denn aber die Eroberung wirklich? Im Gegenteil, möchte man sagen. Er wußte so gut wie später Omar, der die türkische Macht begründete, wie Karl der Zwölfte von Schweden und wie Napoleon und dann die Engländer, daß Ägypten der Schlüssel zum Orient ist, und nicht ohne gewichtige Gründe erbaute der König die Stadt Alexandria, die zum Mittelpunkt der spätantiken Welt wurde. Erinnern Sie sich ferner, daß es nach seinem Tod – er starb ja in Babylon – zu einem der großartigsten politischen Gaunerstreiche kam, den die Geschichte kennt – und sie kennt viele! Sie wissen ja, daß seine Marschälle sich nun in das Riesenreich teilten, das er hinterließ. Der gewandteste war Ptolemäus, der nicht nur begriffen hatte, wie wichtig Ägypten war, sondern auch, daß derjenige, der die Leiche Alexanders hütete, am ehesten als sein rechtmäßiger Nachfolger gelten könnte. Zudem gab es eine Weissagung, daß der Bewahrer des Königleichnams vom Glück besonders begünstigt werden würde.»
«Erlauben Sie», sagte Fox und beugte sich vor, «daß ich von jetzt ab etwas genauer zuhöre. Mir scheint nämlich, jetzt kommt etwas, was ich nicht weiß. Ich hätte mir auf der Universität eben einen besseren Lehrer aussuchen sollen.»
Helfering erwiderte: «An dem Lehrer lag es wohl nur insofern, als er sich nicht den richtigen Schüler ausgesucht hatte.»
«O Verzeihung, so ist es selbstverständlich.»
«Ptolemäus also», fuhr Helfering hüstelnd fort, wie er dies von jeher tat, wenn er im Kolleg unliebsam unterbrochen worden war, «wußte das Land Ägypten, als dessen Satrapen ihn schon der große König eingesetzt hatte, für sich und seine Nachkommen festzuhalten. Er hoffte wohl, daß man von diesem Herzpunkt aus das ganze Reich Alexanders wieder zusammenfassen könnte.»

«Aber der Tote?» fragte Yvonne.

«Ein antiker Autor berichtet, daß man erst sieben Tage nach jenem 13. Juni des Jahres 323 vor Christus, an dem der König gestorben war, sich um den aufgebahrten Leichnam kümmerte – die Marschälle hatten bis dahin Wichtigeres zu tun gehabt. So schnell vergeht der Glanz der Welt, die irdische Allmacht. Trotzdem fand man den Toten völlig unverändert, und ‚selbst die Lebendigkeit, die vom Geist abhängt, war aus dem Gesicht nicht gewichen' – wer den mesopotamischen Sommer kennt, wird dies gewiß für ein Wunder halten. Nun aber wurde der Leichnam nach ägyptischer Weise behandelt und in einen goldenen Sarg gelegt. Man setzte ihm auch das Abzeichen der ägyptischen Königswürde auf das Haupt, wahrscheinlich also die doppelte Krone der Pharaonen. Bekanntlich war es Alexanders letzter Wille, im libyschen Ammonsheiligtum beigesetzt zu werden, der heutigen Oase Siwa.»

«Und daran knüpfte Ptolemäus an?»

«Natürlich, aber ebenso begreift man, daß der Reichsverweser Perdikkas dagegen war und den König in dessen Heimat Makedonien bestattet zu sehen wünschte. Auf einem prunkvollen Wagen zogen vierundsechzig Maultiere, in sechzehn Viererreihen gespannt, den Toten von Babylon zum Mittelmeer. In der Hälfte des Weges ließ Ptolemäus den Leichenzug abfangen und über Damaskus zum Nil geleiten. Nicht in jenem noch viel entfernteren Wüstenheiligtum, sondern in Memphis fand der König seine Ruhestatt, und wir haben eine Menge Fundstücke, die daran erinnern.»

«Und Ptolemäus?» fragte Yvonne. «Behielt er Ägypten?»

«Gewiß, er gründete die recht glorreiche Dynastie der Ptolemäer, die immerhin dreihundert Jahre lang das Land regierte – es waren die letzten Könige, die dieses seit drei Jahrtausenden von Königen beherrschte Reich überhaupt hatte, denn nach den Ptolemäern wurde es zur römischen Provinz.»

«Die letzten Könige», sagte Yvonne, «ein großer, ein tragischer Gedanke ... und wer war nun wiederum der Letzte dieser Ptolemäer?»

Helfering sah ihr mit einem seltsamen Lächeln in die Augen und sagte: «Es war Kleopatra.»

«Die berühmte?»

«Wir kennen fünf Königinnen dieses Namens in der langen ägyptischen Geschichte. Aber Sie haben recht, es war die berühmte Kleopatra.»

Yvonne schwieg, überaus tiefsinnig.

Fox sagte: «Es würde mir selbstverständlich nicht in den Sinn kommen, abfällige Bemerkungen über die Frauen zu machen. Und obwohl ich, früher im Afrikakorps, durch Gefangenschaft und sonderbare Fügungen libyscher Staatsangehöriger bin, habe ich mich doch niemals eingehend mit Ägypten beschäftigt ... die Engländer hatten etwas dagegen, als wir noch hundert Kilometer von Alexandria entfernt standen. Aber Kleopatra? Ich finde es doch äußerst stilvoll, daß gerade dieses Miststück –»

«Was?» Helfering legte die Gabel hin. «Wer?»

«So viel Deutsch versteht Yvonne nicht.»

«Aber ich!» sagte der Professor. «Und ich muß doch sehr bitten!»

«Das nennt man Fernwirkung: über die Jahrtausende hinweg!» sagte Fox vergnügt. «Kleopatra bezaubert deutschen Universitätsprofessor. Herrgott, muß die etwas gehabt haben! Schade, daß man nicht recht weiß, wie sie ausgesehen hat, denn was wir an zeitgenössischen Abbildern besitzen, ist nicht besonders reizvoll, so viel mir bekannt ist.»

«Ich habe einmal einen Kopf von ihr gesehen», sagte

Yvonne, «da hatte sie entschieden etwas Jüdisches.»
«Sie hatte eine allerliebste gebogene schmale Nase», erklärte der Professor, «aber sicher keine jüdische. Bedenken Sie, daß Kleopatra väterlicherseits eine Makedonierin war, und die Makedonier hielten sich mit Recht für Griechen. Es mag freilich noch ein tüchtiger Schuß Blut aus Syrien dazugemischt worden sein, dann wäre die Nase arabischer Herkunft, was ich gerne glauben will. Jedenfalls hat Shakespeare völlig unrecht, wenn er sie gelegentlich als Zigeunerin bezeichnet – übrigens war auch er in sie verliebt, und ich halte es für unmöglich, daß ein Dichter nicht in sie verliebt ist. Ihrem Zauber entgehen kann eigentlich nur jemand, der zu den hoffnungslos Armen im Empfinden gehört.»
«Wie gut», sagte Fox schmunzelnd, «daß ich niemals mit dieser Dame zu tun haben werde. Schwärmende Universitätsprofessoren sind gefährlich, man reize sie nicht weiter.»
«Jawohl!» sagte Yvonne mit Nachdruck. «Trotzdem gäbe ich viel darum, wenn ich dich einmal aus dem seelischen Gleichgewicht geraten sähe.»
Fox erwiderte: «Eine Frau, die das bei Julius Cäsar und Marc Anton fertiggebracht und damit die Welt beinah aus den Angeln gehoben hat – ja, es ist wahr, die könnte vielleicht sogar mir gefährlich werden, vorausgesetzt natürlich, daß sie mir zufällig begegnet, und auf diesen Zufall darf man bei Kleopatra ja leider nicht hoffen.»
Yvonne lächelte ihn aufs freundlichste an. «Die Erfahrung hat mir gezeigt, daß bei dir nichts unmöglich ist.»
Er schüttelte den Kopf. «Lassen Sie mich nun zum Schluß feststellen: Hier sitzt ein berühmter Gelehrter, der in eine seit zweitausend Jahren tote Königin verliebt ist, und eine elegante junge Dame, die auf eben diese Königin eifersüchtig wird bei dem bloßen Gedanken, bei der nebelhaften Theorie eines zufälligen Zusammentreffens!

Wenn ich mich recht erinnere, läßt Shakespeare den Marc Anton einmal sagen: 'O this false soul of Egypt, this grave charm!' O falsch ägyptisch Herz, o tiefer Zauber. Wobei wir's bewenden lassen wollen. Übrigens traf mich die Wortverbindung 'grave charm' doch sehr, als ich das Stück einmal in London sah. Grave charm, ja ja, das ist es, was uns Männer . . . Ihr Wohl, Herr Professor, und auch das deine, my grave charm!»

Am folgenden Morgen begleitete Fox den Professor zum Nordbahnhof und winkte dem Freunde nach. Dann traf er sich mit Yvonne in einem Boulevardcafé, aber das Wetter war so mild und flimmergrau, daß sie es im Lokal nicht lange aushielten, sondern lieber einen Schaufensterbummel machten wie ein junges Ehepaar. «Nur daß ich die Welt nicht ganz so rosig sehe wie man das den frischgebackenen Ehefrauen nachsagt», bemerkte das Fräulein von Louha. «Was wird nun aus dem schönen Winter, den du mir ein Jahr lang und noch gestern nachmittag versprochen hast?»
«Mein Liebling!» sagte Fox und zog ihren Arm durch den seinen. «Was daraus wird, das solltest du deinem bewährten Freunde Will Fox überlassen. Ist dir übrigens schon aufgefallen, wie außerordentlich geschmackvoll heute alle Farben in der Welt sind? Dieses zarte Grau, vermischt mit einem verspielten Rot und Blau wie in einem lebenden Mosaik. Das Dasein hat sein hübschestes Kleid angezogen und flaniert durch die Straßen von Paris.»
«Alles recht schön und gut, aber wenn du ‚Liebling' sagst, hast du kein reines Gewissen.»
«Aber auch nicht den mindesten Grund zum Gegenteil.»
«Weshalb bin ich dann so unruhig?»
Er blieb stehen. «Unruhig? Höre, Yvonne, laß uns ein-

mal vernünftig reden. Wenn du unruhig bist, so von innen heraus unruhig, dann pflegt sich freilich etwas zusammenzubrauen, ich kenne das aus Erfahrung und erinnere mich an ein Mädchen, das barfuß und mit flatterndem Haar auf einer Granitklippe dort oben bei Louha stand, das Haar war rotblond, und sie sah aus, als warte sie auf Drachenboote, die mit buntgestreiften Segeln aus Thule herankämen; man könnte das eigentlich nur in Stabreimen beschreiben, und das kann ich natürlich nicht; aber das Meer rauschte, das Meer konnte es, und jedenfalls war es ein Bild, das man nicht vergißt.»

«Und nun will ich einmal dir etwas sagen, mein Lieber. Wenn ein gewisser Will Fox an einem liebenswürdigen bunten Morgen in Paris solche Visionen hat, er, sonst der objektivste und gelassenste aller Beobachter – deutet das nicht darauf hin, daß er irgendetwas ahnt?»

«Ich ahne wahrhaftig nichts, aber wenn wir beide plötzlich so ernsthaft und monumental werden, dann wartet etwas unter dem Horizont. Wir wissen noch nicht, was es ist, aber es wartet. Einverstanden?»

«Lassen wir uns also überraschen.»

«Das ist es ja! Nichts geht mir mehr gegen den Strich als überrascht zu werden.»

«Du weißt genau, daß Helfering abgereist ist?» fragte sie.

«Ich habe ihm nachgewinkt. Warum?»

Yvonne, im Weitergehen, sah beharrlich vor sich hin und schwieg ebenso beharrlich.

Als die Haushälterin des Professors Helfering die Wohnungstür öffnete, sah sie einen langen, schlanken Herrn vor sich, dessen Wintermantel ziemlich beschneit war. Von dem Schirm, der an seinem Arm hing, hatte er wohl keinen richtigen Gebrauch machen können, weil er in der andern Hand einen Koffer trug.

Frau Gromann bedauerte, der Herr Professor war nicht zu Hause. Der Fremde bedauerte dies noch mehr, denn der Herr Professor hatte ihn ja zu diesem Besuch aufgefordert – als Beweis brachte er Helferings Visitenkarte zum Vorschein, hielt sie Frau Gromann unter die Augen und fügte die seine hinzu. Wäre es nicht möglich, daß er – angesichts des Wetters – wartete?

«Ich muß Sie bitten, noch einmal wiederzukommen», sagte die Haushälterin, «denn ich habe die strenge Weisung, niemand einzulassen, den ich nicht persönlich kenne.»

Dies, bemerkte der Fremde, sei nur zu verständlich heutzutage. Vielleicht in einer Stunde? Danke sehr. Ob er aber wenigstens diesen kleinen Handkoffer dalassen dürfe, er sei ziemlich schwer. Gewiß. Frau Gromann nahm ihn entgegen, sie kippte wegen des ganz unerwarteten Gewichts beinah vornüber, und stellte ihn an die Wand.

Als Helfering bald darauf heimkam, schüttelte er den Kopf. «Wilton? Mir unbekannt.»

«Sie müssen ihm aber Ihre Karte gegeben haben.»

«Meine ... ah, doch, jawohl. Ich hätte allerdings nicht erwartet, daß er mich aufsucht. Lassen Sie ihn also herein. Tee? Meinetwegen. Das scheint ein recht anhänglicher und mitteilsamer Herr zu sein, wissen Sie, da kann ich mich über seine Ansprache mit einer Tasse Tee trösten.»

«Hoffentlich explodiert der Koffer nicht», sagte Frau Gromann und streifte das Ding mit einem argwöhnischen Blick.

«Warum? Hat er Ihnen ausdrücklich mitgeteilt, daß eine Höllenmaschine darin ist? Mir scheint, Sie sind durch unseren Freund Fox ein wenig zu romantisch geworden.»

«Fox!» sagte sie schwärmerisch.

«Wieder eine!» sagte der Professor. «Liebste, beste Frau Gromann, wie oft muß ich Ihnen noch versichern: Es ist zwecklos. Torheit schützt vor Alter nicht. Seit ich das Fräulein von Louha kennengelernt habe, muß ich vollends erklären, daß Sie ganz einfach keine Aussichten haben.»

«Er könnte mein Sohn sein!» fauchte sie beleidigt.

«Das glaub' ich nun wieder nicht», entgegnete Helfering, «denn wie käme er in diesem Falle zu so viel Intelligenz!»

«O, unverschämt!» sagte die Brave und verschwand in der Küche.

Herr Wilton erschien, wurde in das Empfangszimmer geführt, und als der Professor kurz danach eintrat, fand er den Besucher – sehr korrekt gekleidet, dabei lang und unwahrscheinlich dürr – bei eifriger Betrachtung eines altrömischen Glases, das auf einem Bücherbord stand. «Sie haben hier einige ganz vorzügliche Sachen», sagte Wilton, und zwar wie damals mit einer so ungewöhnlichen Aussprache des Deutschen, daß Helfering sich nun doch nach seiner Herkunft erkundigte. Der Fremde antwortete, der Staatsangehörigkeit nach sei er zwar Engländer, stamme jedoch aus Südafrika, seine Muttersprache sei das Afrikaans – eine Auskunft, die dem Professor völlig genügt hätte, Herrn Wilton jedoch zu einer weit ausholenden Darlegung veranlaßte, die er in halblaut murmelndem, unaufhörlichem Fluß vorbrachte, der sich ohne merkliches Gefälle, dafür jedoch in anmutigen Windungen hierhin und dorthin schlängelte, bald nach Osten, bald nach Westen führte, nirgends tief, jedoch immer so, daß das Schifflein nicht auf der Sandbank des Allzuflachen hängen blieb. Helfering hörte sich das eine gute Weile an, insgeheim verwundert über diese stupende Technik, dem Nichts ein buntes Mäntelchen umzulegen; er dachte, daß es doch in der ganzen Welt keinen

Fluß gäbe, der nicht irgendwohin fließe, und daß sich also wohl auch hier einmal zeigen müsse, wohin dies alles zielte – schließlich ertappte er sich dabei, wie er gleichgültig, ja beinahe schläfrig wurde, während Herr Wilton eben bei den Flechtmustern der Papua, also wahrscheinlich in Neuguinea angelangt war. Um die Reise nicht noch antipodischer werden zu lassen, lud Helfering den Gast zu einer Tasse Tee ein, konnte ihn dabei in das nebenan liegende sehr große Arbeitszimmer führen, die Papua unter dem Horizont der Südsee versinken lassen und sich selbst wieder so weit wachmachen, daß er geradezu nach dem Zwecke dieses Besuchs fragte. Mit einem teils holzgeschnitzten, teils gelbpergamentenen Lächeln erwiderte jener voll Sanftheit, wie sehr man sich über die Merkmale eines bestimmten Kunststils täuschen könne. Dies zeige ja schon der Vater aller Geschichtsschreibung, nämlich der alte Herodot, mit vollkommener Deutlichkeit.

«Gewiß, gewiß . . .», sagte der Professor Helfering beinah erschrocken, denn er vermeinte, doch eben noch bei den Papua gewesen zu sein, fürchtete also, geschlafen und einiges versäumt zu haben, denn daß Herodot die Papua nicht aufgesucht hatte, wußte er bestimmt.

«Dabei will ich nicht einmal behaupten», fuhr Wilton fort, «daß es immer Fälschungen sein müssen, durch die man irregeführt wird. Ich komme oft genug in unser Zweiggeschäft in Alexandria, wo es natürlich besonders zahlreiche Beispiele davon gibt.»

«Natürlich», sagte Helfering, allmählich fest überzeugt, daß er wenigstens eine halbe Stunde geschlafen habe. «Ich glaube gern, daß gerade in Alexandria . . .»

«Herr Professor!» sagte Wilton und hob einen kaum glaubhaft langen Zeigefinger. «Alexandria! Die Gründung des großen Makedoniers, ein Zeugnis für die Genialität, mit der er die Lage und die Möglichkeit erfaßte.

Nach seinem Tode wunderbar aufblühend, in den ersten Jahrhunderten unserer Zeitrechnung das Zentrum des Hellenismus, die führende Stadt der Welt, neben der sogar die kulturelle Bedeutung Athens verblaßte, von Rom gar nicht zu reden. Allein die berühmte Bibliothek! Und welche wahrhaft unvernichtbare Lebenskraft! Immer wieder zerstört, von den Römern, den Arabern, den Türken hatte diese ehemalige Weltstadt im Jahre 1800 die Bedeutung eines Fischerdorfes und noch ganze fünftausend Einwohner. Heute? Mehr als anderthalb Millionen!»

Dem Professor waren diese Zahlen nicht unbekannt, trotzdem wurde er von Wiltons Überschwang berührt.

«Welcher Art ist nun also Ihr Geschäft in Alexandria?»

«Sagte ich das nicht schon anfangs? Antiquitäten. Um aber auf Herodot zurückzukommen –»

«Bleiben wir doch lieber bei den Antiquitäten.»

«Beides ist möglich, wie Sie sogleich sehen werden», antwortete Wilton mit einem begütigenden Lächeln. «Denken Sie doch bitte an den richtunggebenden Einfluß, den vor Herodot die ägyptische Kunst auf die frühgriechische gehabt hat. Und erinnern Sie sich bitte, daß die späten Ägypter ihre eigene Frühkunst wunderbar zu imitieren verstanden, ähnlich wie in Europa das 19. Jahrhundert es mit der Gotik getan hat, freilich mit weniger Glück.»

Mit wachsendem Mißfallen hatte Helfering diese stilkundlichen Darlegungen vernommen. Herr Wilton war offenbar der Meinung, belehrend wirken zu müssen. Je eifriger er dabei wurde, desto unnötiger erschien sein Bemühen. Helfering verfügte über genügend Eitelkeit, um Belehrungen, die aus dem Antiquitätenhandel kamen, abzulehnen. «Ich möchte doch hoffen», sagte er, «daß Sie nun endlich auf dem Wege zu Ihrem eigentlichen Anliegen sind? Meine Zeit wird immer knapper –»

Aber Herr Wilton aus London und Alexandria schien nicht gesonnen, sich irremachen zu lassen.

«Die uralten Formen und Darstellungsweisen zu bevorzugen wurde und blieb Mode, noch die Ptolemäer bekannten sich dazu.»

«Mein lieber Herr, wem sagen Sie das. Bedenken Sie doch –»

«Im Tempel zu Dendera –»

«Herr Wilton, ich muß Sie dringend bitten –»

«Um ein Beispiel zu nennen: Ohne Zweifel kennen Sie jenes fast unpersönlich zu nennende Bildnis der letzten Ptolemäerin Kleopatra, das die Königin so darstellt, als hätte sie zweitausend Jahre früher gelebt?»

«Jawohl, zum Teufel, ich kenne es, und ich bitte Sie nochmals –» Helfering, ganz gegen seine Gewohnheit aus der Fassung geraten, stand auf und gedachte den Besuch mit einer ziemlich eindeutigen Handbewegung zu beenden. Wilton, der sich ebenfalls erhoben hatte, lächelte unentwegt und wichtig. Helfering dachte, daß er nicht nur sehr lang und sehr mager, sondern auch sehr unsympathisch sei. «Wollen Sie mir nun endlich sagen», rief der Professor, «weshalb Sie hierher gekommen sind und meine Zeit und Geduld so ungebührlich in Anspruch nehmen?»

«Sie werden sehen», erwiderte Wilton, «daß keines meiner Worte überflüssig gewesen ist.»

«Bislang sind Sie mir den Beweis schuldig geblieben.»

«Und gekommen bin ich, weil ich Sie nach Ihrem Pariser Vortrag und Ihrem Buch für einen der größten, vor allem feinfühligsten Kenner halte und Ihr Urteil über etwas erbitten möchte. Glauben Sie mir, Herr Professor, wenn ein Mann wie ich die Meinung eines anderen zu wissen wünscht, dann muß es sich um etwas ganz Besonderes handeln.»

Schon wieder sanfter fragte Helfering: «Und was ist nun also dieses ganz Besondere?»

«Einen Augenblick, bitte!» Wilton ging hinaus.

Yvonne? Hoffentlich hab' ich dich nicht aus deinem besten Schlaf vor Mitternacht aufgeweckt? Es ist zwar erst neun Uhr morgens, wie ich zu meinem Schrecken sehe. Also immer noch fünfzehn Stunden bis Mitternacht. Ich bitte um Entschuldigung. Bist du etwa gar schon aufgestanden? Nein, natürlich, das dachte ich mir. Es geht auch eine so süß verschlafene Atmosphäre von dir aus. Durch den Draht, ja. Ein Milchduft wie aus einer Kinderwiege. Ganz reizend. Infolgedessen darf ich wohl auch vermuten, daß du noch nicht angezogen bist? Natürlich, dazu gehört Scharfsinn. – Ich? O, nichts. Ich dachte nur gerade an dich – wann tue ich das nicht, aber man kann ja nicht unaufhörlich telefonieren –, und da wollte ich dir nur einen guten Morgen wünschen. Ah, das hat man davon. Danke, ausgezeichnet. Nein, wirklich nichts. – Wenn du nur ... so so ... wie oft habe ich dich schon gebeten, das Träumen zu unterlassen! Fällt dir denn wahrhaftig nichts Besseres ein? Ich meine, so mitten in der Nacht von einem ahnungslosen Menschen zu träumen – was, nicht von mir? Nicht von mir? Höre, Yvonne, das kann ich keinesfalls dulden, was soll denn das! Ob er nun Helfering heißt ... wie, Alexander der Große? Na, alle Achtung. Aber laß dir sagen, Alexander hatte eine Mutter, die hieß Olympias – nein, nicht Olympia, das ist die aus Hoffmanns Erzählungen, hat damit nichts zu tun, obwohl ... ja ... also Olympias, eine reichlich exzentrische Dame, die träumte manchmal so eindringlich, bis sie sich einen Sohn angeträumt hatte – sagte sie. Komm mir also nie mit dieser Ausrede, sie ist schon lange nicht mehr originell, und schon damals hat es niemand geglaubt, außer natürlich Alexander selbst, weil Olympias erzählte, sie hätte von Zeus geträumt. Selbstverständlich, wenn schon, denn schon. So, das wußtest du? Freilich, Helfering hat ja ein ganzes tiefenpsychologisches Kapitel darüber in seinem Buch.

Amphitryon, ganz richtig, und was so damit zusammenhängt. – Dem Professor? Gut, denke ich. Ach, da fällt mir ein, weshalb ich auf den Gedanken kam, dich anzurufen. Ich wollte dir nur mitteilen, daß du wieder einmal rechtgehabt hast, wie immer. Schön, nicht? Inwiefern? Ja, weil nämlich vor einer Viertelstunde – es kann auch eine halbe gewesen sein – weil also ein Telegramm von ihm ... nein, nicht von Zeus, sondern von dem Professor . .. mein Gott, schrei doch nicht so ... nein, Unsinn, er wünscht lediglich, ich möchte zu ihm kommen. Wegen einer wichtigen Sache, heißt es in dem Telegramm. Weiß ich nicht. Weiß ich auch nicht. Keine Ahnung. Wann? Neun Uhr fünfzig. Nein, das möchte ich doch nicht glauben. Jedenfalls wirst du einsehen, daß ich hinfahren muß, er hat noch nie einen solchen Wunsch geäußert, weshalb denn auch, man darf also vermuten, daß es sich um Wichtiges handelt. Eben, eben. – Der Winter? Welcher Winter? Ach so, dieser Winter. O, was fällt dir ein, Yvonne! Zwei, drei Tage. Rede doch keinen Unsinn, mein Kind. Ja, meinetwegen, komm nur, wenn es dir zu lange dauert. Schon recht. Weine nicht, in einer halben Stunde fährt der Zug, wohin kämen wir, wenn ausgerechnet die Lokomotivführer auf Abschiedstränen achten würden, das kannst du nicht verlangen. Nein, ich wollte damit nicht sagen, daß ich Lokomotivführer bin, aber – hu, ja hu! Ich? Bitte sehr, ich bin genau so betrübt, aber nicht ganz so zart besaitet ... peng, na endlich.

«Im Vertrauen auf die gewohnte und berühmte Gastfreundlichkeit», sagte Fox und schüttelte Frau Gromann die Hand, «habe ich meinen Koffer gleich mitgebracht. Und wie wunderbar riecht es denn hier? Sollte das wirklich eine Gans sein? Ich darf nicht hoffen, daß Sie meinetwegen noch zu dieser späten Stunde –»

«Sie dürfen», erwiderte die Haushälterin und nahm den Koffer. «Ist das alles? Sehr wenig diesmal, Herr Doktor, ich sehe schwarz.»
«Und ich kann Ihnen verraten, daß ein größerer auf dem Bahnhof wartet. Nun aber: Ihr seid noch lebendig und bei bester Laune, es ist also nichts passiert?»
«Was soll denn passiert sein!» fragte Helfering und erschien in der Tür des Arbeitszimmers.
«Ich bin erstaunt –»
«Seien Sie vor allem willkommen und zugleich überzeugt, daß Sie diese Reise nicht umsonst gemacht haben, auch wenn Sie uns wider Erwarten noch am Leben finden.»
«Was gibt's also?» fragte Fox.
«Zunächst ein gutes Essen, wie ich hoffe, die Gromännin hat seit Stunden rücksichtslos mit Pfannen und Töpfen gelärmt.»
«Wunderbar. Aber sonst?»
«Davon nach dem Essen.»
«Wenn Sie wüßten, wie neugierig ich bin!»
«Lassen Sie mir das Vergnügen, Sie zu überraschen. Wie geht es dem Fräulein von Louha? Übrigens eine fabelhafte Person, lieber Fox.»
«Wie alle, die Ihre Bücher lieben. Malen Sie aber diese fabelhafte Person nur nicht an die Wand, sonst kommt sie.»
«Nichts wäre mir lieber.»
«Mir ja auch, aber in Ihrem Telegramm stand nichts davon, also habe ich die Tränen des armen Kindes unbeachtet gelassen.»
«Wir sprechen noch davon. Ich erwarte Sie in einer Viertelstunde im Eßzimmer. Hören Sie? Im Eßzimmer!»
«Das klingt irgendwie nach Christbaum und Weihnachtsbescherung.»

Eine Viertelstunde später saßen die Freunde also bei Tisch, Helfering betrachtete lächelnd den geliebten und geschätzten Gast. «Sie haben sich nicht nur erfrischt», sagte er, «sondern auch umgekleidet, was wieder einmal Ihr Ahnungsvermögen für das Kommende beweist. Sie werden nämlich nach dem Essen eine Dame kennenlernen.»

«Eine Dame? Wenn Yvonne das wüßte!»

Helferings Lächeln wurde zu einem herzlichen Lachen. «Ich kann Ihren Gedankengang nur mißbilligen, mein Lieber, und Ihnen im übrigen versichern, daß Fräulein von Louha entzückt sein würde, diese Dame kennenzulernen.»

«Ist sie so häßlich?»

«Sie werden ja sehen», antwortete der Professor und lenkte das Gespräch auf andere Dinge.

Schließlich jedoch sagte Fox mit einem Blick auf die Uhr: «Ich will ja nicht meutern – glauben Sie aber im Ernst, daß die Dame jetzt noch kommt? Elf Uhr nachts ist eine etwas merkwürdige Zeit, Besuche zu machen – oder ist es eine merkwürdige Dame?»

«Ah, wirklich, nun, da Sie offenbar nicht bis zur Geisterstunde warten können und wollen, so entschuldigen Sie mich für einen Augenblick!» Helfering ging in das anstoßende Arbeitszimmer, die Tür dorthin war heute ausnahmsweise nicht offen wie sonst, er schloß sie auch wieder hinter sich. Fox sah dies mit Verwunderung.

Es vergingen aber nicht mehr als zwei Minuten, bis der Professor wieder erschien. «Bitte!» sagte er und ließ Fox in das Arbeitszimmer eintreten.

Der große Raum wäre völlig dunkel gewesen, hätten nicht auf dem Tische zwei Kerzen gebrannt, deren Flammen dem Eintretenden jedoch verdeckt wurden durch zwei als Lichtschirme aufgestellte Bücher, die den Kerzenschimmer nach hinten lenkten, und zwar auf einen

Porträtkopf aus poliertem milchig grünem Stein, der durch diese Anordnung der einzige beleuchtete Gegenstand in dem sonst finsteren Raume war, und weil durch das Öffnen und Wiederschließen der Tür, das Eintreten der beiden Männer die Luft und also auch die Kerzenflammen in eine sehr merkliche Unruhe gerieten, so glitt der Goldschimmer hin und her schwankend über den hellen Stein und ließ das Gesicht zauberhaft lebendig werden.

Der Kopf mochte nur wenig unter Lebensgröße sein. Über dem ungewöhnlich schlanken Hals war das Gesicht und besonders das Kinn herrisch erhoben, der üppige, aber nicht eben kleine Mund geschlossen, jedoch so lokker, daß bereits ein Lächeln aufzuzucken schien. In den Flügeln der schmalen Nase war ein leises Beben. Die Stellung der Augenlider, zumal der mehr als sonst gesenkten oberen, ließ ebenso wie die ganze Kopfhaltung darauf schließen, daß das Bildnis als Teil einer Statue gedacht und geschaffen worden war, die von einem erhöhten Standpunkt aus auf den Betrachter herunterblikken sollte – das Ganze bekam dadurch ein hochmütiges, jedenfalls aber hoch überlegenes Wesen. Die schöngewölbte Stirn war nur unmittelbar über den Brauen fertig ausgearbeitet und poliert, dann folgte nach oben hin eine nur eben ausgemeißelte Partie; bereits der Haaransatz war, da der Künstler einen zu kleinen Stein gewählt hatte, ebensowenig vorhanden wie der Hinterkopf. Dagegen war das linke Ohr modelliert, aber nur im Umriß und noch nicht ausgearbeitet. Das rechte war wohl gleichfalls schon angedeutet gewesen, jedoch abgebrochen, dies bildete die einzige ernstlich beschädigte Stelle an dem ganzen Werk und war zum Glück unwichtig.

Nach alledem verstand es sich von selbst, daß dem herrlichen Antlitz ein aus anderem Stein oder aus Gold bestehender rückwärtiger Kopfteil zugehört hatte, vielleicht

eine Frisur, vielleicht eine Pharaonenhaube, am wahrscheinlichsten jedoch eine Krone, und zwar die doppelte der Herrscher des unteren und oberen Ägyptens.
Denn daß es sich hier um eine ägyptische Plastik handelte, stand auf den ersten Blick ohne jedes Wort außer Zweifel.
Bei näherer Betrachtung wies auch der untere Teil des übermäßig langen und schlanken Halses einige Merkmale auf, die zeigten, daß der Kopf in einen Körper eingezapft gewesen war oder es wenigstens hätte werden sollen. Eben dort, in der Mitte des unteren Halbrundes, verlief eine kleine Fläche, die man auf den ersten Blick für einen Schmuckanhänger hätte halten können, senkrecht nach unten; dieses Täfelchen wies das bekannte langrunde Linienviereck auf, das bei jeder ägyptischen Inschrift den Königsnamen umgibt.
Fox deutete auf die Hieroglyphen darin und sagte mit einem ehrfürchtigen Schauder in der Stimme: «Kleopatra! Wunderbar! Einfach wunderbar!»
Helfering nickte wortlos und konnte sich von dem Anblick nicht losreißen.
«Sind Sie meiner Ansicht», fragte Fox, «daß diese Hieroglyphen fehlerlos geschrieben sind?»
«Gewiß, ich habe sie mehr als hundertmal betrachtet. Warum?»
«Bei den meisten Fälschungen finden sich Fehler in den heiligen Zeichen.»
«Sie halten den Kopf also für echt?» fragte der Professor und bemühte sich nicht, seine Erregung zu verbergen.
Fox beugte sich vor, seine Fingerspitzen glitten zart über den glänzend polierten Stein, zugleich schob er die Kerze ein wenig hin und her, so daß der Lichtschein die Struktur und die wechselnde Färbung des Steins genau erkennen ließ. Ein blasses, verschwommenes Hellgrün wechselte ab mit milchweißen Wolken und Adern, aber auch

mit dunklen, fast schwarzen Flecken, das Ganze ähnelte in seiner Körnung dem Granit, ohne ihm jedoch zu gleichen. «Diorit!» sagte er. «Sind Sie sich darüber klar? Man könnte das als einen Beweis dafür ansehen, daß nicht nur Cäsar, Marc Anton, Shakespeare und der Professor Helfering in Kleopatra verliebt waren, sondern auch der Bildhauer. Diorit gehört nämlich zu dem härtesten Material, das sich eben noch mit dem Meißel bearbeiten und dann polieren läßt. Wir haben einige wenige Kunstwerke aus ältester Zeit, die daraus gemacht sind, später gab man sich nicht mehr die Mühe, und vollends einem Fälscher wäre es weder damals noch heute eingefallen, ein solches Werk aus Diorit zu arbeiten.» Nach weiteren zehn Minuten sagte Fox: «Ich werde mich aber hüten, jetzt schon eine Meinung über echt oder unecht zu äußern, zumal bei diesem romantisch suggestiven Halb- oder Zweidritteldunkel, will aber morgen bei Tageslicht alles tun, was in meinen Kräften steht, um die Frage zu beantworten. Im Augenblick kann ich nur sagen: Ich wünschte von Herzen, daß der Kopf echt ist. Es wäre das erste und einzige Bildwerk, das eine Ahnung von dem magischen Reiz gibt, durch den Kleopatra vor allen anderen sterblichen Weibern ausgezeichnet war. O, mehr als eine Ahnung!»

«So!» sagte Helfering und legte ihm die Hand auf die Schulter. «Wahrhaftig! Ich erinnere mich aber an jemanden, an einen ganz Unwürdigen, der diese Königin vor kurzem ein Miststück genannt hat.»

«Lieber Himmel», erwiderte Fox, «so sind sie doch, wenn sie richtig sind, das gehört nun einmal dazu, ich habe nichts zurückzunehmen. Bloß hübsch? Wie langweilig! Cäsar und Marc Anton waren bestimmt der gleichen Ansicht, Shakespeare selbstverständlich auch. Wollen Sie vergessen, Hochgeschätzter, daß Marc Anton die Hälfte der Welt verlor, weil Kleopatra in der Seeschlacht bei

Aktium ihn mit ihren Schiffen im Stich ließ? Er hat's ihr aber nicht lange übelgenommen – – ich denke, das will etwas heißen, denn die Welt war damals noch sehr schön und angenehm. Ich will keine Vermutungen darüber anstellen, wie ich mich in diesem Fall benommen hätte. Nun aber zur Hauptfrage: Woher haben Sie diesen bezaubernden Kopf?»

Helfering antwortete: «Er ist mir zum Kauf angeboten worden, ich muß mich aber schnell entscheiden. Deshalb mein Telegramm, ich möchte in diesem Falle nichts ohne Ihren Rat tun.»

Fox schwieg eine Weile, er sah nicht sonderlich beglückt aus. «Schnell entscheiden? Der alte Trick, auf den Sie bitte nicht hereinfallen! Im Hintergrund der große Unbekannte, der nur darauf wartet, dieses einmalige Objekt zu schnappen. Man kennt das, und es spricht mehr für eine Fälschung als mir lieb ist. Wunderschön ist der Kopf trotzdem. Obwohl ... natürlich ... übrigens: der Preis?»

«Wurde noch nicht genannt. Ich habe vorbeugend erklärt, daß ich kein reicher Mann bin.»

«Und wer ist nun also der Verkäufer?»

Helfering nannte den Engländer Wilton. Vielleicht erinnerte sich Fox an die kleine Szene nach dem Vortrag in Paris? «Wenn Sie es wünschen, mache ich Sie morgen mit ihm bekannt, ich habe ihn auf elf Uhr hierher bestellt. Sie würden mir damit abermals einen großen Gefallen tun.»

«Trauen Sie ihm nicht?»

Der Professor überlegte. «Wenn man jemanden so wenig kennt wie ich diesen Wilton, dann ist man wohl gerade in einer Angelegenheit wie dieser allzusehr geneigt, Mißtrauen zu hegen. Ich möchte dem Manne aber nicht Unrecht tun.»

Fox brummte mit seinem vieldeutigsten Gesicht: «Man

wird sehen. Erlauben Sie, daß ich den Kopf in mein Zimmer mitnehme?»
«Warum?» fragte Helfering.
«Ich möchte mir ihn gleich jetzt und ohne verführerische Kerzenbeleuchtung noch einmal möglichst genau ansehen. Ich könnte ja doch nicht schlafen und brenne darauf, mit der Dame die Nacht zu verbringen. Sie werden nichts dagegen haben, wenn ich mich auch noch von dieser halben Flasche Wein begleiten lasse?»
«Wüstling!» sagte der Professor. «Und dabei kann ich Ihnen in diesem Falle nicht einmal mit dem Fräulein von Louha drohen!»
«Auch in keinem andern», entgegnete Fox vergnügt, nahm Kleopatra in seine Arme und kam nur zurück, um den Wein und seine noch auf dem Tisch liegenden Zigaretten zu holen. Helfering sah es mit Zufriedenheit; er kannte den Freund gut genug, um zu wissen, daß Fox nur dann aus einem Gelegenheits- zu einem Kettenraucher wurde, wenn ihn ausnehmend wichtige Dinge beschäftigten.
In seiner Stube stellte Fox den Kopf unter die Deckenbeleuchtung, richtete auch das nahe herangezogene Nachttischlämpchen darauf, nahm eine starke Taschenlampe als entscheidende Hilfe und holte aus seinem Koffer eine dreifache Einschlaglupe.
Wenn du echt wärest! murmelte er und nickte der Königin zu. Dem Professor hatte er vorsichtshalber nichts gesagt von einem Gedanken, der ihn seit dem ersten Anblick beschäftigte: Dieser höchst merkwürdige Kopf, dem trotz aller Strenge etwas nahezu Impressionistisches anhaftete, erinnerte ihn sehr an einen Kopf Alexanders des Großen aus Berliner Privatbesitz. Man hätte ohne weiteres glauben können, daß beide Werke von derselben Hand seien, und da der Alexanderkopf unzweifelhaft echt war und aus der Ptolemäerzeit stammte –

Oder ein sehr genialer Fälscher hatte den Alexander als Muster und Vorbild genommen und die Kleopatra danach geschaffen ... freilich würde er dann wohl kaum Diorit ausgewählt haben, zumal auch der Alexanderkopf kein Diorit, sondern Marmor war.
Ja, das eben müsste man wissen, dachte Fox und nahm die Spur eines Spitzmeißels, die sich am rechten Auge erkennen ließ, unter die Lupe. Übrigens würde ich dich auch kaufen, wenn du falsch wärest – so schön bist du. O this false soul of Egypt, this grave charm!

Zur selben späten Stunde dieser Nacht waren nur noch wenige Gäste in der Bar des Hotels Vier Jahreszeiten, unter ihnen freilich ein Engländer, der stets mit äußerster Zuvorkommenheit behandelt wurde, nämlich der Herzog von W. Er hatte seine drei sehr gelangweilten Hunde noch ein wenig spazierengeführt, sie dann einem Hotelpagen anvertraut, der die Tiere hinaufbringen sollte, saß jetzt vor einem Whisky und blickte melancholisch vor sich hin, wobei sein Gesicht in ebensolchen Falten lag wie vorhin das der Hunde.
Nachdem er sich dieser Tätigkeit genügend lange hingegeben hatte, traf er innerlich alle Vorbereitungen, die Bar zu verlassen, konnte seine Absicht aber noch nicht ausführen, weil eine Dame eintrat, die zu seinem Bekanntenkreis gehörte, und weil es, wäre er jetzt aufgestanden, so ausgesehen hätte, als wollte er ihr aus dem Wege gehen. Immerhin gelang es ihm, die Ereignisse planmäßig, jedoch einwandfrei ablaufen zu lassen. Die Dame war schlank und ziemlich jung, über dem Kragen des Pelzes leuchtete, aufs äußerste Weißblond gebleicht, dabei aber nicht stumpf, sondern schön glänzend, das sorgfältig gewellte Haar. Der Herzog wartete, bis die Dame ihren Pelz abgegeben hatte, stand in diesem Au-

genblick auf, wie wenn er ihr noch beim Ablegen helfen möchte, und als sie im Begriff war, ihn zu grüßen, grüßte er selbst und blieb neben ihr stehen.

«Mein altes Unglück, Lady Diana!» sagte er mit dem freundlichsten und faltigsten Lächeln. «Erst wenn die Sonne aufgeht, fange ich an einzuschlafen. Wie schade, daß Sie nicht ein wenig früher gekommen sind, ich hätte so manche Frage an Sie gehabt. Aber ich hoffe doch, daß Sie länger hierbleiben und wir alles nachholen werden. Morgen vielleicht? Nur eben für heute muß ich bitten, mich zu entschuldigen. Indessen beruhigen Sie mich doch wenigstens in einem Punkte, der mich geradezu aufregt: Ich sehe, Sie sind allein und weiß nun nicht recht –»

«O, wirklich, Sie wissen es nicht?» Lady Dianas Augen waren so hellgrau und kühl wie je.

«Zu meiner Entschuldigung kann ich nur anführen, daß ich drei Monate in Afrika war, wo es am afrikanischsten ist, die neueste Zeitung liegt dort nur selten neben der Frühstückstasse.»

«Ich bin in der Tat allein», sagte sie achselzuckend.

«Wie bedauerlich – ich meine: bedauerlich, falls ich daraus schließen müßte –»

«Tun Sie es, Sie werden dabei nicht irren. Aber das ist ja kein Grund zur Verzweiflung, oder?»

«Es hat nicht den Anschein», sagte er, «und ich muß es schon deshalb begrüßen, weil ich nun beruhigt schlafen gehen kann.»

«Das können Sie gewiß», antwortete Lady Diana.

«Ich würde vollends beruhigt sein, wenn ich wüßte, daß die Trennung Ihnen keine Nachteile gebracht hat.»

«Keine», sagte sie gleichgültig.

Der Herzog verabschiedete sich und ging in die Halle, aber nicht zum Lift, wie er eigentlich gewollt hatte, sondern er setzte sich möglichst abseits in einen der tiefen

Sessel, um ungestört noch ein wenig nachzudenken. Er war befreundet mit dem Mann, von dem diese Frau sich nun also hatte scheiden lassen – wenigstens war er es einmal gewesen, nämlich bevor jener heiratete. Bald danach kühlte sich die Freundschaft ab wie jede Freundschaft, die man nicht pflegt, und sie nicht zu pflegen erschien ratsamer. Man hörte über diese Diana mehr, als für sie vorteilhaft war. Nein, keine Skandale, was die Liebe betrifft, darüber hätte man vielleicht ahnungslos hinwegsehen können. Aber sie brauchte sehr viel Geld, und sie hatte es. Woher? Von ihrem Mann gewiß nicht, von ihren Eltern auch nicht. Nun, darüber konnte jeder denken, was er wollte, und das tat denn auch jeder – eben dies aber ist nicht vorteilhaft. Die besten Frauen sind die, über die niemand etwas denkt. Natürlich sind sie nicht ganz so interessant wie die anderen. Meistens auch nicht so hübsch. Denn das mußte man dieser Diana lassen, sie war noch immer so hübsch und anziehend wie als junges Mädchen. Das strahlende, fast silberne Haar, dazu ein von Natur aus wunderschöner Teint mit einem Hauch von Rosa, und die beinah unwahrscheinlich hellgrauen Augen unter ziemlich dunklen Brauen. Man könnte es ein Rokokogesicht nennen, und irgendwo hing wohl auch ein Bild von Gainsborough, das auffallend ähnlich war – vielleicht eine Vorfahrin, die Familie war alt und gut genug. Es gibt aber Dinge, bei denen die Nachsicht aufhört, und zwar deshalb, weil sie kompromittierend wirken kann. Vorsicht ist in solchen Fällen angebrachter.

Als Professor Helfering am Morgen in sein Arbeitszimmer kam, stand der Diorit-Kopf wieder auf dem Tisch. Fox hatte ihn beizeiten herübergetragen, berichtete Frau Gromann, und sich dann vermutlich noch einmal ins

Bett gelegt, übrigens habe sie ihn noch lange nach Mitternacht herumgeistern gehört.
Aber zum Frühstück erschien er, denn er wollte – wie er sagte – diese freundliche und aufgeweckteste Stunde des Tages nicht versäumen.
«Ist sie nun echt oder nicht?» fragte der Professor, beinahe unbeherrscht.
«Entweder das eine oder das andere», erwiderte Fox mit hochgezogenen Brauen. «Meiner Ansicht nach ist sie echt. Aber Sie kennen ja die Fälle, in denen die Wissenschaft sich Jahre und Jahrzehnte hindurch getäuscht hat, denken Sie nur an die Tiara des Saitaphernes. Hier, wenn jemals, haben wir die schönste Gelegenheit, uns bis auf die Knochen zu blamieren. Mir würde das nichts ausmachen, aber Ihnen, denn Sie haben im Gegensatz zu mir einen guten Ruf zu verlieren. Ich empfehle also die größte Vorsicht. Es wird sich zunächst darum handeln, in Erfahrung zu bringen, woher das Werk stammt, wo man es gefunden hat. Wann kommt dieser Engländer?»
«Wenn der Fundort aber nicht festzustellen ist?»
«Dann lassen Sie lieber die Finger davon. Natürlich, ich weiß, was Sie sagen wollen: Man kann auch etwas eingraben, damit es gefunden wird. Dies alles war schon tausendmal da. Wir werden ja sehen. Ich jedenfalls, das möchte ich noch einmal nachdrücklich betonen, übernehme keine Verantwortung.»
«Das sollen Sie ja auch nicht», sagte Helfering.
«Dann wundert's mich nur, daß Sie mich so dringend hier zu haben wünschten.»
«Sie sind ein ganz eitler und über alle Maßen eingebildeter Mensch, mein lieber Fox. Haben Sie wirklich angenommen, der Professor Helfering hätte Ihre werte Meinung als Archäolog nötig? Als Archäolog?»
«Ah!» sagte Fox. «Sie trauen der Sache also doch nicht! Sie nehmen an, daß sich dabei ein Schwindel herausstellt

und daß es für mich vielleicht auf anderen Gebieten zu tun gibt!»

«Ich nehme das nicht ohne weiteres an», erwiderte Helfering, «und ich möchte sehr hoffen, daß kein Schwindel dabei ist. Das werden Sie mir wohl glauben. Aber ich halte peinliche Überraschungen freilich nicht für ausgeschlossen. Und für diesen Fall habe ich Sie hergebeten. Wollen Sie mir das verübeln? Ich dächte, es müßte Sie interessieren?»

«Gut, gut», sagte Fox, «dann sind wir ja wieder einmal einig. In dem Punkte, den Sie jetzt meinen, übernehme ich die Verantwortung wesentlich lieber. Erlauben Sie, daß ich Ihnen ein Morgenkompliment mache – wenn nur alle Leute so klug wären, das Kind bei der Hand zu nehmen, noch bevor es in den Brunnen gefallen ist; man würde damit viel Mühe und Kosten sparen. Ich stehe Ihnen zur Verfügung. Erlauben Sie mir nun noch die Bemerkung, daß ich seit Ihrer Feststellung meiner Eitelkeit und Eingebildetheit von einem erheblichen Rachedurst geplagt bin, denn so etwas hört man gerade zum Frühstück nicht gern. Die Gelegenheit, Ihnen diese Schlechtigkeit heimzuzahlen, ist aber bereits da: Sie, der große Sachverständige, sind sich also über echt oder unecht nicht im klaren? Wer hätte das von einem so berühmten Gelehrten gedacht!»

Helfering fragte: «Nur um mich noch einmal zu vergewissern – Sie halten den Kopf für echt?»

«Ja.»

«Warum?»

«Herr Wilton!» meldete Frau Gromann.

Der Professor stand auf.

«Ich komme ein wenig später», sagte Fox und griff lächelnd nach der Teekanne. «Warten Sie nicht auf mich, ich werde rechtzeitig erscheinen.»

Helfering fand Herrn Wilton im Arbeitszimmer, wie er

den Dioritkopf bewunderte, der im Licht der blassen Wintermorgensonne ein sanftes Spiel von Farben auseinanderfächerte. «Ist Ihnen», fragte der Engländer nach einer kurzen Begrüßung, «aufgefallen, wie der Schöpfer dieses Werkes die zufällige Farbenanordnung des Steins für besondere Wirkungen auszunutzen verstand? Man begreift kaum, wie so etwas möglich sein kann. Aber ich brauche Ihnen gewiß nichts mehr zum Lobe des Kopfes zu sagen, darf mich vielmehr ohne lange Einleitung erkundigen, wie Sie sich entschlossen haben.»

«Sie erwarten bereits einen Entschluß?»

«Wie!» sagte Wilton im Tone tiefer Verwunderung und Enttäuschung. «Sie zögern noch?»

«Ehe ich mich entscheide, muß ich mindestens drei Fragen geklärt wissen. Erstens den Preis, zweitens die Herkunft des Werkes und drittens: Können Sie mir eine schriftliche Bestätigung geben, daß das Werk echt ist?»

Wilton, der noch nicht Platz genommen hatte, begann hin und her zu gehen, offensichtlich beunruhigt durch Helferings nicht erwartete und knappe Entschiedenheit. «Wir sind alle Menschen und dem Irrtum ausgesetzt», sagte er, «wie kann ich Ihnen eine solche Bestätigung geben? Sie wissen ebenso genau wie ich, daß das einfach unmöglich ist.»

«Dann erklären Sie sich schriftlich bereit, das Werk zurückzunehmen, falls seine Unechtheit nachgewiesen werden sollte.»

Wilton schüttelte mit einem milden Lächeln den Kopf. «Es wird Ihnen bekannt sein, daß dergleichen im Handel nicht üblich ist und so gut wie niemals vorkommt. Aber selbst wenn ich Ihrem Verlangen nachgeben würde – es hätte keinen Sinn, denn ich bin nur der Vermittler, aber nicht der Eigentümer oder Verkäufer.»

Der Professor sah ihn ernsthaft an, aber noch bevor er etwas äußern konnte, klopfte es an der Tür und Fox trat

ein. Helfering warf ihm einen raschen Blick zu und sagte: «Sie kommen gerade im rechten Moment, lieber Doktor Reineke. Darf ich Sie mit Herrn Wilton bekannt machen? Doktor Reineke war ein Schüler und ist ein Freund von mir.»
«Ich glaube, daß ich den Herrn bereits neulich in Paris bei Ihrem Vortrag gesehen habe?» fragte Wilton.
«Ich wohne dort», antwortete Fox nebenhin. «Was ist hier aber unter dem rechten Moment zu verstehen?»
«Herr Wilton war im Begriff, den Eigentümer dieses Kopfes zu nennen.»
Der Engländer stand am Fenster und blickte auf die Straße hinunter. Merkwürdigerweise wandte er sich auch jetzt noch nicht um, die Äußerung des Professors schien er überhört zu haben.
«Ist dies so zu verstehen», fragte Fox, «daß Sie wegen des Kaufes nicht mit Herrn Wilton, sondern unmittelbar mit dem Eigentümer zu verhandeln haben?»
Jetzt drehte sich Wilton um. «Ich habe dergleichen Schwierigkeiten geahnt», sagte er, «und bin deshalb nicht eher zu Ihnen gekommen, Herr Professor, als bis ich den Eigentümer hierher begleiten konnte.»
«Das heißt, der Eigentümer befindet sich zur Zeit hier?»
«Ja.»
«Warum sagen Sie das erst jetzt?» fragte Helfering. «Es hätte den Gang der Dinge wohl von Anfang an sehr vereinfacht und beschleunigt.»
Wilton stand jetzt mit dem Rücken gegen das helle Fenster, sein Gesicht war nicht deutlich zu erkennen, aber nach seiner Haltung zu schließen, mußte man auf eine von jenen langen Auseinandersetzungen gefaßt sein, die Helfering so wenig schätzte, weil sie sich nur in unendlich flachen Spiralen dem Kernpunkt zu nähern pflegten. «Ich erkenne», sagte der Engländer, «daß ich durch meine Gutmütigkeit in ein etwas schiefes Licht geraten

bin, und möchte das doch schleunigst berichtigen, zumal die Lage der Dinge sehr einfach ist. Die Dame also –»

«Welche Dame?» fragte Fox.

«Ah, ich vergaß zu sagen, daß der Eigentümer eine Dame ist, aber das hat wohl nichts zu bedeuten. Diese Dame also ist unterwegs nach Italien, wo die bisher schriftlichen Verhandlungen mit einem Großindustriellen, der den Kleopatrakopf erwerben möchte, zwar noch nicht abgeschlossen sind, jedoch fehlt eigentlich nichts weiter als die Unterschrift. Nun, die Industrie in Ehren, aber ich habe da meine besondere Ansicht. Ich bin Idealist, meine Herren. Finden Sie nicht auch, Herr Professor, daß diese Kleopatra sich bei Ihnen wohler fühlen würde? Nach Ihrem Pariser Vortrag war mir das durchaus klar, und da ich von der Besitzerin keine Verkaufs-, wohl aber Verhandlungsvollmacht habe, wollte ich das Schicksal der schönen Königin gern etwas freundlicher gestalten – es mag sie ohnehin einige Überwindung gekostet haben, sich die Giftnatter an den Busen zu setzen ... nun, das ist lange her. Aber man hat so seine Sentiments, nicht wahr, und daher kommt es wohl auch, daß ich mir den Gang der Dinge einfacher vorgestellt hatte. – Wie Sie jedoch sehen, habe ich es so eingerichtet, daß Sie jetzt mit der Dame selbst in Verbindung treten können.»

«Und wer ist das?»

«Lady Diana Meldrum.»

«Klingt schottisch», sagte Fox.

«Ist es auch. Ich habe schon im Hotel angerufen, konnte sie aber nicht erreichen, sie ist mit dem ihr befreundeten Herzog von W. für einen Tag weggefahren, um einen Besuch zu machen, kommt jedoch gegen Abend zurück.»

Fox rieb sich die Nase. «Meldrum ... ein Name, den man kennt, es fällt mir nur nicht ein, woher ... also wohl aus der Zeitung.»

«Lady Dianas Vater war lange Jahre hindurch britischer Botschafter in Kairo.»
Fox rieb sich abermals die Nase.
Helfering fragte: «Es ist Ihnen aber nicht bekannt, wie Lady Diana in den Besitz des Kopfes gekommen ist?»
«Durch ihren Vater.»
«Und dieser?»
«Wenn man in Ägypten lebt – wie kommt man zu so etwas?»
Fox lächelte. «Das ist eine Wissenschaft für sich.»
«Und zwar eine recht gefährliche, denn die Regierung hat für Unregelmäßigkeiten gerade in diesem Punkte nicht das geringste Verständnis, und nichts ist für einen Antiquitätenhändler kostspieliger, als auf diesem Gebiet Erfahrungen zu sammeln.»
«Hoffentlich ist das nicht der Grund, weshalb Sie bisher den Preis verschwiegen, Herr Wilton?»
«Es ist nicht der Grund. Immerhin wäre mir lieber, Sie richteten die Frage nach dem Preis an Lady Diana. Und damit, meine Herren, ist alles, was ich in der Angelegenheit tun konnte, getan – ich darf mich verabschieden. Allerdings muß ich Kleopatra wieder mitnehmen, so leid es mir tut, ich habe sie schon unverantwortlich lange aus der Hand gegeben, Lady Diana dürfte das nicht erfahren. Wenn Sie also erlauben, hole ich meinen Koffer herein, der Wagen wartet.»
Diese Verabschiedung, ganz im Gegensatz zur sonstigen Art des Engländers, war so überraschend kurz gewesen, daß Helfering und Fox zunächst stumm blieben und ihren Gedanken nachhingen.
Endlich strich der Professor mit den Fingerspitzen über den Tisch, dort, wo der Kopf gestanden hatte, und fragte: «Ich weiß nicht – kommen Sie sich auch so verlassen vor? Auch wir werden den Schnabel unseres Schiffes wenden und ihr folgen, après nous le déluge.»

Als Dr. Wilhelm Reineke anderntags durch die Straßen der Innenstadt schlenderte und ein Schaufenster nach dem andern besah, mußte er feststellen, daß es nicht nur in den Auslagen der Geschäfte weihnachtete: ein recht spürbarer Nordost pfiff an den Straßenecken, in der mehr als frischen Luft wirbelten winzige Schneeflocken durch sehr bleichen Sonnenschein. Deshalb erschien der Photoladen, den Fox schließlich betrat, geradezu überheizt.

Gewiß, der Film war entwickelt, auch die bestellten Vergrößerungen waren fertig. Er setzte sich an ein Tischchen, an dem er die Bilder ungestört betrachten konnte. Sie waren trotz der Starrheit des Blitzlichts recht gut geworden, geglückt in der Verteilung von Hell und Dunkel, dadurch steigerte sich die Lebendigkeit des Ausdrucks. Wo er Vorsatzlinsen benutzt hatte, ließ sich die Körnung des Diorits bis zu den feinsten Teilchen erkennen. Mit besonderer Neigung prüfte er diejenigen Aufnahmen, bei denen er den Kleopatrakopf möglichst so gestellt und beleuchtet hatte, wie der Alexanderkopf in seiner Erinnerung war. Die Ähnlichkeit des Stils und der künstlerischen Handschrift war in der Tat verblüffend, der Schluß auf den gleichen Urheber fast unvermeidlich. Mit diesen Photos, dachte er und kniff die Augen ein wenig zu, ließe sich eine Menge Geld verdienen! Damit vorerst kein anderer sie zu sehen bekam, steckte er den ziemlich dicken Umschlag in die Innentasche seiner Weste.

Dann war es Zeit, in das nahe gelegene Hotel zu gehen, wo er sich bei Lady Diana angemeldet hatte.

Neben dem Leseraum befand sich ein kleiner Salon, dessen Tür man schließen konnte, sehr geeignet für Unterredungen. Fox, oder vielmehr Herr Dr. Reineke, brauchte nur wenige Minuten zu warten, und als dann Lady Meldrum eintrat, totschick und fertig zum Ausgehen, und da auch noch die Vormittagssonne hereinschien und alle

Farben liebenswürdiger und lebendiger machte, fand er seine Vermutung bestätigt, daß man hier in keinem Sinn unvorsichtig sein durfte. Gerade dies machte ihn gespannt.

«Ich müßte wohl mit der Feststellung beginnen, daß ich mich freue, Sie zu sehen», sagte Lady Diana. «Es ist aber ein alter Fehler von mir, daß ich vormittags nicht lügen kann, wenigstens nicht ohne daß der andere es merkt. Kommen wir also gleich zur Sache. Wilton hat mir erzählt, daß Sie ein Mitarbeiter dieses Herrn Helfering sind, stimmt das?»

«Wir haben uns noch gestern sehr ausführlich über den Kleopatrakopf unterhalten. Er ist Ihr Eigentum?» Damit bog Fox den Vorteil des Fragenden sogleich zu sich herüber.

«Ja, ich bekam ihn von meinem inzwischen verstorbenen Vater, der britischer Botschafter in Kairo war.»

«Ihr Vater hielt den Kopf für echt?»

«Wir alle tun es!» antwortete sie erstaunt. «Haben Sie Zweifel?»

«Ich nicht. Aber Professor Helfering, den man zu den ersten Sachverständigen zählen muß, ist nicht ganz sicher.»

«Nun, dann soll er die Finger davon lassen. Das ist doch sehr einfach. Ich nehme an, daß Sie nicht eigens gekommen sind, mir das mitzuteilen?»

«Nicht nur deshalb», antwortete Fox, «sondern ich wollte Sie um die Erlaubnis bitten, einige Fragen an Sie zu richten.»

«Das tun Sie bereits ununterbrochen.»

«Ich bitte, mir das nicht zu verübeln. Zwar handelt es sich im Falle eines Kaufes nicht um mein Geld, aber schließlich ist eine Viertelmillion keine Kleinigkeit.»

Lady Diana vernahm diese von Fox improvisierte Viertelmillion ohne mit einer Wimper zu zucken – eine Vir-

tuosin in der Kunst, gleichgültig auszusehen. «Wilton hat Ihnen ja wohl erzählt, daß der Kopf so gut wie verkauft ist», sagte sie. «Ich bin im Begriff, nach Mailand zu fahren, morgen oder übermorgen.»
«Sie befürchten keine Schwierigkeiten?»
«Wegen des Zolls, meinen Sie?»
«Ich denke augenblicklich nicht an derlei Dinge, die sich verhältnismäßig leicht überwinden lassen. Professor Helfering würde natürlich großen Wert darauf legen, zu wissen, wann ungefähr der Kopf in den Besitz Ihres Vaters gekommen ist, und woher. Die ägyptische Regierung, zumal die gegenwärtige, ist ziemlich rücksichtslos, wenn bei solchen Angelegenheiten auf einem verbotenen Nebengeleis gefahren worden ist, es kann unangenehme Folgen haben.»
Während Fox dies bedachtsam sagte, betrachtete ihn Lady Diana aus ihren hellgrauen Augen. «Ähnliche Gedanken habe auch ich mir schon gemacht», sagte sie. «Ich bin Ihnen dankbar, daß Sie meine Überlegungen bestätigen, und darf daraus wohl schließen, daß Sie auf diesem Gebiete Bescheid wissen. Das ist mir recht lieb.» Sie überlegte, mit einem Blick auf die Uhr, in ihre Augen kam die Spur eines Lächelns. «Ich würde mich gern eingehender mit Ihnen über diese Dinge unterhalten, ja, das wäre vielleicht recht vorteilhaft. Jetzt freilich . . . in zehn Minuten habe ich eine sehr wichtige Verabredung, nämlich mit dem Coiffeur, Sie begreifen.»
«Ich schließe daraus, daß Sie heute abend eine noch wichtigere Verabredung haben.»
«Das wird sich zeigen. Für wie wichtig halten Sie sich?»
Fox antwortete: «Es kommt selten vor, daß ich mich für unentbehrlich halte. Umso mehr freut es mich in diesem Fall. Wann darf ich Sie abholen?»
Wieder auf der Straße, von bunten Eindrücken abgelenkt, gingen seine Gedanken noch immer zu Lady Dia-

na zurück. Er hatte sie nur nach einem geringen Bruchteil dessen gefragt, was er eigentlich wissen wollte, teils um nicht aufdringlich zu werden, teils aber auch, weil ihr Äußeres und ihr Wesen ihm bei dieser ersten Begegnung manches Rätsel aufgaben. Wie sie im Sonnenschein saß, der durch die feinen Gitter der Fenstervorhänge gedämpft hereinkam, konnte man diese Frau besonders wegen des glänzend hellblonden Haares und den unglaubhaft zarten Farben des Gesichtes für ein junges Mädchen halten. Das war sie nun bestimmt nicht mehr, und vollends wurde der erste Eindruck, der sie wie das reizende Titelblatt der Sonnabendpost erscheinen ließ, unwirksam gemacht, wenn man in ihre Augen sah. Es war nicht nur das sehr helle Grau, sondern, wie ihm jetzt in der Erinnerung vorkam, eine ungewöhnlich kleine und nur selten veränderte Pupille, die den Augen jene auffallende Starrheit gaben, wenn Lady Diana scharf beobachtend schwieg. Begann sie zu sprechen, so verschwand der unangenehme Eindruck – den übrigens wohl nur wenige Menschen bemerkt haben würden – und machte einer Art von vergnügter Gescheitheit Platz, die nun um so angenehmer wirkte.
Jedenfalls eine lohnende Bekanntschaft! dachte Fox. Nur muß man sich in acht nehmen. Aber was geht schließlich die ganze Geschichte mich an. Es ist nicht mein Name und mein Geld, die hier aufs Spiel gesetzt werden. Seltsam aber: Dieses Gefühl, daß da irgendetwas nicht stimmt! Meldrum ... Meldrum ... Ich werde sie gründlich ausfragen, vorausgesetzt, daß sie sich das gefallen läßt. Vielleicht hängt es einfach davon ab, ob es mir glückt, heute abend die Schleife tadellos zu binden. Nun, das wird sich zeigen, einstweilen haben wir anderes und Wichtigeres zu tun.
Er kaufte eine große Schachtel Zigaretten, und als er kurz vor Mittag heimkam, begrüßte ihn Frau Gromann

mit deutlichem Schrecken: sie hatte weder ihn noch den Professor zum Essen erwartet.

«Machen Sie sich deshalb keinen Kummer», sagte er, «ich habe ohnehin nicht die Absicht, mich mit etwas so Prosaischem wie der Ernährung zu beschäftigen.»

«Und warum nicht?»

«Nehmen Sie an, ich hätte mich verliebt.»

«Wie aufregend! In wen?»

«Muß ich Ihnen das sagen? Ihnen?» flötete er. «Und jetzt geben Sie mir einen recht großen Aschenbecher, denn ich will mich zu den Büchern ins Arbeitszimmer setzen und viel für meine Bildung tun. Wenn ich Sie nur bitten dürfte, mir um vier Uhr Kaffee zu machen – aber bitte so stark wie meine Leidenschaft!»

Als Helfering gegen Abend heimkam, fand er, der Nichtraucher, sein Zimmer qualmerfüllt, ansonsten jedoch leer, aber wenige Minuten später trat Fox ein, fertig zum Ausgehen, und erklärte: «Es hat sich nun wieder einmal so ergeben, daß ich mich für Sie opfern muß. Ich tue es ja gern, nur möchte ich nicht mit so viel mißtrauischen Nebengedanken betrachtet werden, wie dies augenblicklich leider geschieht. Lady Diana Meldrum erwartet mich.»

«Ihrem Anzug nach zu urteilen ist die Dame nicht ausgesprochen häßlich», sagte der Professor. «Es wäre zu überlegen, ob ich Sie vorsichtshalber begleiten sollte.»

«Oh, machen Sie sich keine Unbequemlichkeiten, Verehrter. Ich werde mühelos allein mit ihr fertig.»

«Davon spreche ich nicht. Die Frage ist vielmehr, ob nicht die Dame mühelos mit Ihnen allein fertig wird. Deshalb glaube ich, durchaus im Sinne des Fräulein von Louha zu handeln, wenn ich –»

«Darf ich vorschlagen, das Handeln mir zu überlassen? Sie werden viel Geld dabei sparen, wenn ich nicht irre. Übrigens halte ich es für möglich, daß das ganze Geschäft . . . nun, sagen wir zwar nicht ins Wasser fällt, sich aber auf die lange Bank schieben läßt.»

«Wäre das wünschenswert?» fragte Helfering ziemlich erschrocken. «Vergessen Sie nicht, daß die Dame morgen, spätestens übermorgen nach Italien fährt.»

«Eben deshalb, ich vergesse es nicht», erwiderte Fox. Er ging in bester Laune von dannen, angeregt durch manche Erwartung und Erwägung, und hätte schwören mögen, daß Lady Diana heute abend sehr viel Hellblau und auch Weiß-Pelziges anhaben würde.

Sie hatte es. Vielleicht kam sie eben doch aus einem Titelblatt. Jedoch überraschte sie Herrn Dr. Reineke durch die Mitteilung, daß sie den Nachmittag dazu benützt habe, sich ein wenig zu erkälten und deshalb lieber nicht in die Winternacht hinausgehen wolle. Also sei bereits hier im Hause ein Tisch belegt. Einverstanden?

Ihm war das lieb, so brauchte er den kleinen Orchideenzweig, den er unterwegs gekauft hatte, nicht wieder in die Kälte zu bringen. Er schlug das Seidenpapier auseinander und überreichte ihn der Lady. «Wie gut, daß Sie diese weiße Blüte gewählt haben», sagte sie, «und nicht das hellviolette Dendrobium, es hätte nicht zu meinem Kleid gepaßt.» Fox bemerkte, es käme wohl sehr selten vor, daß jemand, noch dazu eine Dame, den lateinischen Namen einer Orchidee kenne. «Wir hatten im Garten der Botschaft in Kairo ein Orchideenhaus», erklärte sie, «ich war damals freilich noch klein, um so aufrichtiger durfte ich den Gärtner lieben, einen alten Ägypter, der nicht nur viele botanische Kenntnisse besaß, sondern auch jene wunderschönen morgenländischen Märchen erzählen konnte, in denen so viel Weisheit ist.»

«Also verstehen Sie Arabisch?»

«Ich habe es damals gelernt, wie Kinder eben Sprachen lernen, aber das Meiste wieder vergessen. Immerhin, ich kann mich mit den Leuten verständigen, dabei fällt mir auch manches wieder ein. Der Gärtner begleitete uns sogar stets nach Alexandria, denn die Botschaft hatte für die heißen Monate ein Haus – kennen Sie Alexandria? – mit einem noch schöneren Garten, natürlich im Osten, an der Corniche, die am Meer entlang läuft, noch über den Muntazah hinaus, ein herrlicher Strand zum Baden und Segeln.»

«Muntazah», sagte Fox, «war das nicht der Sommerpalast des Königs Faruk? Jetzt soll ein Museum darin sein. Dies bringt mich nun, verzeihen Sie, gleich wieder auf die Frage, deren Beantwortung mir am notwendigsten erscheint.»

«Nämlich?»

«Woher stammt der Kleopatrakopf?»

Lady Diana streifte ihn mit einem Blick, und während sie dann die Augen senkte, lächelte sie überlegend, ja sogar ein wenig verlegen (was ihr ausgezeichnet stand) und strich mit der Außenkante des kleinen Fingers ein paar Brotkrümchen zusammen. «Diese Frage wollten Sie schon heute vormittag beantwortet wissen. Ich habe Ihnen bereits gesagt, daß ich den Kopf von meinem inzwischen verstorbenen Vater bekommen habe.»

«Jawohl, und im selben Atemzug erklärten Sie, daß Sie vormittags nicht lügen können, wenigstens nicht so, daß der andere es nicht merkt.»

«Wollen Sie im Ernst behaupten, ich hätte die Unwahrheit gesagt?»

«Vielleicht nicht gerade die Unwahrheit.»

«Wie kommen Sie dazu!»

Fox beugte sich vor und antwortete: «Das ist sehr einfach. Wäre dieser wundervolle Kopf schon vor längerer Zeit aufgetaucht, so hätte kein Sammler es fertig gebracht, das Wissen um einen solchen Besitz auf die Dauer für sich zu behalten. Der Stolz des Finders oder Ausgräbers oder Entdeckers, jedenfalls des Eigentümers wäre

ebenso groß gewesen wie seine Eitelkeit. Er hätte es vielleicht nicht hinaustrompetet, als Gerücht aber wäre genug durchgesickert, etwa auf dem Weg über seinen besten Freund – es könnte auch eine Freundin gewesen sein –, ein tüchtiger Bildberichterstatter hätte heimlich ein paar Aufnahmen gemacht, ich brauche Ihnen das nicht weiter auszumalen, begnügen wir uns mit der Tatsache: Der Kopf kann erst vor kurzer Zeit aufgetaucht sein.»
Die Engländerin dachte nach, oder wenigstens tat sie so. «Setzen wir einmal voraus», sagte sie schließlich, jetzt ohne jede Spur von Verlegenheit, sondern sehr gelassen, «setzen wir voraus, Ihre Annahme wäre richtig, dann müßte ich Ihnen allerdings in einem ziemlich sonderbaren Licht erscheinen.»
«Sie sind immer schön, Lady Diana, auf die Beleuchtung kommt es nicht an.»
«Was haben Sie gedacht, als Wilton den Kopf brachte?»
«Nichts, denn ich war nicht dabei, da ich in Paris wohne. Er kam ja zu Helfering, und Helfering wollte die Verantwortung nicht allein tragen.»
«Welche Verantwortung?»
«Durch sein Ja oder Nein, Echt oder Unecht den Wert des Werkes steigen oder stürzen zu lassen.»
«Er bat, daß Sie kommen?»
«Ja.»
«Sind Sie so sachverständig, Doktor Reineke?»
«Vier Augen sehen mehr als zwei.»
«Und was haben Sie also gesehen?»
Fox sagte: «Verzeihen Sie, wenn ich diese Ihre Frage zunächst ebenso überhöre wie Sie vorhin die meine.»
«Ich habe den Eindruck», entgegnete Lady Diana und schlug endlich die Augen wieder auf, «daß wir zwar recht ruhig und höflich miteinander sprechen, es ist aber keine innere Liebenswürdigkeit dabei. Wir benehmen

uns wie zwei Fechter, ganz nett und reizvoll, auf die Dauer aber doch ermüdend, man kommt nicht von der Stelle. Wir lächeln einander an, aber nur, um unser Mißtrauen zu verbergen, und blicken einander in die Augen, aber nur um zu erkennen, in welchem Punkte die Gefahr droht. Weshalb eigentlich? Diese Frage wenigstens werden Sie mir doch beantworten!»

«Sie sind ganz so, wie ich es erhoffte», sagte Fox, «nämlich bezaubernd. Da ich Ihnen nicht sofort zu Füßen liege, vermuten Sie, daß ich etwas gegen Sie habe – schon seit dem Paradies hat Eva ein schlechtes Gewissen gegenüber den Männern, sie gibt es nur nicht zu, bei solchen Gelegenheiten indessen kommt es zum Vorschein. Sie vergessen aber die Hauptsache: Bedenken Sie doch, daß weder ich noch der Professor etwas von Ihrer Existenz wußten, als dieser Herr Wilton auftauchte. Zugegeben, er macht einen abenteuerlichen Eindruck, aber was hat das mit Ihrer Person zu tun?»

«Und was, dachten Sie, wollte Herr Wilton?»

«Von uns? Ja, das hat mich eine Zeit lang beunruhigt, freilich nur genau so lange, bis ich es wußte. Er wünschte von dem großen Sachverständigen Helfering eine möglichst unverklausulierte Erklärung, daß er die Kleopatra für echt hält. Mit diesem Zeugnis könnte man – morgen oder übermorgen oder irgendwann – in Mailand oder sonstwo den Preis hochtreiben, und damit würden auch die Prozente steigen, die Wilton bekommt, wie er mir bereitwillig mitgeteilt hat.»

«Aha, und welche Rolle spiele nun ich in dieser kümmerlichen Altwarenhändlergeschichte?»

Fox verklärte sich, das konnte er wundervoll. «Sie sind das liebe Christkindlein, ganz aus Goldpapier und Glasfadenlocken, das nun vom Himmel hoch herkommt und mit glockenheller Stimme verkündet, daß demnächst Weihnachten ist. Zufällig stimmt das. Eine andere Rolle kann ich Ihnen nicht zuteilen, hoffe aber, es macht Ihnen Freude.»

«Sie treffen genau das Richtige», sagte Lady Diana, «und nach diesem schönen und versöhnlichen Schluß unseres Märchens für die lieben Kleinen könnten wir eigentlich heimgehen. Aber ich weiß nicht, etwas in mir spricht dagegen. Sie waren so fest überzeugt, heute abend Näheres über Kleopatra zu hören. Wollen wir nicht tauschen?»

«Wie meinen Sie das?»

«Sie sagen mir, ob Sie und der Professor den Kopf für echt halten, und ich sage Ihnen, was ich über seine Herkunft weiß.»

«Das könnte, wenn Sie nichts wissen, ein ausgezeichnetes Geschäft für Sie werden.»

«Machen wir es also folgendermaßen: Sie hören sich zunächst meine Mitteilungen an und versprechen mir dann Ihr aufrichtiges Urteil.»

«Das klingt recht selbstsicher und macht mich neugierig», sagte Fox. «Gut also, lassen wir das Abkommen gelten. Bitte fangen Sie an.» Diese oder eine ähnliche Wendung hatte er mit ziemlicher Sicherheit vorausgesehen, trotzdem war er sehr gespannt. Lady Diana begann nicht sogleich, sondern sammelte ihre Gedanken erst, suchte vielleicht auch nach einer passenden Einleitung. Er hatte Zeit, sie währenddessen zu beobachten, aber freilich konnte man nicht ahnen, was hinter dieser klaren Stirn vorging – jedenfalls war er darauf gefaßt, alles mögliche zu hören, nur nicht die Wahrheit. Bei alledem wußte er nicht genau, woher sein Mißtrauen kam. Selten hatte ihn eine Frau so unsicher werden lassen wie diese.

«Ich sagte Ihnen schon», begann die Engländerin, zunächst ein wenig stockend, «daß mein Vater britischer Botschafter in Ägypten war. Ich selbst bin in Kairo geboren. Das ist heute eine Dreimillionenstadt. Deshalb, und weil die großen Pyramiden so nahe liegen, glaubt der Fremde meistens, es sei die Hauptstadt auch des alten Ägyptens gewesen. Aber Kairo ist erst viel später, und zwar von den Arabern, gegründet worden, war also zur Pharaonenzeit noch nicht vorhanden. Ich sagte Ihnen auch schon, daß wir die heißesten Sommermonate in Alexandria verbrachten, und dort liegen die Dinge nun freilich anders, denn diese Stadt hat immerhin wenigstens die letzten dreihundert Jahre miterlebt, bevor Ägypten römische Provinz wurde.»

«Das ist mir natürlich nichts Neues», bemerkte Fox mit einem nachsichtigen Lächeln. «Darf ich Sie daran erinnern, daß Shakespeares ‚Antonius und Kleopatra' in Alexandria spielt?»

«In eben diese Richtung geht das, worauf ich jetzt zu sprechen kommen will», antwortete Lady Diana. «Marc Anton und vor ihm Julius Cäsar hatten dort ja ihre besonderen Abenteuer, an denen Kleopatra wahrhaftig nicht unbeteiligt war. Erinnern Sie sich, wohin die schöne Königin sich zurückzieht, als sie durch die Giftschlange sterben will?»

Er hatte bis zu diesem Augenblick ein wenig gelangweilt zugehört, im stillen hoffend, daß die Engländerin bald auf minder selbstverständliche Dinge zu sprechen kommen werde. Ihre letzte Frage nun löste gleichsam einen Blitz aus, der durch das Halbdunkel der Vergangenheit zuckte und Fox hellwach werden ließ. «Wenn ich nicht irre», antwortete er, «in ihr Grabmal?»

Diana erkannte sofort, daß sie das erreicht hatte, was sie wollte, und hütete sich weislich, die Wirkung des Blitzes dadurch abzuschwächen, daß sie weitersprach. Aber ihre hellgrauen Augen waren auf ihn gerichtet, und es lag etwas wie Spott darin.

«O ja», fuhr er fort, «jetzt erinnere ich mich an das Bühnenbild am Schluß einer Aufführung, die ich in London sah. Ein riesiges Grabmal, ein Gebäude wie eine Festung, das die Bühne nach hinten abschloß.»

«Kleopatra war Ptolemäerin», sagte Lady Diana, «und zwar die letzte. Es ist überliefert – und versteht sich übrigens auch von selbst –, daß alle Ptolemäer in Alexandria bestattet wurden. Die Dynastie hatte dreihundert Jahre lang regiert, da konnte und mußte das Grabmal wohl riesig sein, meinen Sie nicht?»

«Auch mit dieser Frage haben Sie sich beschäftigt?»

«Ich mußte wohl», erwiderte Lady Diana, «mein Vater hat den Kopf in Alexandria gekauft.»

«Lassen Sie sich doch nicht jedes Wort abbetteln!»

Sie hob die Schultern. «Da gibt es nicht mehr viel zu erzählen, Sie wissen besser als ich, wie oft und von wem die Stadt im Laufe der Geschichte erobert und zerstört worden ist, welche furchtbaren Aufstände und Bürgerkriege darin getobt und das Werk der Zerstörung vollendet haben, viel Erhebliches ist nicht übriggeblieben, Alexandria ist heute einer der größten modernen Mittelmeerhäfen und sieht auch so aus, recht unägyptisch und nicht sehr orientalisch. Aber –»

In diesem Aber fühlte Fox den Angelpunkt. Was er bisher gehört hatte, war ihm nicht neu gewesen. Würde nun endlich eine Tür sich öffnen?

Für ein paar Augenblicke hielt Lady Diana inne, gleichsam vor der Schwelle zögernd, die Hand auf der Klinke.

«Mut!» sagte Fox. «Da hilft nichts, der nächste Schritt führt in das Geheimnis!»

«Es ist nicht deshalb», erwiderte sie, noch immer in Überlegungen verfangen. «Ich muß jetzt etwas erwähnen, was ich nicht selbst erlebt, sondern von meinem Vater gehört habe. Sollte es Ihnen unglaubhaft erscheinen, so ist das also nicht meine Schuld, ich – darauf können Sie sich verlassen – würde etwas umsichtiger lügen. Wenn wir uns in Alexandria aufhielten, was so gut wie ein langer Sommerurlaub war, liebte es mein Vater, zur Abendzeit einen Strandspaziergang zu machen, der ihn regelmäßig bis zu einem bestimmten Terrassencafé führte. Dort trank er ein Glas Wein und genoß den wunderschönen Anblick des Sonnenuntergangs mit seinen unbeschreiblich glühenden, bald verdämmernden Farben, in denen die Leuchtfeuer aufzublitzen begannen; es gibt wenige Bilder, die den Übergang ins Grenzenlose, Zeitlose, Traumhafte eindringlicher empfinden lassen. Da mein Vater sich stets an den gleichen Tisch setzte, wurde er auch meist von demselben griechischen Kellner bedient, zwischen den beiden entstand das übliche, angenehme Vertrauensverhältnis, das – ganz nach der jeweiligen Stimmung des Gastes – manchmal völlig wortlos, ein andermal aber unverbindlich-mitteilsam sein kann. Ich spreche nicht griechisch und weiß nicht, ob dortzulande der Name Odysseus noch heutzutage gebräuchlich ist, es kommt auch nicht darauf an, jedenfalls pflegte mein Vater den Kellner Odysseus zu nennen, dafür hatte er wohl seine Gründe, denn es steht fest, daß der brave Odysseus genau so herzerfrischend lügen konnte wie sein Namensvetter bei Homer – nur ein Gott hätte gewußt, wo bei ihm die Wahrheit aufhörte und die Lüge anfing, im Orient ist das ja von jeher eine schätzbare und vorzügliche Eigenschaft, man muß es nur wissen und sich danach richten.»

Fox sagte: «Ihre Darstellung rankt sich an diesem Vorbild zu einer beachtlichen Höhe empor.»

«Vergessen Sie aber nur nicht, daß es bloße Wiedergabe ist, was Sie von mir hören, deshalb kann ich mich kurz fassen. Eines Abends, als Odysseus besonders wenig Gäste zu bedienen hatte, bat er meinen Vater, den Kauf einer kostbaren Antiquität zu vermitteln. Dieser, der sich für solche Dinge von jeher interessierte, wenn sie von hervorragender Qualität waren, lehnte nicht ab, und so kam die Kleopatra in seinen Besitz.»

Fox schüttelte den Kopf. «Verzeihen Sie, das ist nun doch etwas zu kurz. Ihrer schönen Einleitung nach erhoffte ich Aufregenderes, und im übrigen sagt dies alles noch nichts über die Herkunft des Werkes.»

«Ich bin ja auch noch nicht fertig», erwiderte Lady Diana, «nur müssen Sie auf Einzelheiten verzichten, die ich nicht weiß. Die Verhandlungen waren gewiß schwierig, denn das Handeln ist von jeher der Lieblingssport des Orientalen, und vollends als man meinem Vater endlich das Werk übergab und er schon die Glückseligkeit als Besitzer der attraktivsten Frau der Weltgeschichte empfinden durfte – in diesem Augenblick, nicht früher, offenbarte sich der Pferdefuß. Natürlich nicht früher, denn der Botschafter Seiner britischen Majestät hätte sich sonst schwerlich auf den ganzen Handel eingelassen. Man legte ihm nämlich dringend nahe, hinsichtlich seiner Beziehungen zu dieser Dame die größte Diskretion walten zu lassen und sie niemandem zu zeigen, da böse Menschen mit einem gewissen Recht vermuten könnten, sie sei auf nicht völlig einwandfreie Weise in sein Haus gekommen. Unter anderen Umständen hätte er vielleicht noch jetzt alles rückgängig gemacht, sicher wäre das möglich gewesen, denn wer will in solchem Fall einen Menschen zwingen, etwas Bedenkliches zu tun? Aber mein Vater war in dieser Hinsicht bereits der Nachfolger des Marc Anton: er hatte Kleopatra nicht nur, er wünschte sie auch zu behalten, er konnte sich nicht mehr von ihr trennen, mochte da kommen was wollte – mit anderen Worten: nicht er hatte sie, sondern sie hatte ihn.»

Fox nickte. «This grave charm of Egypt!»

«Grave charm?» fragte Lady Diana. «Das ist gut. Das ist ausgezeichnet. Es trifft wie das gebündelte Licht eines Scheinwerfers. Also kann es nur von Shakespeare sein.

Aber zurück zu meiner Geschichte. Die Freude war damit schon seit der ersten Stunde getrübt, kein Wunder, denn daß eine solche Frau ein reines Vergnügen ist, kann sich nur ein Mann einbilden.»

«Ich sehe, wie sehr die tiefe Romantik der Angelegenheit Sie beschwingt», sagte Fox und dachte: Wenn ich nur schon wüßte, was daran wahr ist. Er fuhr aber fort: «Nun also zeigt sich endlich, weshalb dieser wundervolle Kopf bisher unbekannt geblieben ist.»

«Dafür gibt es wohl nicht nur einen, sondern mehrere Gründe», bemerkte Lady Diana. «Bald nach diesem Besitzerwechsel hörte mein Vater mit Unbehagen und Bedauern, daß der griechische Kellner verhaftet worden sei. Zum Glück ging es dabei jedoch, wie sich sofort zeigte, um völlig andere Dinge, und seine Nervosität, der Mann könnte vielleicht doch in irgendeinem Zusammenhang etwas über die Kleopatra-Affäre verlauten lassen, erwies sich als unbegründet. Der edle Dulder Odysseus wurde für ein paar Monate eingesperrt. Aber gleich nachdem er seine Strafe abgesessen hatte, tauchte er in der Botschaft auf, denn er brauchte Geld.»

«Das war zu erwarten», sagte Fox. «Erpressung?»

«Ach nein. So naiv war er nun doch nicht. Was könnte wohl ein armer Kellner, der gerade aus dem Gefängnis kommt, gegen Seine Exzellenz den britischen Botschafter ausrichten? So liefen die Gedanken des Griechen nicht, und schon das hätte genügt, meinen Vater wohlwollend zu stimmen, er war ein Mann mit Herz. Nein, der brave Odysseus rückte mit etwas viel Verblüffenderem an, und dabei war er durchtrieben genug, das, was ihn bewegte, in eine ganz harmlose Frage zu kleiden. Zur Einleitung bemerkte er selbstverständlich, daß man den Kleopatrakopf viel zu billig hergegeben habe, dies aber lasse sich nun nicht mehr ändern, und an dem Geschäft seien nur musterhaft ehrliche Händler beteiligt gewesen. Nein, Exzellenz, lassen wir das, sprechen wir von etwas anderem. Ich hatte in den letzten Wochen mehr als genug Zeit zum Nachdenken, und so plagt mich nun eine Frage, die Eure Exzellenz als gelehrter und gebildeter Mann höchst wahrscheinlich beantworten kann.»

«Nämlich?» fragte mein Vater in dem Gefühl, daß jetzt etwas Besonderes kommen würde. Und deshalb bot er ihm eine Zigarette an.

Odysseus nahm sie mit einer dankenden Verbeugung, und während er sie anzündete, erkundigte er sich ganz nebenhin: «Wo schläft Kleopatra?»

Hier war Lady Diana wiederum so klug, eine Pause zu machen.

«Alle Achtung!» sagte Fox. «Ich überlege, wer die Sache raffinierter behandelt hat – Odysseus damals oder Sie heute! In der tollen Frage, wo Kleopatra schläft, ist die viel umfassendere nach dem Grab aller Ptolemäer versteckt! Der Grieche wollte andeuten, daß der Kopf möglicherweise dorther stamme?»

«Er wollte das nicht nur andeuten, sondern hat es ganz schlicht als Tatsache hingestellt. Mein Vater, in solchen Dingen erfahren genug, erwiderte kopfschüttelnd, daß er auf so viel Filmromantik nicht hereinzufallen gedenke. Er erinnerte den ehrenwerten Odysseus daran, daß fast alle ägyptischen Königsgräber ausgeraubt worden seien, und zwar nicht erst in einer verhältnismäßig nahen Vergangenheit, sondern schon seit Jahrtausenden. Ferner erinnerte er ihn daran, daß gerade Alexandria schrecklich oft erobert, geplündert, zerstört worden sei. Er wolle zwar nicht daran zweifeln, daß die ptolemäische Dynastie sich eine gewaltige und großartige Grabanlage gebaut habe. Er wolle auch die Möglichkeit, ja, die Wahrscheinlichkeit zugeben, daß Kleopatra, als die Letzte aus dem Hause der Ptolemäer und überhaupt die

letzte Königin des Pharaonenreichs, in dieser Grabanlage bestattet worden sei, dies um so mehr, als die Überlieferung es behauptet. Dann aber? Wo war denn das Grab, wo war der bestimmt dazu gehörige Tempel, wo etwa der aufgeschüttete Hügel, da es doch in Alexandria, das heißt unmittelbar am Meeresstrand und auf dem Schwemmboden des Nils, keine nennenswerte natürliche Bodenerhebung gab, geschweige denn Fels wie in dem berühmten Tal der Könige? – Odysseus hörte sich das alles mit großer Gelassenheit an und betrachtete dabei ebenso gelassen Seine Exzellenz den Botschafter, der ihm sozusagen mit gesträubten Federn und dem dringenden Wunsch gegenübersaß, von diesem listigen Griechen nicht für dumm genommen zu werden. – Vielleicht, entgegnete Odysseus Seiner Exzellenz in einer Atempause, sei man mit allen Grabanlagen gleich anfangs unter die Erde gegangen? – Diese Vermutung, sagte mein Vater, liege zwar nahe, habe jedoch wenig Gewicht, denn Gräber lägen meistens unter der Erde. Man möge sich doch nicht narren lassen von dergleichen Einbildungen. Wo nichts ist, läßt sich nichts holen. Oder hatte vielleicht jemals jemand die Pharaonengruft gesehen?
«Doch!» antwortete Odysseus. «Ich!»
«Phantastisch!» sagte Fox und bedeutete dem Kellner, eine neue Flasche zu bringen. «Selten war ich gespannter.»
«Worauf?»
«Wie der Grieche sich herauslog, nachdem er sich so umsichtig hineingelogen hatte. Sie sind die entzückendste Bekanntschaft meines Lebens, Lady Diana.»
Diana blickte ihn ernsthaft an. «Und Sie sind etwas voreilig, Doktor, in jeder Hinsicht. Ich selbst war nämlich dort.»
«Wo?»

«In der Gruft der Ptolemäer.»
«Sie belieben einen reichlich sonderbaren Witz zu machen!»
«Nein, nein. Allerdings war ich damals noch ein sehr kleines Kind, vier Jahre alt. Es geschah in dem Sommer, in dem euer Marschall Rommel fast bis Alexandria durchgestoßen wäre, eine recht angstvolle Zeit für die Stadt. Wir hörten die Artillerie und die Panzer Tag und Nacht. Und in einer Nacht, als die Lage vermutlich am schlimmsten war, kreisten Flugzeuge in der Finsternis über uns, man erwartete einen großen, entscheidenden Luftangriff. In dieser Nacht führte der Grieche Odysseus meinen Vater und mich unter die Erde, weil es dort am sichersten war. Ich erinnere mich nur noch, daß wir Angst hatten und im Auto der Botschaft, ohne Licht, eine Weile kreuz und quer durch die Stadt fuhren. Dann stiegen wir eilends aus und stolperten vorwärts und hinunter.»
«Und?»
Lady Diana lächelte. «Sie werden nicht erwarten, daß ein vierjähriges Mädchen sich merken konnte, wie und wo das geschah – aber es war sehr unheimlich und kalt und roch schlecht, und es waren viele Mauerreste und Stufen da. Ich erinnere mich auch noch, wie furchtbar ich erschrak, als wir dort unten plötzlich zwei Männern gegenüberstanden, die sich nicht rührten und uns vorbeiließen, ohne ein Wort zu sprechen, indessen ihre Augen glitzerten, und man hörte sie atmen. Daß es dann abermals eine Treppe hinab ging, weiß ich noch, denn ich fiel natürlich hin und schlug mir das Knie auf. Mein Vater nahm mich auf den Arm, und da schlief ich ein und erwachte erst, als wir, am hellen Morgen, wieder zu Hause waren und mir das Knie abscheulich wehtat. Damals war ich froh, daß ich dieses Abenteuer hinter mir hatte – heute gäbe ich so ziemlich alles, was ich besitze,

darum, es noch einmal durchmachen und recht lange dort unten bleiben zu dürfen.»

«Sie erzählen dies alles in einem Ton», sagte Fox, unendlich viel erregter als er merken ließ, «der mich glauben lassen könnte, es sei wahr.»

«Es steht bei Ihnen, es zu glauben oder nicht», erwiderte Lady Diana, «mir kann es gleichgültig sein, wie Sie darüber denken.»

«Und der Grieche, wie ging es mit ihm weiter? Sind Sie überzeugt, daß der Kopf wirklich von dorther stammt?»

«Mein Vater glaubte es nicht, so gern er's getan hätte. Man sehe dem Kopf doch an, warf er ein, daß er in eine Statue gefügt werden sollte, und in ein Grab stelle man doch nur fertige Plastiken. – Diese Erwägung, entgegnete der Grieche, habe früher gewiß zugetroffen, ohne Zweifel war dort unten mindestens eine herrliche und kostbare Statue der Königin vorhanden gewesen. Inzwischen jedoch, unbekannt wann, hätten Schatzsucher das Grab geplündert, einmal oder mehrere Male. Er könne sich vorstellen, daß man der armen Kleopatra zuerst die Pharaonenhaube, aus Gold und Lapislazuli gemacht, vom Kopf genommen habe. Dann sei sie vielleicht umgestürzt und der Leib zerbrochen, was wisse man denn. Er, Odysseus, habe den Kopf, den jetzt Seine Exzellenz besaß, im Staube der Gruft vorgefunden.»

«Das hat er gesagt?»

«Sie können sich denken, mit welcher Bewegung mein Vater dieses unmittelbare Geständnis hörte, und ich brauche Ihnen kaum anzudeuten, was alles darin enthalten ist, man muß die Mitteilung nur durchdenken. Aber Sie fragten vorhin, wie es mit dem Griechen weiterging.» Lady Diana zündete sich sehr umständlich eine neue Zigarette an, und auch diese Pause genügte ihr offenbar noch nicht, mit Gedanken und Bedenken fertig zu werden. «Nun», sagte sie schließlich, «er kam bereits am Mittag dieses Tages wieder in unser Haus und verlangte dringend meinen Vater zu sprechen. ‚Exzellenz', sagte er, sehr blaß, ‚Sie erinnern sich, daß wir in der vergangenen Nacht zwei Männern begegnet sind. In dieser Begegnung liegt das Todesurteil für mich, daran läßt sich nichts ändern. Aber ich habe Familie, und für die will ich sorgen, indem ich Ihnen noch etwas sehr Kostbares verkaufe.' – Mein Vater, nicht geneigt, diesen dramatischen Auftritt völlig ernst zu nehmen, machte die Bemerkung, er habe in der vergangenen Nacht nichts Kostbares gesehen. – ‚Sie irren', sagte der Grieche, ‚wären wir noch zwanzig Schritte weitergegangen, so hätten wir eine Stelle erreicht, wo man durch den Spalt der geborstenen Mauer mit der Taschenlampe in einen sonst unzugänglichen Raum leuchten kann, und darin habe ich selbst die Ecke eines Behälters erblickt, der vielleicht aus Glas und vielleicht ein Sarg ist.'»

Trotz seiner fast unerträglichen Spannung mußte Fox lachen. «Und in dem gläsernen Sarg lag eine wunderschöne Prinzessin, weiß wie Schnee, rot wie Blut, schwarz wie Ebenholz.»

«Das hat er nicht behauptet», sagte Diana ohne zu lächeln.

«Man sieht daraus aber», warf Fox ein, «auf wie unsicheren Füßen die ganze Geschichte steht. Natürlich kannten die damaligen Ägypter schon das Glas, ebenso wie die Römer. Ganz bestimmt jedoch verstand man es noch nicht, Glastafeln anzufertigen, die so groß waren, daß sich ein Sarg daraus machen ließ. Nun wäre freilich daran zu denken, daß man kleinere Scheiben goß, etwa in Ziegelgröße, und sie zusammenkittete. Aber ein antiker Sarg aus Butzenscheiben – nein, das ist mir nun doch allzu schneewittchenhaft! Ich will Ihnen mit dieser ganzen Überlegung nur zur Vorsicht raten. Und was war nun mit diesem Behälter?»

«Das weiß ich doch nicht. Niemand weiß es. Der Grieche kam zu meinem Vater mit etwas viel Handgreiflicherem, den Sarg erwähnte er nur als Beweis dafür, daß dort unten noch manches zu holen sei.»
«Und das Handgreiflichere?» fragte Fox.
Lady Diana sah ihn an. «Das Handgreiflichere war der Plan.»
«Welcher Plan?»
«Ein Plan oder eine Skizze oder wie Sie es nennen wollen. Darin war die Lage der Ptolemäergruft eingezeichnet, vermutlich auch die Gänge in ihr.»
«Man möchte schwindlig werden bei dem Gedanken!» sagte Fox. «Und dieser Plan –?»
«Der Grieche hat ihn meinem Vater verkauft. Er ließ sich das Geld nicht aushändigen, sondern sagte, seine Witwe werde anderntags kommen und es holen. Dann ging er.»
«Und?»
«Anderntags kam die Witwe», sagte Lady Diana.
Nach einer Weile fragte Fox: «Sie haben diesen Plan gesehen?»
«Denken Sie: Nein! Damals natürlich nicht, denn damals wußte ich nichts davon und war viel zu klein. Später ... ich erzählte Ihnen ja schon, daß mein Vater bald nach Kriegsende auf seinem Posten in Kairo abgelöst wurde. Wir gingen nach England zurück. Mein Vater war mir gegenüber niemals besonders redselig, und in diesem Fall hatte er wohl besondere Gründe, zu schweigen. Das Schicksal des griechischen Kellners war ihm eine Warnung. Abgesehen davon jedoch sah er klar genug, welche Schwierigkeiten es machen würde, den Plan auszuwerten. Als Diplomat hatte er sich in Ägypten nicht gerade beliebt gemacht, die Regierung wacht eifersüchtig über alles, was möglicherweise noch unter der Erde liegt, an Ausländer wird die Erlaubnis zu Grabungen nur noch

in seltenen Fällen erteilt – und dann vergaß mein Vater selbstverständlich nie, daß es mindestens zwei Leute gab, die wußten oder doch vermuten konnten, an wen der Grieche das Geheimnis verraten hatte. Und so kam es dann ja auch.»

«Verzeihung – wie kam es?»

«Ich will sagen, es kam ganz folgerichtig. Je älter mein Vater wurde, desto mehr plagte ihn der Gedanke, daß er eine einzigartige Kostbarkeit in Händen hatte, ohne sie zu verwerten. Ein solcher Gedanke macht den Menschen auf die Dauer zu einem Sonderling, und das war wohl auch der Grund, weshalb er zwar gelegentlich – sehr selten – mit mir darüber sprach, gezeigt aber hat er mir den Plan niemals, auch wenn ich ihn darum bat, er blieb in dem großen Panzerschrank eingeschlossen. Unbegreiflich ist es mir nicht. Eines Tages teilte mir mein Vater mit, daß er ‚sich doch wieder einmal in Ägypten umsehen möchte'. Natürlich bot ich ihm sofort meine Begleitung an, und ebenso natürlich lehnte er ab. Er flog nach Kairo und von da mit der United Arab wieder ein Stück nordwärts nach Alexandria, wie das so ist. Dort kam er mittags an, nachmittags verunglückte er tödlich auf einer Taxifahrt.»

Fox griff sich an die Stirn und rief: «Ah, deshalb!»

«Sie meinen?»

«Deshalb verband sich mit dem Namen Meldrum bei mir sofort der Gedanke an irgendein Unglück! Es fiel mir nur nicht ein, worum es sich dabei gehandelt hat. Die Zeitungen haben davon berichtet. Jetzt erinnere ich mich genau.»

«Das Auto wurde von einem großen Sportwagen gerammt, der aus einer Seitenstraße einbog und übrigens unerkannt entkam, die Gegend ist sehr einsam.»

«Wann war das?»

«Vor etwas mehr als einem Jahr.»

«Der Plan?»
«Ich kann Ihnen leider nichts anderes sagen als: In dem Panzerschrank befindet er sich nicht mehr. Wundert Sie das?»
«Sie haben nichts unternommen?»
«Was hätte ich denn unternehmen können, überlegen Sie doch! Alles, was mein Vater bei sich und im Hotel gehabt hatte, wurde mir von der Polizei zugestellt, lauter unerhebliche Dinge. Unternommen? Ja, doch, aber das wissen Sie bereits: Ich verkaufe den Kleopatrakopf, denn mich peinigt der Gedanke, daß man hinter mir her ist, daß Kleopatra dorthin zurück will, wo sie hergekommen ist – oder wie soll ich es ausdrücken, begreifen Sie das denn nicht?»
«So», sagte Fox. «Deshalb!» In seiner Stimme war Unglaube und Enttäuschung. «Und der Plan?»
«Woher soll ich das wissen!»
«Niemand verlangt, daß Sie es wissen sollen. Aber denken Sie sich doch bitte in die Lage hinein, in die Lage, wie sie uns erscheint, nämlich dem Professor Helfering und mir, wir sind beide Archäologen. Fast ein Vierteljahrhundert lang war der Plan in Sicherheit, das heißt bei Ihrem Vater. Nach Ihrer Darstellung befindet er sich jetzt, seit einem Jahr, wahrscheinlich wieder in den Händen von Leuten, die man als Nachfolger der altägyptischen Grabräuber bezeichnen darf. Da diese Leute befürchten müssen, daß der Vorgang irgend jemandem bekannt ist, zum Beispiel der Tochter des Verunglückten, werden sie zunächst nichts oder fast nichts unternehmen, sondern erst Gras über die Gruft wachsen lassen. Dann aber! Später! In einer verhältnismäßig nahen Zukunft! Dann wird der Keller ausgeräumt. Man mag sich das gar nicht vorstellen. Das Vermächtnis der letzten Pharaonen wird in Chicago in den Salons amerikanischer Schweinefettfabrikanten aufgestellt. Sie sagen nichts?»

«Ich kann's nicht ändern, Doktor. Was soll ich denn tun? Mir ist die ganze Sache unheimlich genug. Morgen fahre ich nach Italien.»
Er reichte ihr sein Notizbuch aufgeschlagen über den Tisch. «Bitte schreiben Sie mir Ihre italienische Adresse recht genau auf. Ich will die Angelegenheit mit Helfering besprechen und gebe Ihnen Nachricht. Es hat jetzt für mich wenig Sinn, hierzubleiben, vielleicht fahre ich schon morgen nach Paris zurück. Danke ... Sie wollen auch nach Rom? Wie gerne möchte ich wieder einmal dort sein!»

Als Fox in dieser Nacht sein Zimmer betrat und Licht machte, sah er auf dem Schreibtisch den dicken Umschlag mit den Aufnahmen des Kleopatrakopfes und brummte unwillig. Während der vergangenen Stunden hatte ihn immer wieder der undeutliche Gedanke gestreift, daß er der Engländerin noch irgendetwas mitteilen wollte; was es war, fiel ihm aber nicht ein. Diese Photos waren es gewesen, und hier lagen sie. Ich werde sie ihr morgen früh ins Hotel bringen, beschloß er; sehr zeitig wird sie nicht aufstehen, selbst wenn sie wirklich abreisen sollte, was man einstweilen bezweifeln darf. Und dabei rieb er sich die Nase – er hatte kein sehr gutes Gewissen; denn, darüber konnte man sich ja nicht täuschen, durchaus notwendig war dieser geplante Morgenbesuch nicht, er hätte ebenso gut unterbleiben können – nein, nicht ebenso gut, denn Lady Diana war doch eine ausnehmend hübsche Frau. Ach, schlafen wir über diesem Seelenzwiespalt.
Er ging aber nicht schlafen, sondern setzte sich in den großen Lehnstuhl und nahm eine Reisedecke über die Knie. Nicht die Lampe in der Mitte des Zimmers brannte, sondern nur abseits das Bettlämpchen; so entstand jene bunte Dämmerung, aus der man mühelos alle Land-

schaften und Wesen der Welt hervortreten lassen konnte, Zaubergestalten, erst schwankend und fremd, dann, je genauer die Vorstellung im Einzelnen gelang, lebendiger, am Ende beinahe zudringlich. Dies freilich wäre nicht wichtiger gewesen als ein Traum. Hinter allem jedoch stand beunruhigend wirklich die große Frage: Was mochte wahr sein an der Erzählung Lady Dianas, und ferner: Sagte sie die Wahrheit, weshalb wünschte sie ihn dadurch ins Bild zu setzen – log sie aber, warum tat sie es?

Ah! Das Abkommen fiel ihm ein, das sie miteinander getroffen hatten. Er schuldete ihr eine schriftliche Äußerung über die Echtheit des Kopfes. Nun, die sollte sie haben, ein Grund mehr, morgen früh hinzugehen. War sie abgereist, schrieb man nach Mailand. Er schlug sein Notizbuch auf. Eine sonderbar eckige, steile, übermäßig große Handschrift, wie man sie bei dieser schönen jungen Frau nicht vermutet hätte. Unverwechselbar, wie sie selber, gefährlich und ohne Gemüt, übrigens – so wollte ihm scheinen – nicht überwältigend intelligent. Yvonne schrieb weltweit anders. Er lächelte. Niemals hätte Yvonne einen ganzen Abend lang so viel Sachlichkeit aufgebracht wie diese Engländerin. Oder ich werde alt! dachte Fox mit Unbehagen und hörte sich seufzen. Sie hat nicht den leisesten Versuch gemacht, mit mir zu kokettieren. Natürlich, in ihren Augen bin ich, der gewisse Doktor Wilhelm Reineke, ein kaum leuchtendes Pünktchen neben dem hellen Stern Helfering, und was sie mir erzählt hat, war eigentlich für ihn bestimmt. Trotzdem! Oder – und das wollen wir zu unserem Trost annehmen, wenn wir schon keinen besseren haben – sie ist ein völlig durchtriebenes Frauenzimmer und hebt sich die Koketterie für später auf, überzeugt, daß es nichts Dümmeres und Eitleres gibt als die Männer, womit sie selbstverständlich recht hat.

Nun, dies nebenbei. Jetzt aber zur Hauptsache, zu Kleopatras Gruft und diesem merkwürdigen Plan – Neuigkeiten, die wahrhaftig eine schlaflose Nacht wert sind! – Als Frau Gromann im Dunkel des Wintermorgens ihre Küche betrat, entdeckte sie, daß sich dort jemand zweimal Kaffee gekocht hatte, und sie brauchte keinen Augenblick zu überlegen, wer das gewesen sein mochte. Da vollends vor einer bestimmten Tür keine Schuhe zum Putzen standen, so klopfte sie dort an und fand ihr Sorgenkind in einem unbeschreiblichen Tabaksqualm, umgeben von Haufen von Büchern, die er im Laufe der Nacht aus des Professors Arbeitszimmer geholt hatte, und die teils auf dem Tisch, teils auf dem Fußboden lagen. Was an Lampen vorhanden war, brannte. «Stören Sie mich doch nicht immer!» sagte Fox.
«Wieso immer?» fragte sie beleidigt.
«Sie haben mich schon im vorigen Winter einmal gestört», sagte er streng, «ich erinnere mich genau. Gibt es hier vielleicht einen Fahrplan?»
Nichtsdestoweniger betrat Herr Doktor Reineke zwei Stunden später frischgebadet und fit das große Hotel. Der Tag war kalt, aber die Sonne schien. Als er Lady Diana gestern vormittag besucht hatte, war ihre Zimmernummer genannt worden, er wußte sie noch und sah beim Portier, daß an der großen Wand-Wabe, die für Post und Schlüssel bestimmt war, ihr Schlüssel hing, sie war also doch schon abgereist, oder zum mindesten nicht anwesend. Ohne weiter zu fragen oder sich bemerkbar zu machen, ging er zum Aufzug, und als er oben an das Zimmer kam, trat eben das Stubenmädchen heraus, die abgezogene Bettwäsche im Arm, und lief davon. Die Tür blieb offen und Fox trat ein. Er hatte hier freilich nichts zu suchen und wollte sich nur vergewissern, ob das Gepäck noch da war. Nein, nichts mehr. Abgereist. Ganz nebenbei warf er einen Blick in den Papierkorb, aber

auch der war schon ausgeleert, wenn überhaupt je etwas darin gewesen war.
Weil ihn Lady Dianas Zimmer ohne Lady Diana nicht interessierte, wandte er sich zum Gehen, und da sah er im Wandspiegel ein recht hübsches Bild, freilich sehr einfach: Die Sonne schien gerade auf den zierlichen Empireschreibtisch, auf den Blumenstrauß, der dort in einer bemalten Porzellanvase stand, auf das gewiß nie benutzte Porzellanschreibzeug, das noch ein richtiges Tintenfaß und eine Sandstreubüchse hatte, und auch auf etwas nicht ganz dazu Passendes, nämlich eine von jenen Schreibunterlagen aus großen Löschpapierblättern, die von vier Lederecken festgehalten werden. So freundlich dieses Bild war, es hätte den Betrachter nicht länger als zwei Augenblicke festgehalten. Aber es zeigte außerdem etwas sonderbar Anziehendes: auf dem gelblichen Löschpapier den Abdruck einiger Worte, in einer eckigen, steilen, übermäßig großen Handschrift.
«Wen suchen Sie hier?» fragte das Stubenmädchen, das plötzlich neben ihm stand, und sah halb vorwurfsvoll, halb mißtrauisch zu ihm auf.
«Ich möchte Lady Diana Meldrum diese Photos bringen», antwortete er mit aller Liebenswürdigkeit, «sie ist aber nicht da. Würden Sie so nett sein, sie ihr zu geben?»
«Lady Diana ist abgereist.»
«Also doch! Wie schade. Ich war gestern abend noch mit ihr zusammen und hatte die Photos daheim vergessen. Da hilft also nichts. Die Adresse in Mailand habe ich ... jetzt müßte man nur noch etwas zum Einwickeln ... sagen Sie, darf ich vielleicht ein Löschblatt da drüben vom Schreibtisch nehmen?»
Das Stubenmädchen zog das oberste Blatt aus den Lederecken. «Es ist benutzt, ich hätte es sowieso weggeworfen.»
«Danke sehr!» sagte Fox, drückte ihr eine Mark in die Hand und war so unverschämt, das Papier umständlich

zusammenzurollen, statt die Photos darin einzuwickeln. Auf Grund langjähriger Erfahrung neigte er zu der Annahme, daß Hotelzimmermädchen sich meistens nicht allzu viel Gedanken machen – wo kämen sie sonst auch hin.

Eine halbe Stunde später war er wieder daheim. Das Löschblatt lag vor ihm auf dem Tisch. In einem Handspiegel sah er die großen, eckigen Schriftzüge. Wie zu erwarten, hatten sich nur ganz wenige Wörter auf das Papier übertragen, nämlich die letzten auf der Briefseite, weil hier die Tinte noch feucht gewesen war, und auch diese nur in kaum entzifferbaren Spuren. An einer Stelle kreuzten sich die Zeilen – hier war, beim Ablöschen, der eben geschriebene Briefumschlag schräger aufgelegt worden als vorher der Bogen. Obwohl die Züge des Umschlags naturgemäß deutlicher waren, ließ sich bei dieser ersten Prüfung doch nur das Wort ‚Eden' erkennen. Von dem Text des Briefes war ebenfalls nur ein einziges Wort nicht anzuzweifeln. Das aber hieß ‚Fox'.

«Sieh mal an!» murmelte er mit sehr schmalen Lippen. «Eine solche Kanaille. Da haben wir ja wieder einmal Glück gehabt.»

Frau Gromann steckte den Kopf herein. «Der Herr Professor ruft an, er möchte Sie sprechen.»

Während der paar Schritte, die Fox zum Telefon ging, fand er seine Fassung wieder.

«Entschuldigen Sie die Störung», sagte Helfering, «aber wir haben uns heute früh nicht gesehen, und ich bin doch so unbeschreiblich gespannt – haben Sie sich nun wegen des Ankaufs verständigt?»

«Noch nicht», antwortete Fox, «und es eilt auch nicht. Lady Diana ist abgereist. Ich halte es aber für möglich, daß Wilton noch hier ist. Wissen Sie, wo man ihn erreichen kann? Ah – jawohl – Hotel Eden, danke sehr. Und wann kommen Sie nach Hause? O, nichts Besonderes, aber ich fahre heute abend nach Paris zurück, ja, leider, es gibt dort einiges zu tun.»

Als Fox sich von Helfering verabschiedete, hatte er ihm in einer langen und angeregten Unterhaltung manches berichtet, was er seit gestern abend durch Lady Diana Meldrum wußte – die für ihn sonderbarste Tatsache verschwieg er, nämlich sein stummes kleines Abenteuer mit dem Löschpapier, aus dem hervorging, daß die Engländerin recht wohl wußte, daß dieser Doktor Wilhelm Reineke noch einen zweiten Namen hatte. Fox erwähnte das nicht, weil er selber in dem Punkte noch keineswegs klar sah. Helfering vertraute ihm so sehr, daß er die Verzögerung der ganzen Angelegenheit zwar herzlich bedauerte, jedoch ohne zu überlegen versprach, nichts zu unternehmen oder gar zu entscheiden. «Im übrigen», sagte Fox, «glaube ich aus bestimmten Gründen, daß man Sie durchaus unbehelligt lassen wird, und ich hoffe, Ihnen das später einmal erklären zu können, heute haben wir keine Zeit mehr, ich muß packen.»
Es gehörte zu seinen kleinen, aber kennzeichnenden Eigenarten, daß er stets dann besonders gern eine Nacht hindurch im Schlafwagen reiste, wenn er sehr viele Dinge möglichst ungestört überdenken wollte. Das Gefühl des Losgelöstseins von jeder örtlichen Gegenwart, der unaufhörlich fördernde Rhythmus des Achsenliedes, die flüchtige Aufhellung der Dunkelheit durch die Lichter der vorüberhuschenden Bahnhöfe, dies und manches andere waren für ihn willkommene Hilfen und Anregungen, fortlaufende Gedankenreihen zu bilden, bei denen sich ein Glied mit gleichmäßiger Folgerichtigkeit aus dem andern ergab. Es war schon vorgekommen, daß die Rechenaufgabe in der Minute gelöst war, in welcher der Nachtschnellzug die Endstation erreichte – ein schöner,

klarer Bogen spannte sich vom Anfang bis zum Ende, er war tragfähig, man ging über ihn wie auf einer Brücke und kam genau zu dem Punkt, den man hatte erreichen wollen.

Diesmal freilich lagen die Dinge nicht so günstig. Zwar dauerte die Fahrt nach Paris die ganze Nacht, trotzdem kam Fox nicht viel weiter, ihm fehlte noch so manches Element für seine Rechnung. Wenn die Engländerin wirklich wußte, wer er war, weshalb gab sie sich dann die Mühe, ihm eine so umständliche Geschichte zu erzählen? War diese Geschichte erlogen oder nicht? Spielte man Ahnungslosigkeit, um ihn auszuschalten oder in etwas zu verwickeln? Und wer war ‚man'? Daß Lady Diana und Wilton die gleichen Interessen hatten, gaben sie selbst zu, aber darin lag noch nichts Verdächtiges.

Vielleicht wäre es am klügsten gewesen, sich überhaupt nicht weiter mit der Sache zu befassen und lieber zum Skilaufen zu fahren. Aber Kleopatra!

Im Halbtraum sah er ihren wunderbaren Kopf vor sich .. er war echt, das bezweifelte Fox schon lange nicht mehr, eben darin aber lag ein unwiderstehlicher Reiz, und im engsten Zusammenhang damit stand der Gedanke an jenen Plan, der angeblich vorhanden und angeblich verloren oder entwendet war. Gab es ihn und ließ er sich wiederfinden – welche ungeheuren Aussichten! Wir werden uns der schönen Königin doch noch ein wenig annehmen, beschloß Fox und lächelte, natürlich kann es uns schlecht bekommen, aber auf diesem Gebiet ist das immer möglich – und da erschrak er ein wenig, denn ein harter Knöchel klopfte an der Tür. Es war aber nur der Schlafwagenschaffner, in zehn Minuten würde man in Paris sein, der dunkle Rollvorhang am Fenster zeigte sich schon mit helleren Linien gesäumt.

Am Abend dieses Tages hatte Fox zwei Gäste in seiner kleinen Wohnung hoch über den Dächern, nämlich das Fräulein von Louha und den Legationsrat Dr. Sinan von der ägyptischen Botschaft, einen gescheiten und gewandten Herrn, etwa gleichaltrig mit Fox und ihm bekannt seit dem Erlebnis in einem gewissen Landhaus bei Orléans, nämlich in Lady Margarets Haus.
Seit einer Stunde hatte Fox allein geredet, ein seltener Fall, nur kurz unterbrochen durch ein paar Fragen der anderen. Jetzt lehnte er sich zurück und sagte: «Sie werden mir zugeben, daß ich ein paar anstrengende Tage hinter mir habe, anstrengend vor allem durch den Mangel an Schlaf, und Sie werden mir auch glauben, daß ich den langen Vortrag, der nun glücklicherweise zu Ende ist, lieber nicht gehalten hätte, sondern mit wahrer Wonne zeitig ins Bett gegangen wäre. Nicht meinem alten Freund Helfering, der mir in diesem Falle nichts nützen kann, aber Ihnen beiden habe ich nun alles gesagt — — vergessen Sie aber bitte in keinem Augenblick, daß ich selbst noch keine Meinung über diese sonderbare Geschichte habe oder Ihnen aufdrängen möchte. Alles, was ich bisher feststellen konnte, ist, daß der ehemalige britische Gesandte zu der angegebenen Zeit tatsächlich das Opfer eines Verkehrsunfalls geworden ist, und zwar genau unter den Umständen, von denen mir seine Tochter berichtet hat. Nun, daß diese Angaben Lady Dianas zutreffen würden, ließ sich vermuten, denn dergleichen ist ja allzu leicht nachzuprüfen. Aber sonst?»
Der Legationsrat Sinan schüttelte den Kopf und erklärte, ihm sei außer dem Tode Lord Meldrums ebenfalls nichts bekannt, was mit der Geschichte in Verbindung gebracht werden könne. Er wolle sich aber gleich morgen mit Kairo in Verbindung setzen.
«Nämlich wie?» fragte Fox und zog die Brauen hoch. «Man kann dabei nicht vorsichtig genug sein. Sie dürfen

weder schreiben noch telefonieren, vollends natürlich nicht telegrafieren, und das ganze Abenteuer zu chiffrieren würde ein Vermögen kosten, abgesehen davon, daß Sie es ja nicht selbst chiffrieren werden, da kommt also bereits wieder ein Mitwisser in Paris und einer in Kairo ins Spiel. Nein, das ist mir zu gefährlich.»

«Verzeihen Sie», sagte Sinan erstaunt, «nach der Art, wie Sie diese Geschichte erzählen, mußte man doch wohl annehmen, daß Sie sehr geneigt sind, an einen groß und umsichtig angelegten Schwindel zu glauben, dessen Zweck freilich noch unklar ist. Was also wäre da gefährlich oder gefährdet?»

«Sie haben genau den Punkt berührt, auf den allein es augenblicklich ankommt», antwortete Fox. «Unklares kann man nicht vorsichtig genug behandeln. Wer versichert uns denn, daß es wirklich Schwindel ist? Ich kann mich irren – ja, ich wünschte sogar fast, daß ich mich irre.»

Zum ersten Mal mischte sich Yvonne in das Gespräch ein. «Das ist es ja!» sagte sie. «Diesmal, mein Lieber, muß ich mich über dich wundern. Im allgemeinen bist du doch froh, wenn sich zeigt, daß eine Sache dich nichts angeht. Hier möchtest du dringend daran beteiligt sein! Ich will nun keinen Seitenblick auf Lady Diana werfen –»

«Das solltest du aber!»

«Ich meine: auf ihre Person, die mir natürlich viel zu hellblond ist – bitte sehr, keinerlei Grund, sich zu räuspern. Ich will nur andeuten: Hier spielen Wünsche mit! Nein, ich schiele nicht auf die Engländerin, sondern auf eine wahrhaft gefährliche Frau, nämlich auf die Königin Kleopatra und was mit ihr zusammenhängt.»

«Erleuchtet!» sagte Fox.

«Du magst so ironisch werden, wie du kannst, ich habe doch recht. Zugegeben, es wäre etwas Großartiges, wenn

sich das Ptolemäergrab finden ließe, und zwar von einem gewissen Will Fox. Darum dreht sich's und um nichts anderes – oder?»
«Sei doch nicht so schonungslos offen!» sagte er. «Eine wirklich taktvolle Freundin würde über derlei kleine Schwächen hinwegsehen.»
«Kleine Schwächen ist ausgezeichnet!» sagte der Legationsrat. «Wenn Sie das als kleine Schwächen bezeichnen, möchte ich Ihre großen kennen. Ich muß aber gestehen: Sie wirken ansteckend. Wenn ich, als ägyptischer Patriot, mir vorstelle – aber Sie haben Glück, lieber Fox. Ich kann es zwanglos einrichten, daß ich in den nächsten Tagen nach Kairo fliege, und werde bei dieser Gelegenheit behutsam umfragen, ob dort etwas bekannt ist, was mit diesem merkwürdigen Diana-Märchen zusammenhängen könnte. Seien Sie aber bitte nicht zu hoffnungsvoll. Mein Bruder ist Abteilungsleiter am Antikhana, dem ägyptischen Museum, er hätte im Gespräch unser Thema bestimmt schon einmal erwähnt, wenn es dieses Thema wirklich gäbe.»
«Ich frage mich aber», warf Yvonne ein, «weshalb die Engländerin unsern Freund auf eine Spur hetzen sollte, die gar nicht vorhanden ist?»
«O du kluges Kind!» sagte Fox. «Sobald ich mir darüber klar wäre, gäbe es kaum noch Schwierigkeiten.»
«Leicht übertrieben!» sagte Yvonne. «Du hast aus Deutschland eine Art Gleichgewichtsstörung mitgebracht, über die ich nur den Kopf schütteln kann. Mir scheint, nicht nur Helfering ist ein Opfer der Kleopatra.»
«Ganz so einfach liegen die Dinge nun doch nicht», erwiderte Fox. «Wann wird das Fräulein von Louha begreifen, wie mich der Alp drückt bei dem Gedanken, daß es den bewußten Plan vielleicht tatsächlich gibt und was geschieht, demnächst geschieht, wenn oder weil er in falsche Hände geraten ist?»

«Da haben Sie freilich recht», nickte Dr. Sinan. «Das sind Beklemmungen. Es eilt also sehr.»
Mit einem Seufzer antwortete Fox: «Daß es eilt, ist vorläufig das einzige, was wir als Wahrheit gelten lassen dürfen.»
Nachdem der Diplomat gegangen war, wurde zunächst sehr wenig gesprochen. Man fühlte sich nach so vielen Darlegungen und Überlegungen reichlich abgespannt. Yvonne war mit dem Aufräumen beschäftigt. Fox ging hin und her. Da sie aber doch allzu hörbar schwieg, sagte er: «Du mußt dich wieder einmal damit abfinden, daß ich ein sehr unvollkommener Freund bin. Zwar steht unten vor der Haustür ein Auto, mit dem ich dich heimfahren könnte, aber es ist das deine ... und wenn dann du wiederum mich heimfährst und so weiter, haben wir für den Rest unseres Lebens eine ganz nette Beschäftigung. Du weißt aber, warum ich mir keinen Wagen kaufe.»
«Ich bin erst vorhin durch den Fall des Lords Meldrum wieder daran erinnert worden», sagte sie. «Wirst du aber, wenn ich dich jetzt alleinlasse, auch wirklich schlafengehen? Du siehst erbärmlich aus, mein Lieber, ich muß mich in der nächsten Zeit sehr darum kümmern, daß du nicht das Essen vergißt.»
Ja, darum habe er bitten wollen, antwortete Fox.
«Wo also kann man dich morgen finden und füttern?»
«Sei so freundlich und hole mich mittags von der Nationalbibliothek ab», sagte er.
«Du wühlst wie ein Maulwurf», bemerkte Yvonne, «das ist ein gutes Zeichen. Was gibt es dort schon wieder?»
«Was es gibt, weiß ich noch nicht. Aber du weißt, daß ich meistens etwas finde, wenn ich wühle. Ein Glück, daß es Napoleon war, der auf den ausgezeichneten Einfall kam, Ägypten zu erobern. Dadurch haben wir gerade hier in Paris so viel Material in Bibliotheken und Archiven, und

zwischen jedem einzelnen Stück und jedem anderen gibt es Verbindungsfäden, man muß sie freilich suchen und aufdecken, und eben das können die wenigsten. Ich glaube, daher kommt es, daß ich fast alle meine kleinen Abenteuer auf eine so gelehrte Weise erledige: Vom Arbeitstisch aus, dicke Bücher wälzend. Unromantisch und gar nicht heldenmäßig. Aber weiß der Himmel, seit ich ein Held sein mußte, habe ich eine Abneigung gegen das Schießen, besonders wenn die andern es tun. Es kommt so selten etwas Gescheites heraus dabei.»

Nicht nur weil er es Yvonne versprochen hatte, ging Fox sogleich zur Ruhe. Er war todmüde. Bevor er jedoch die Leselampe über dem Kopfende des Bettes ausdrehte, nahm er aus seiner Brieftasche ein Kärtchen und betrachtete es nachdenklich. Es war die Besuchskarte, die Wilton an jenem Vortragsabend dem Professor Helfering gegeben und die Helfering achtlos aufgehoben hatte. Die Firma Webster in London, als deren Angehöriger Wilton sich hier bezeichnete, galt im Antiquitätenhandel als gut und durchaus zuverlässig, nirgends hatte Fox etwas Nachteiliges über sie gehört, so angelegentlich er sich erkundigte. Daß er dort etwas aus jenem Bereich erfuhr, der ihn interessierte, hielt er für ausgeschlossen.

Da surrte das Telefon neben seinem Kopf. «Wie erstaunlich, daß Sie noch am Leben sind», sagte Lebrun, «ich habe während der letzten Tage immer wieder versucht, Sie zu erreichen – Sie waren also wirklich verreist?» Es folgten die üblichen Redensarten und Anzüglichkeiten; der Südfranzose Lebrun konnte recht lebhaft sein.

«Lieber Freund und Gönner», sagte Fox schließlich, «darf ich Ihnen mitteilen, daß ich im Bett liege, bereits das Licht ausgedreht hatte und im Begriffe war, einzuschlafen. Gestört? Selbstverständlich haben Sie mich gestört, aber jetzt helfen Entschuldigungen auch nichts mehr. Was gibt's also?»

«Erinnern Sie sich noch, wann wir uns das letzte Mal gesehen haben?» fragte Lebrun.
«Es war an dem Tag, an dem mein Freund Helfering seinen Vortrag hielt.»
«Am nächsten Morgen erwartete ich Sie im Louvre.»
«Sie haben mich erwartet?» fragte Fox. «Hatten wir denn etwas verabredet?»
«Nein. Aber schade, daß es Sie nicht interessierte.»
«Weshalb?»
«Darf ich Ihnen das unter vier Augen erzählen?»
«Gut, kommen Sie morgen nachmittag zu einer Tasse Tee, auf Wiedersehen!» Nicht sonderlich erfreut legte Fox den Hörer auf. Lebrun würde ihn mit Sachen langweilen und stören, die ihn nichts angingen. Jetzt, da er so wesentlich anderes vorhatte.

Am Morgen war Fox in der Bibliothek, und wie stets, so erging es ihm auch diesmal: Wenn er wissenschaftliche Bücher vor sich hatte, geriet er vom Hundertsten ins Tausendste, und zwar mit dem größten Vergnügen, ja, mit einer Leidenschaft, die ihn immer schneller und intuitiver arbeiten ließ – Helfering mochte in gewisser Weise schon rechthaben mit seiner lächelnd wiederholten Behauptung, daß hier eben doch ein Abtrünniger jedesmal aufs neue dem Reiz der Forschungsarbeit verfiel. Fox pflegte darauf, ebenfalls mit Recht, zu entgegnen, daß im Grunde nur wenig Unterschied bestehe zwischen seinem ehemaligen und seinem gegenwärtigen Beruf, nur daß der gegenwärtige etwas lebensgefährlicher sei, eben dies aber brauche er, um gesund zu bleiben.
Bei der Geschwindigkeit, mit der er zu arbeiten pflegte, hatte er bald einige Bücher-Türme vor sich auf dem Tisch, notierte Stichworte, dachte nach, und währenddessen ließ er vor seinem inneren Auge das Bild einer

Gegend erstehen, die er lange nicht mehr gesehen hatte, nämlich die Mittelmeerküste an der Mündung der Nilarme, jenes flache, altberühmte Delta, das auf der Karte gekennzeichnet ist durch die Namen Alexandria, Abukir, Kanopus, Rosette, in der Weltgeschichte durch ungezählte Ereignisse von den Pharaonen bis in die Neuzeit und in der Altertumswissenschaft durch ebenso viele Funde. Obwohl er nun über ganz anderes nachlesen wollte, blieb er fürs erste hängen an einem besonders lebendig und anschaulich geschriebenen zeitgenössischen Bericht über die Auffindung jenes schwarzen Basaltsteines von Rosette, der es erst möglich machte, die bis dahin vollkommen unverständlichen Hieroglyphen zu lesen. Am 1. Juli 1798 war der General Napoleon Bonaparte mit seinen vierzigtausend Mann in Alexandria gelandet, im folgenden Jahr wurde der Stein in einem verfallenen Fort bei dem nicht weit entfernten Rosette gefunden, das auf Befehl des Generals wieder instandgesetzt wurde; ein Genieoffizier namens Bouchard leitete die Arbeiten, sorgte übrigens auch dafür, daß der Stein, dessen Bedeutung er vielleicht ahnte, mit aller Sorgfalt nach dem zweihundert Kilometer nilaufwärts gelegenen Kairo gebracht wurde. Ein Jahr später war das französische Unternehmen endgültig gescheitert, Napoleon verließ im Dunkel der Nacht den Hafen von Alexandria, begleitet von einigen seiner besten Offiziere. Unter diesen Offizieren fand Fox einen Oberst Bouchard, vielleicht war es der aus dem Fort St. Julien bei Rosette, jedenfalls gönnte er ihm die Rettung von Herzen.

Als Yvonne ihn mittags abholte, wurde zunächst fast nichts gesprochen. Aus Erfahrung kannte sie dieses völlig versponnene Aussehen, dazu eine Geistesabwesenheit, die ihn nicht merken ließ, daß und was er aß. Nur einmal seufzte er kopfschüttelnd: Damals hätte man in Ägypten sein müssen, da lag das Zeug noch offen herum.

Wann? Und welches Zeug? erkundigte sich Yvonne, bekam aber schon keine Antwort mehr.
Es war bereits dunkel, als Lebrun kam. Auch er spürte sofort, daß er Fox nicht zu sehr in Anspruch nehmen dürfe und wäre deshalb am liebsten sogleich wieder gegangen. Also faßte er sich wenigstens so kurz wie möglich.
«Handelte sich's letzthin nicht um Kanopusvasen?» fragte Fox zerstreut.
Gewiß. Es gab im Museum eine ziemliche Anzahl davon, einige aus Alabaster, die meisten aber nur aus Ton, und alle durch einen Deckel verschlossen, mit dem das Gefäß wie mit einem großen Kork zugestöpselt wurde.
«Ich habe Ihnen das ja erklärt», sagte Fox. «Und davon wurde etwas gestohlen?»
Diese alten Vasen, bemerkte der Kommissar, seien wohl fast immer zerbrochen aufgefunden und von den Gelehrten zusammengesetzt und gekittet worden, er jedenfalls habe keine gesehen, die nicht zahlreiche hellere Kittlinien aufwies. Der Mann, der in jener Nacht das Museum unsicher machte, hatte es sonderbarerweise nur auf die Deckel abgesehen. Manche von diesen Deckeln sind als Menschenköpfe modelliert und scheinen Porträts der Verstorbenen zu sein, manche tragen als kleinen Handgriff, aber auch zur Zierde ein hockendes Tier, ihre Unterseite ist nicht offen, sondern geschlossen, man könnte sie als eine Art Büchsen oder Kapseln bezeichnen. «Wissen Sie nun vielleicht, was darin gewesen sein könnte?» fragte Lebrun.
«Darin gewesen?» Fox blickte ihn verwundert an. «Sie meinen, in alter Zeit? Nichts, so viel mir bekannt ist. Was sollte denn auch darin gewesen sein? Und wozu? Nein, das ist ein schiefer Gedanke, mein lieber Lebrun. Diese Deckel hatten lediglich die Aufgabe, das Gefäß zu verschließen, und das war ja wohl auch recht nötig.»

Es müsse aber doch etwas darin gewesen sein, widersprach Lebrun. Die Deckel waren bei dem Einbruch nämlich nicht etwa auf den Steinfußboden heruntergefallen oder geworfen, sondern mit einem Hammer zerschlagen worden, die Stücke blieben liegen. Gegenwärtig war man dabei, sie wieder zu kitten, na, auf ein paar Sprünge mehr oder weniger kam es ja wirklich nicht an.
Aber die aus Naturstein?
Die waren, so viel sich erkennen ließ, unberührt geblieben. Eben daraus schloß der Kommissar, daß man einen Inhalt gesucht habe, der ja nur in einem hohlen Deckel sein konnte.
Und was war sonst noch angerichtet worden?
Sonst nichts. «Nun bin ich aber recht enttäuscht», schloß Lebrun seinen Bericht, «da ich doch von Ihnen zu erfahren hoffte, was in diesen Dingern gewesen ist.»
Fox schüttelte mißmutig den Kopf. «Zerschlagen!» sagte er. «Warum hat der Mann den Deckel nicht einfach mitgenommen?»
«Es wäre ein Handkoffer voll gewesen», gab der Kommissar zu bedenken. «Ich glaube, daß jemand, der nachts den Louvre verläßt, nicht gern mit einem Handkoffer gesehen wird.»
«Und wie begründen Sie Ihre Theorie mit dem Hammer?»
«Das ist keine Theorie, der Hammer lag zwischen den Scherben.»
«Nun», sagte Fox in einem deutlich abschließenden Ton, «da haben Sie ja etwas, wovon Sie ausgehen können. Kleinigkeit, herauszufinden, wem der Hammer gehört. Gerade bei solchen Sachen wage ich es nicht, der Polizei ins Handwerk zu pfuschen, das wissen Sie. Dazu gehört eine große Apparatur.»
Lebrun antwortete, daß er ihn auch nie damit belästigen würde. Traurig genug aber, daß ein Mann wie Fox nicht

wisse, was die alten Ägypter in ihren Vasendeckeln aufzuheben pflegten.

«Nichts, zum Teufel! Auf diesen Gedanken müssen Sie verzichten. Ich kann Ihnen da nicht helfen, lieber Freund.»

Als Lebrun, fast ein wenig gekränkt, sich verabschiedet hatte, gelang es Fox nicht, die Angelegenheit sofort zu vergessen. Im Laufe des Abends, den er allein in seiner Wohnung verbrachte, drängte sich die Erinnerung an diese zerschlagenen Töpfe immer wieder so ungebührlich auf, daß er zuletzt beschloß, gleich morgen in den Louvre zu gehen. Er vermutete, der Kommissar möchte irgendetwas unberücksichtigt gelassen haben. Unter allen Umständen wünschte Fox, die lästige Ablenkung bald und endgültig loszuwerden, dies um so mehr, als er mit seiner eigenen Arbeit trotz aller Mühe nicht weitergekommen war. Er kannte sich gut genug, um zu wissen, daß er demnächst in schlechte Laune geraten würde, und das wirkte stets lähmend. Es eilt aber! hörte er den Legationsrat Sinan sagen. Und nun stand die schlechte Laune bereits auf der Schwelle.

Im Louvre bestätigte man ihm anderntags nur das, was er schon wußte. Selbstverständlich hatte jedes einzelne Stück eine Nummer und eine Karteikarte. Fox bat um alle Karten, die in Frage kamen, und sah sie durch. Nebenhin erkundigte er sich, ob diese Karten wohl in letzter Zeit einmal zu Rate gezogen worden seien.

Nein, bestimmt nicht, der Beamte hätte es gewußt, da die Kartei in seinem Zimmer und unter seiner Obhut stand; er konnte sich überhaupt nicht erinnern, daß sich jemals ein Besucher um diese Vasen oder deren Karten gekümmert habe. Das war kein Wunder. Die Gefäße gehörten nicht zu den Seltenheiten, weder ihr künstlerischer noch ihr Geldwert war bedeutend. Aber natürlich durften sie in einer solchen Sammlung nicht fehlen. Aus einer Bemerkung, die Fox machte, schloß der Museumsmann, daß er es mit einem Kenner zu tun habe und freute sich, sein Wissen ausbreiten zu können. Fox hörte das mit halber Aufmerksamkeit, während er die Karteikarten durchsah. Die Angaben über die einzelnen Stücke waren nicht immer gleichermaßen ausführlich. Auf der einen Karte hatte man genau vermerkt, wo die Vase gefunden, von wem sie erworben oder gestiftet, wann sie ins Museum gekommen war. Auf der anderen wiederum fehlten beinahe alle derartigen Angaben. «Einige mögen wohl schon seit Napoleons Ägyptenfeldzug zu der Sammlung gehören?» fragte Fox.

Der Beamte wollte dies nicht geradezu bestreiten, konnte die Frage aber auch nicht bejahen. «Es ist nämlich so», sagte er, «daß Frankreich nach dem Zusammenbruch der ägyptischen Expedition gezwungen wurde, alle Altertümer, die man aus Ägypten mitgebracht hatte, an England auszuliefern – – meinten Sie etwas?»

«Ah, nein», sagte Fox und rieb sich die Stirn. «An England, das war mir entfallen, aber es ist wichtig.»

«Jawohl, sehr wichtig – leider! Seitdem befindet sich ja auch der berühmte Stein von Rosette im Britischen Museum, und wir müssen uns mit einer Nachbildung begnügen, ebenso wie bereits Champollion dies tun mußte – trotzdem hat er und kein Brite die Hieroglyphen entziffert. Die Verluste waren für uns ungeheuer, und nur das eine oder andere Stück entging damals der Auslieferung. Später sind dann natürlich wieder neue Stiftungen und Erwerbungen hinzugekommen.»

Fox nickte, seine Aufmerksamkeit galt seit einigen Minuten einer Karteikarte, die als einzige nicht mit der Hand, sondern mit der Maschine geschrieben war. «Zu den allerletzten Stiftungen», sagte er lesend, «gehört also diese hier vermerkte, eine Kanopusvase, aus Familienbesitz geschenkt von Herrn de Bouchard –»

«Ja?»
«Von einem Herrn de Bouchard und Fräulein de Bouchard in Ancenis, untere Loire, nach deren Mitteilung das Stück im Jahr 1799 von dem Oberst de Bouchard aus Ägypten mitgebracht wurde. Diese Vase ist also den Engländern damals entgangen, wenn die Angaben auf der Karte richtig sind.»
«Sie konnten den Verlust verschmerzen.»
«Ich hätte das Stück doch gern gesehen.»
Der dabei stehende Museumsdiener sagte: «Das ist unmöglich, mein Herr. Gerade von dieser Vase ging neulich nicht nur der Deckel, sondern das ganze Gefäß in Scherben, vermutlich hat es der Täter aus Unachtsamkeit umgeworfen, es ist dann über diese zwei Stufen hinuntergerollt und zerbrochen.»
«Und was bedeutet das Sternchen?» fragte Fox und wies auf die Karteikarte.
«Es bedeutet, daß auf der Kartenrückseite einiges Technische vermerkt ist.»
Fox drehte die Karte um und las. Das Gefäß war früher einmal – unbekannt wann und von wem – derart laienhaft gekittet worden, daß man, als es ins Museum kam, die Bruchstücke wieder voneinander gelöst und die Vase fachgerecht neu gekittet hatte. «Ich vermute», sagte der Beamte lächelnd, «daß der Oberst de Bouchard das Ding seinerzeit höchstpersönlich mit Mehlkleister repariert hat, unsereins kann so etwas auf die Dauer nicht sehen, ohne Krämpfe zu bekommen, und vor allem kann man es nicht ausstellen. Darf ich Sie nun etwas fragen? Was halten Sie von dem Einbruch und dieser sinnlosen Zertrümmerung? Wir sind auch heute noch ratlos.»
«Ich nehme an», sagte Fox, «daß Herr Lebrun noch etwas herausbringt, er hat ja wohl den Hammer mitgenommen? Trösten wir uns und vertrauen wir auf die Tüchtigkeit der Polizei. Im übrigen ist der Schaden ja

wahrhaftig nicht gerade bedeutend. Ob die Vasendeckel nun ein paar gekittete Stellen mehr oder weniger haben, was macht das aus!»

Yvonne! Recht guten Tag. Ja, es ist wahr, wir haben uns seit der vorigen Woche nicht gesehen, deshalb rufe ich an, möchte dich aber nicht stören, sondern nur bescheiden fragen, ob du mir vielleicht deinen Zündschlüssel anvertrauen könntest. Den Zündschlüssel, ganz richtig. Was ich damit ... na, was macht man schon mit einem Zündschlüssel! Ja ja, das Auto natürlich auch, mit dem Schlüssel allein könnte ich ja wirklich nichts anfangen. Warum ich das nicht gleich ... o das ist nur eine von meinen zartsinnigen Maßnahmen, um nicht mit der Tür ins Haus zu fallen, ich wollte auf taktvolle Weise andeuten, daß ich allein fahren möchte. Ach, irgendwohin. Ohne dich, jawohl; laß mir doch auch einmal ein Vergnügen. Erstens wäre es für dich zu langweilig, und zweitens weißt du doch, daß ich dich immer ... ja, wie soll ich das nun ausdrücken ... erst dann zu Rate ziehe, wenn die Sache ernst wird, gewissermaßen als Knalleffekt. Wie, unfein? Also sagen wir: wenn ich auf die überwältigende Wirkung angewiesen bin, die von dir ausgeht. – Einen Tag oder zwei. Ganz harmlos. An die untere Loire. Der Ort heißt Ancenis, ebenfalls ganz harmlos. Du erinnerst dich vielleicht an den eigentümlich charaktervollen Weißwein, der zu Hummern empfohlen wird, wenn man in der Bretagne reist, er ist spröd und liebenswürdig zugleich. Muscadet, ganz richtig, man kann sich sehr mit ihm anfreunden. Der wächst in der Umgebung von Ancenis, nur dort. Nein, deswegen fahre ich natürlich nicht hin, obwohl er immer seltener wird, wie man mir gesagt hat. Ich möchte ein Geschwisterpaar besuchen, das ich übrigens gar nicht kenne. Alte Leute, vermutlich. Erkundigungen, ja. – O, das ist reizend von dir, danke sehr. Darf ich den Wagen morgen früh holen? – Kurz vor Nantes. Jawohl, ich halte es nicht für ausgeschlossen, daß ich schon übermorgen abend wieder in Paris bin, aber wir wollen uns vorsichtshalber nicht unbedingt darauf verlassen. Auf Wiedersehen. Danke.

Durch einen grauen Morgen fuhr Fox davon, die Straßen waren, sobald er das Kraftfeld von Paris hinter sich hatte, fast leer. Auch die Landschaft bekam etwas Leeres, je flacher sie wurde, und das wirkte unter dem farblosen Himmel ziemlich verstimmend. In Wirklichkeit lag die schlechte Laune in ihm selbst, er war ungeduldig wie stets, wenn er keinen Erfolg sah, und ließ es den Wagen entgelten, der wie ein roter Punkt durch das Grau zischte. So kam es, daß er schon bald nach Mittag in dem alten Städtchen Ancenis am Ufer der Loire war, wo er sich beim Essen ausruhte; da es Fisch gab, trank er weißen Muscadet, knüpfte mit dem Wirt ein Gespräch an und erfuhr von ihm, wo die Geschwister de Bouchard wohnten.

Außerhalb des Ortes und nördlich der Bahnlinie fand er dann in verschlafenen Gärten und Hecken das Landhaus, wie man es ihm beschrieben hatte. Zwischen Gemüsebeeten und Beerensträuchern führte ein gerader Weg zu dem alten und schlecht instandgehaltenen Gebäude, das übrigens nicht klein war und bessere Tage gesehen haben mochte. Fox vermutete, daß jener Oberst de Bouchard, der mit Napoleon in Ägypten gewesen war, es sich als Alterssitz gebaut hatte, Stall und Remise zeigten noch jetzt den ehemaligen Lebensstil, standen aber verlassen und verkommen da, das paßte recht gut in den verdrossenen Tag. Wider Erwarten blieb alles still, während Fox auf das Haus zuging; sogar der Hund gänzlich unbestimmter Abstammung, auf dessen wütendes Gekläff er gefaßt war, fehlte, und dies vertiefte noch den Eindruck der Verlassenheit. Das Spalierobst an der Hausmauer zu beiden Seiten der Tür hatte meterlange Wassertriebe, die wie verzweifelt ausgestreckte dünne Arme einen nahezu gespenstischen Eindruck machten. Der messingne Klingelgriff war vermutlich zu Napoleons Zeiten zum letzten Mal geputzt worden, und das Wimmern der Glocke drinnen im Flur schien nicht gehört zu werden. Wohnte hier vielleicht überhaupt niemand mehr, schon seit damals?

Doch, Schritte näherten sich, es wurde aufgeschlossen, die Tür spaltbreit geöffnet, eine Frauenstimme fragte. Fox, mit aller Höflichkeit, bat, angemeldet und empfangen zu werden, er komme wegen des berühmten Obersten de Bouchard, über den er etwas zu schreiben beabsichtige. Daraufhin öffnete sich die Tür noch etwas mehr, eine Frau von etwa sechzig Jahren stand da, dürr und ziemlich lang, im Hauskleid, eine Leinenhaube auf dem grauen Haar und mit einem Gesicht, auf dem ein eigenartiger bläulicher Schimmer lag, so daß man es trotz seiner Blässe nicht farblos nennen konnte. Diese Frau sagte: «Sie scheinen ja ein ganz anständiger Mensch zu sein, aber was weiß man denn, heutzutage.»

«Haben Sie schlechte Erfahrungen gemacht?» erkundigte sich Fox.

«Nur, aber das geht Sie nichts an. Was wünschen Sie?»

«Wie man mir gesagt hat, wohnt hier Herr de Bouchard mit seiner Schwester, sind die Herrschaften zu sprechen?»

«Ich bin Fräulein de Bouchard.»

«O, Madame, ich weiß die Ehre zu schätzen. Und Ihr Herr Bruder, befindet er sich wohl?»

«Das geht Sie schon wieder nichts an.»

«Selbstverständlich nicht, verzeihen Sie. Ich würde auch

nicht wagen, mich aufzudrängen, hätte ich nicht diese empfehlenden Zeilen vom Abteilungsleiter Blanc des Louvremuseums, worin dieser bittet, meine wissenschaftlichen Arbeiten zu unterstützen. Wie Sie sehen, ist der Zettel an Sie adressiert. Ich bin der Doktor Reineke.»

«Ein Deutscher?»

«Jedoch –»

«Das ist gut. Ich dachte, Sie wären Engländer.» Nunmehr öffnete Fräulein de Bouchard die Tür so weit, daß er hätte eintreten können, gab aber einstweilen den Weg noch nicht frei. Vielmehr fischte sie nach einem Zwicker, der irgendwie an der Vorderseite ihrer oberen Hälfte befestigt war, klemmte ihn auf die knochige Nase und sagte lesend: «Wenn Sie nämlich Engländer –», deutete aber nur durch den Tonfall an, was dann etwa gewesen wäre. «Na, meinetwegen also. Treten Sie näher.»

Unter anderen Umständen hätte Fox, während sie die Haustür hinter ihm schloß, das Gefühl gehabt, eine Falle zuschnappen zu hören. Die Dunkelheit des Flurs, die Kälte, der muffige Geruch, die ganze Stimmung waren danach. Trotzdem kam ihm der Gedanke keineswegs, eher fand er dies alles einigermaßen komisch und so, wie wenn auf einer Vorstadtbühne ein Gespensterstück gespielt wird. Das Fräulein öffnete eine Stubentür, und während er über die Schwelle trat – denn hier gab es noch richtige Schwellen –, langte sie unversehens so nahe an seinem Gesicht vorbei nach dem Lichtschalter, daß er die Bewegung beinahe mißverstanden hätte.

Ein großes, niedriges Zimmer wurde hell, zugleich schlug dem Besucher wiederum eine kalte verbrauchte Luft entgegen.

«Warten Sie hier!» befahl das Fräulein und verschwand. Er blickte umher. Der Raum war zur Empirezeit mit recht hübschen Möbeln ausgestattet worden, machte aber den Eindruck, als ob ihn seitdem niemand mehr betreten hätte, jedenfalls wurde er gewiß nie benützt, und die Kälte stammte vermutlich noch aus dem berüchtigten Winter von 1812, sie hatte sich gut gehalten. Da man die Mühe gescheut hatte, die beiden kleinen Kronleuchter an der Stubendecke elektrisch zu montieren, hingen zwei nackte Glühlampen zwischen den blind gewordenen Glasprismen und verbreiteten ein unpassend grelles Licht, aber gerade deswegen konnte Fox vier Bilder ganz gut erkennen, die offenbar Szenen und Landschaften aus dem ägyptischen Feldzug wiedergaben und recht interessant zu sein schienen – aber da kam Fräulein de Bouchard zurück und sagte: «Folgen Sie mir bitte in den ersten Stock, mein Bruder kann nicht herunterkommen, bei diesem Wetter macht ihm das Rheuma zu schaffen.»

Über eine hölzerne Treppe gelangte man in den oberen Flur, dort roch es ein wenig nach Äpfeln. Erfreuliche Überraschung: die Stube, wo Herr de Bouchard im Lehnstuhl saß, war geheizt, eine Stehlampe sorgte für angenehmes Licht, und hier roch es zwar nicht nach Äpfeln, aber so ähnlich, der merkwürdige Duft machte die Erinnerung an Obstbranntwein unvermeidlich.

Herr de Bouchard glich in Wesen und Erscheinung seiner Schwester, nur trug er natürlich keine Haube, dafür einen buschigen grauen Schnurrbart, aber sogar die bläuliche Gesichtsfarbe hatte er mit ihr gemeinsam, offenbar war das eine Familieneigentümlichkeit – wie denn die Familie de Bouchard manche Eigentümlichkeiten zu haben schien, vielleicht bestanden die Leute überhaupt nur aus Eigentümlichkeiten. Aber die Wärme des Wohnzimmers war lobenswert.

Der Hausherr deutete bei Fox' Eintritt den Versuch nur an, sich zu erheben. «Entschuldigen Sie», sagte er ächzend und sank wieder zurück. Nachdem man ein paar höfliche Redensarten ausgetauscht hatte, lud er den Gast mit einer Handbewegung ein, am Tische Platz zu nehmen. «Sie werden nun darauf warten, daß ich Ihnen versichere, wie sehr ich mich freue, Sie bei uns zu sehen, da wir doch so gut wie niemals Gesellschaft haben. Wir lassen uns aber nur ungern stören, und ich möchte behaupten, das Erfreulichste an einer solchen Störung ist immer die Hoffnung, daß sie nicht lange dauert.»

«Ich werde Sie so bald wie möglich von meiner Gegenwart befreien», antwortete Fox mit aller Seelenruhe. «Glauben Sie mir: als ich diese heruntergekommene Burg erblickte, wäre ich am liebsten schon an der Gartentür wieder davongelaufen. Aber was will man machen. Der Oberst de Bouchard, der mit Napoleon Ägypten eroberte, war bestimmt höflicher als sein Nachkomme, und ich tröste mich mit dem Gedanken, daß ich nur seinetwegen hier bin.»

«Der Oberst de Bouchard war ein Narr!» sagte der Nachkomme. «Es wäre eine Kleinigkeit, Ihnen das zu beweisen, nur will ich mir nicht die Mühe machen, denn es ist mir durchaus gleichgültig, was Sie denken. Haben Sie sonst noch etwas zu bemerken? Wenn nicht, dann können Sie jetzt wieder verschwinden.»

«Daß der Oberst de Bouchard ein Narr gewesen ist», sagte Fox unerschütterlich gelassen, «davon habe ich nirgends etwas gelesen. Man könnte nur durch Rückschlüsse aus der Gegenwart auf diesen Einfall kommen. Aber verschwinden kann ich leider noch nicht.»

«Marie, die Herztropfen!» sagte Herr de Bouchard. Daraufhin brachte seine Schwester eine auf dem Fensterbrett bereitstehende Flasche, die allerdings kein Arzneiformat hatte, sondern einer Schnapsflasche zum Verwechseln ähnlich sah, und zwei Likörgläser. Was sie mit sanfter Behutsamkeit, aber leicht zitternder Hand aus der Flasche in die Gläser goß, war wasserklar und verbreitete einen überaus zudringlichen Obstbranntweingeruch. «Meine Schwester und ich», sagte der Hausherr mit dem Ausdruck großer Selbstüberwindung, «verabscheuen den Alkohol als Genußmittel, aber als Medizin ist er leider unentbehrlich.» Danach kippten beide den Inhalt ihrer Gläser lautlos in ihre Kehlen, und zwar mit einer Gewandtheit, die enorme Übung verriet. «Ah!» sagte Herr de Bouchard, «Ihre Anwesenheit regt mich bereits weniger auf. Wenn Sie nun zur Sache kommen möchten, mein Herr. Was haben Sie eigentlich gegen meinen Ur-Urgroßvater?»

«War das der Oberst?»

«Jawohl.»

«Ich habe nicht das Mindeste gegen ihn, Herr de Bouchard. Im Gegenteil, ich finde, daß seine Bedeutung noch nicht erkannt ist und würde gern dazu beitragen, daß sie erkannt wird.» Nach diesem schönen und edlen Auftakt entwarf Fox ein anschauliches Bild von dem nächtlichen Entweichen des Generals Bonaparte aus Alexandria, als jener sich überzeugt hatte, daß dort für ihn nichts mehr zu holen sei. In dieses Bild brachte er offenbar so viel Aufregendes, daß die Geschwister mehrere Herzanfälle bekämpfen mußten, und als nun vollends der Ur-Urgroßvater auf dem Verdeck der Fregatte erschien, gewissermaßen mit dem Chiffreschlüssel für die Hieroglyphen im einen und mit der Kanopusvase im andern Arm, erreichte die – allerdings meisterhaft unterdrückte – Aufregung ihre oberste Grenze. Fox staunte, mit welcher behenden Lautlosigkeit Fräulein Marie einzuschenken und das Geschwisterpaar die Gläser zu leeren verstand, wobei es immer bläulicher wurde.

«Nicht übel!» sagte der Ur-Urenkel und betrachtete den Fremden zwar noch nicht wohlwollend, aber doch immerhin duldsamer. «Was Sie da erzählen, ist natürlich nichts Neues für uns.»

«Weshalb lassen Sie mich dann so lange reden?» fragte

Fox ärgerlich. «Halten Sie Ihre Gesellschaft für so anziehend?»
«Na, na!» erwiderte der Hausherr. «Wenigstens der anwesenden Dame halber dürften Sie schon etwas höflicher werden.»
«Das einzige, was für Sie spricht», entgegnete Fox, «ist die Tatsache, daß Sie eine Vase für das Louvremuseum gestiftet haben.»
«So! Und nun möchten Sie wissen, ob wir noch mehr solche Sachen haben?»
«Nein, das ist mir durchaus gleichgültig. Alte Scherben interessieren mich nicht.»
«Alte Scherben nennen Sie unsere Vase? Das ist nun ein Zeichen, daß Sie wahrhaftig nichts davon verstehen, mein Herr.»
«Reg' dich nicht auf, Emile», bat Marie sanft und schenkte ihm und sich ein.
«Ich will mich aber aufregen!» sagte er und schlug auf den Tisch. «Ist es denn nicht ein Jammer mit diesen Ignoranten! Du warst daran schuld, Marie, das behaupte ich noch heute.»
«Woran war ich schuld?» fragte sie, merklich weniger sanft.
«Daß wir damals nicht auch die zweite an das Louvremuseum gaben. Dann wäre uns der ganze Ärger erspart geblieben.»
Marie schluckte.
«Hatten Sie Ärger?» fragte Fox teilnehmend.
«Ärger ist überhaupt kein Ausdruck», sagte das Fräulein de Bouchard, es hörte sich an wie eine Explosion. «Da kam nämlich ein Kerl –»
«Marie!»
«Nein, ich will damit doch nur sagen, daß wir gar nicht so sind. Und der Herr hier ist wahrscheinlich auch nicht so, denn er ist weder Amerikaner noch Engländer. Noch

dazu war es gerade an meinem Geburtstag, da kam also dieser Kerl –»

«Hierher?»

«Ja, morgens. Er nahm überhaupt kein Ende.»

«Der Geburtstag? Wie schön!»

«Nein, der Kerl. So lang und dürr und gelblich war er, und er sprach ein schauerliches Französisch, dadurch wurde alles noch viel unangenehmer, wo wir doch weder Englisch noch Afrikaans verstehen.»

«Afrikaans?» fragte Fox.

«Ja, oder wie es heißt.»

«Woher kannten Sie ihn denn?»

«Wir? Erlauben Sie, so etwas kennen wir doch selbstverständlich nicht. Er kam eben. Emile, zieh die Tischschublade auf, links liegt seine Karte. John Myers oder wie man das ausspricht.» Sie sprach es aber französisch aus.

«Und was war er?»

«Antiquitätenhändler. Vielleicht sogar etwas noch Schlimmeres, bei dem halte ich alles für möglich. Er kam morgens und ging in der Abenddämmerung.»

«Wann haben Sie Geburtstag, Fräulein de Bouchard?»

«Am 3. Dezember. Warum?»

«Ich meine nur. Im Dezember ist der Tag schon kurz.»

«Mir war er lang genug. Und er redete stundenlang, er redete uns ein Loch in den Bauch, o, mehrere, und mein Bruder Emile, den Sie hier in Lebensgröße sehen, brachte es nicht fertig, ihn hinauszuschmeißen, obwohl ich beinahe vor Wut platzte, und zum Essen mußten wir ihn auch noch auffordern, weil er doch nicht ging, ein Glück nur, daß der Reis etwas angebrannt war –»

Was Fräulein Marie während der nächsten Minuten berichtete, hörte Fox kaum, denn er war zu sehr mit Nachrechnen und Nachdenken beschäftigt. In der Nacht vom 1. zum 2. Dezember war im Louvre eingebrochen worden; am Abend des 2. Dezember hatte Helfering seinen Vortrag gehabt; am 3. war der Typ, den Fräulein de Bouchard so unverkennbar beschrieb, hier aufgetaucht – wie aber kam Wilton überhaupt nach Ancenis und zu den Nachfahren des alten Obersten, da die Kartei mit der Adressenangabe um diese Zeit nicht benutzt worden war? Dies blieb im Augenblick rätselhaft. «Ja . . .», sagte Fox und schaltete sich wieder in das Gespräch ein, «und weshalb ging er denn nicht, abgesehen von seiner Geschwätzigkeit?»

«Die Geschwätzigkeit allein», erklärte Fräulein Marie, «hätte vollständig genügt, den Geburtstag von morgens bis abends auszufüllen. Aber dieser afrikanische Engländer oder was er nun sein mochte hatte ein so zudringliches Interesse für den Oberst und was mit ihm zusammenhing an den Tag gelegt, daß er kaum zu bändigen war.» Fräulein Marie mußte sich der Herztropfen bedienen.

«Dabei», sagte Emile in die dadurch entstandene Pause hinein, «blieben wir ihm die Antwort auf die meisten seiner Fragen schuldig, denn wir wissen ja nichts.»

«Wieso wissen Sie nichts?» fragte Fox.

Jetzt war es Herr de Bouchard, der sein Herz stärken mußte, deshalb schaltete sich Fräulein Marie wieder ein. «Dieser Oberst – aber das konnte der Herr natürlich nicht wissen – war in der Familie mehr berüchtigt als berühmt, denn er hatte sich alle erdenkliche Mühe gegeben, das vorhandene und das aus den Revolutionswirren gerettete Vermögen zum Fenster hinauszuwerfen, was ihm denn auch mit dem größten Erfolg gelang. Wir waren einfache Gutsbesitzer, ehrlicher gesagt reiche Bauern gewesen. Aber nun fiel es dem Kaiser ja ein, den Obersten zu adeln, und Vornehmheit verpflichtet. Selbstverständlich konnte er nicht mehr in einem Bauernhaus wohnen, er riß es ein und baute dieses hier, und er hätte auch dieses eingerissen und statt dessen ein Schloß gebaut, die Pläne waren schon gezeichnet und sind noch vorhanden. Ein Schloß, ich bitte Sie, wo er doch gar nicht hier lebte, sondern in Paris, und in Paris gab er auch unser Geld aus, das fiel ihm nicht schwer, und er machte Schulden, und der Kaiser bezahlte sie, und er machte abermals Schulden, und der Kaiser bezahlte sie wieder, und er machte neuerdings Schulden, jedoch die konnte der Kaiser nicht mehr bezahlen, denn mittlerweile gab es keinen Kaiser mehr, und alle Äcker und Wiesen und was sonst noch hier vorhanden war, hatte der Oberst verkauft, und dann ging er hin und erschoß sich, aber wir sitzen hier und sind herzleidend, und dann erscheint auch noch dieser Altwarenhändler und redet von Berühmtheit und solchem Zeug. Begreifen Sie nun, mein Herr, daß wir gegen jeden mißtrauisch sind, der vor unserer Tür steht? Wir kennen niemanden und wollen von niemandem gekannt sein, uns sind alle Fremden verdächtig, besonders seit meinem Geburtstag – sagen Sie mir doch, wie Sie überhaupt zu unserer Adresse kommen!»

«Auf die natürlichste Weise», antwortete Fox. «Da ich mich für ägyptische Altertümer interessiere –»

Das hätte er lieber nicht sagen sollen. Emile stieß einen dumpfen, Marie einen desto schrilleren Schrei aus, beide warfen die Arme in die Luft und rollten die Augen, und alle diese Leibesübungen wurden mit einer solchen Exaktheit ausgeführt, daß Fox erschrocken verstummte.

«Genau so fing es an meinem Geburtstag an!» rief das Fräulein de Bouchard. «Aber ich habe es dir schon vor zehn Jahren prophezeit, Emile; hätten wir damals nur auch–»

Fox sagte: «Sie werden sofort sehen, daß meinerseits alles ganz harmlos ist. Es gibt im Louvre eine Kartei, darin sind auch Sie als Spender eingetragen, so kam ich zu Ihrer Adresse.»

«Aha!» rief Emile erbittert. «Das hat man von der Wohltätigkeit. Und da willst du noch immer behaupten, Marie, wir hätten auch die andere hergeben sollen? Denn stellen Sie sich vor, mein Herr, dieser Kerl, diese Geburtstagsüberraschung, interessierte sich ebenfalls für ägyptische Altertümer, und obwohl wir ihm tausendmal versicherten, daß wir nichts hätten, weil ja der Oberst schon alles verkauft hatte, ließ er uns doch nicht in Ruhe. Meine Schwester sagte ihm, daß wir eine Vase in den Louvre gestiftet hätten und daß noch eine sehr ähnliche hier sei. Darauf wurde er ganz gelb und rasend, er mußte sie unbedingt sehen und nahm sie in seine Arme wie ein kleines Kind, aber Marie bekam Angst und wollte sie ihm wegnehmen, dabei fiel die Vase herunter und zerbrach in tausend Stücke.»

«Und?» fragte Fox.

Wie Herr de Bouchard versicherte, war die Geschichte hier zu Ende. Denn entsetzt hatten sie alle drei vor den Scherben gestanden, und fünf Minuten später – fünf Minuten zu spät – warf Emile den Kerl hinaus.

«Und was hatte die Vase enthalten?»

«Enthalten? Nichts, das erwartete wohl auch niemand. Übrigens waren alle Scherben gesammelt und in einem Pappkarton aufgehoben.»

«Das ist gut. Und der Deckel?»

«Der Deckel», antwortete Marie, «ewig schade um ihn, es saß ein so hübscher Affe darauf, aber das war nun eben alles zerbrochen und bei den anderen Scherben stückweise aufgehoben – aufgehoben, denn jetzt wollte man nachholen, was man schon damals hätte tun sollen: das gute Stück dem Museum stiften.»

«Da wird sich das Museum aber freuen!» sagte Fox und ergriff zugleich mit dieser Wendung die allmählich wünschbare Gelegenheit, sich zu verabschieden.

«Sie kommen aus Paris?» fragte Marie.

«Ja, und ich fahre dahin zurück.»
«Wann?»
«Morgen, Madame.»
«Sie haben einen Wagen – würden Sie uns einen Gefallen tun?»
«Mit Vergnügen, wenn es mir möglich ist.»
«Es ist Ihnen gewiß möglich. Nehmen Sie den Pappkarton voll Scherben mit!» bat Fräulein de Bouchard. «Sie würden mir dadurch viel Mühe ersparen. Für das Museum!»
Dies war ein ganz natürlicher Wunsch, wegen seiner Erfüllung brauchte man nichts zu überlegen und zu besprechen, es gab wohl kaum etwas Harmloseres. Und doch dachte Fox in der folgenden Zeit immer wieder an diese Sekunden – – sie glichen jenen, in denen der Mensch im Dunkel der Nacht plötzlich die wundersam aufleuchtende Bahn einer Sternschnuppe erblickt. «Gewiß, gern», sagte er, «nur muß ich bitten, den Karton ordentlich zu verschnüren, denn die Scherben sollen mir nicht nochmals zerbrechen. Und Sie, Herr de Bouchard, geben mir vielleicht ein paar Zeilen an das Museum mit, ich möchte nicht, daß man mich für den edlen Spender hält.»
Fräulein Marie lief davon, sich um den Karton zu kümmern. Ihr Bruder stand auf, öffnete die Tür zum Nebenzimmer, machte dort Licht, setzte sich an den Schreibtisch, drehte das Tischlämpchen an und suchte nach Papier und Feder. «Helfen Sie mir bitte ein bißchen bei diesem Brief», sagte er, «mir fehlt die Übung, da ich so wenig zu verschenken habe.»
Fox lehnte sich an den Rand des Schreibtisches.
Und da sah er in dem ziemlich hellen Licht der Lampe auf einigen gefaltet übereinander liegenden Papieren einen Stein, der als Briefbeschwerer diente . . . das Bruchstück eines Steins.

«Schreiben Sie also: ‚Sehr geehrte Direktion! Vielleicht ist Ihnen erinnerlich, daß ich –' wieviele Jahre sind es her, Monsieur, daß Sie die Vase stifteten? Man sollte das angeben, damit die Leute alle notwendigen Eintragungen ... ich erwähnte ja schon die Kartei, sie ist für dergleichen Institute beinahe wichtiger als die Gegenstände selbst. Das ist aber ein hübscher Stein, den Sie da haben, ich muß mich wundern, hier, so nahe dem Atlantik, liegen derartige Steine herum? Aber natürlich, ich erinnere mich, hier in der Nähe gibt es doch so etwas wie das armorikanische Bergmassiv, man sieht es nur nicht ... Ist das Granit? Lassen Sie mich es betrachten. Nein, Granit ist es nicht, aber wohl etwas Ähnliches. Also: ‚Daß ich für Ihre ägyptische Abteilung eine Kanopusvase –'»
«Wenn es Sie glücklich macht», sagte Herr de Bouchard eifrig schreibend, «dann nehmen Sie den Stein doch mit, ich weiß nicht, woher er stammt, er liegt von jeher da ... bitte buchstabieren Sie mir das Wort Kanopus ... auf diesem Tisch, ich weiß auch nicht, ob die Art bei uns vorkommt.»
«Ja, danke. ‚Kanopusvase stiftete, Punkt, ein Gegenstück dazu befand sich seit dem Jahr achtzehnhundert –' Da fällt mir ein – könnte man das vielleicht erwähnen, es würde bestimmt einen guten Eindruck machen – haben Sie außer der Vase jemals etwas an ein Museum gegeben? Es brauchen ja keine Gegenstände, es könnten auch Schriftstücke gewesen sein. Nicht? – Danke vielmals für den Stein, das ist eine Erinnerung an diesen reizenden Nachmittag, und ich brauche dabei nicht das Gefühl zu haben, daß ich Sie beraube, denn das Material ist in der Tat wertlos.»
«Tant de bruit –», sagte Emile schreibend. «Achtzehnhundert? Ja, das kann stimmen; übrigens eine nette runde Zahl.»
Es war schon lange finster, als Fox die seltsamen Ge-

schwister verließ. Jedoch blieb er nicht in Ancenis, sondern fuhr loireaufwärts in Richtung Paris davon, und zwar trotz Nacht und Nebel in einem Tempo, als gälte es, etwas Kostbares in Sicherheit zu bringen. Dabei befanden sich wirklich nur Tonscherben in dem Pappkarton.

Eben wegen des Nebels kam Fox aber nur bis Angers. Dort, am Ufer der Maine, blieb er stecken, der Nebel stand wie eine weiße Mauer vor den Scheinwerfern. Nun, das war kein Unglück und Angers eine große Stadt, man konnte gut unterkommen und noch besser essen, und das tat er in aller Gemütsruhe, trank eine Flasche Wein und spürte dabei mit unendlichem Wohlbehagen, wie er sich allmählich von dem langen und anstrengenden Besuch bei den bläulichen Geschwistern erholte, denen es übrigens glücklicherweise nicht eingefallen war, ihm auch nur einen Tropfen ihres Herzmittels anzubieten.

Zur rechten Zeit zog er sich zurück, ging in das große, breite Bett, löschte freilich das Licht noch nicht aus, sondern betrachtete und betastete wenigstens eine halbe Stunde lang und von allen Seiten aufs genaueste den sonderbaren Briefbeschwerer, den Herr de Bouchard ihm verehrt hatte. Dabei tat wieder die dreifache Einschlaglupe gute Dienste.

Denn wenn er es augenblicklich auch noch nicht mit völliger Sicherheit wußte, so stand es für ihn doch fest, daß er jenes rechte Ohr in der Hand hielt, welches dem Kopfe der Kleopatra fehlte.

Und da er, ebenso wenig wie sein Freund Lebrun, an den Zufall glaubte, so mußten sich hier, in dem angenehmen Bett in der völlig benebelten Stadt Angers ein paar Ursachenketten kreuzen, die wert waren, daß man noch nicht einschlief, sondern aufs gründlichste über sie nachdachte. Nebenbei streifte ihn wie ein unsicherer Lufthauch der Gedanke, daß die Stadt wohl einmal die Hauptstadt des Landes Anjou gewesen und daß Anjou nicht nur ein sehr wohlklingender Name, sondern auch im Geschichtsunterricht des öfteren vorgekommen war, aber lassen wir das, es gibt Wichtigeres.

Diorit! Das gleiche Material wie die Kleopatra. Die Größe stimmte, genau ließ sich das natürlich erst beurteilen, wenn man den ganzen Kopf vor sich hatte. Das Ohr war nur in der ungefähren Gestalt angedeutet – wer nicht wußte, worum sich's hier handelte, konnte den Stein für roh, seine Form für durchaus naturentstanden halten, ein Bruchstück, abgespalten von einem größeren Block. Aber Fox erinnerte sich recht genau an die entsprechende Stelle des Kopfes.

Das genügte, die Überlegungen weiterzuspinnen. Nach allem, was er bereits wußte und für wahr hielt, bestand wohl kein Zweifel, daß der Oberst Bouchard dieses Steinstück aus Ägypten mitgebracht hatte, als er zusammen mit dem General Bonaparte im Jahr 1799 Alexandria verließ, wahrscheinlich lag der Stein mehr als anderthalb Jahrhunderte auf dem Schreibtisch in Ancenis. Falls nun der Grieche Odysseus nicht gelogen hatte mit der Angabe, daß der Kopf der Kleopatra aus der Ptolemäergruft stammte, so ergab sich der Schluß, daß auch der napoleonische Oberst diese Gruft gekannt hatte, vielleicht darin gewesen war und dort das abgesplitterte Ohr vom Erdboden aufgehoben und mitgenommen hatte. Der Gedanke lag schon deshalb nahe, weil de Bouchard als Genieoffizier die Erd- und Bauarbeiten am Fort St. Julien leitete. Daß er von dem Vorhandensein des Ptolemäergrabes wußte und woher er den Zugang kannte, würde sich nicht mehr ergründen lassen, im Augenblick kam auch nicht allzuviel darauf an.

Fox verschob es für diesmal, den Gedanken weiter zu verfolgen, denn ein anderer drängte sich vor, gegenwär-

tig wichtiger. Daß Herr Myers, der bei den Geschwistern auftauchte und Afrikaans sprach, sich anderswo Wilton nannte, bezweifelte Fox nach der Beschreibung nicht. Unbeantwortet blieb die Frage, wie Wilton darauf gekommen war, die Leute in Ancenis aufzusuchen. Die Kartei des Museums war seit langem überhaupt nicht benutzt worden, dorther wußte er also die Adresse nicht – und ganz abgesehen davon nahm Fox auch nicht an, daß der soignierte Herr Wilton sich persönlich mit Museumsdiebstählen belustigte. Es gab also wenigstens noch eine weitere Person, die mit der Sache zu tun hatte, der interessante Kreis erweiterte sich zusehends. Davon war Fox nicht überrascht, jedoch erbaut, denn je mehr vorhanden ist, desto mehr läßt sich finden.
Ein dritter Punkt jedoch erschien in diesem Zusammenhang als der wichtigste. Im Louvre waren, methodisch und deshalb bemerkenswert, sämtliche Vasendeckel zerbrochen worden. Also hatte man, wie bereits Lebrun vermutete, etwas ganz Bestimmtes darin gesucht. Da sich nun aus ägyptischen Zeiten gewiß nichts in diesen Deckeln befand, mußte den Tätern bekannt gewesen sein, daß in einen von ihnen später etwas hinein getan worden war, wobei man den Deckel erst zerschlug und dann wieder kittete. Diese Mühe macht sich aber niemand aus bloßem Übermut, sondern nur, wenn er etwas wirklich Wertvolles zu verstecken hat.
Fox begann leise zu pfeifen, wie stets, wenn er sich auf einer vielversprechenden Spur fühlte.
Was es war, das in dem sonderbaren Versteck gesucht wurde, stand einstweilen nur zu vermuten, groß konnte das Ding nicht gewesen sein. Hatte man es gefunden? Im Louvre ganz sicher nicht, sonst hätte Herr Myers nicht zwei Tage später nach Ancenis zu fahren und dort den letzten vorhandenen Deckel fallen zu lassen brauchen, der mit dem Obersten de Bouchard in Zusammenhang

stand. Denn auf diesen Zusammenhang kam es ganz offenbar an! Hier wurde auch der Grund deutlich, weshalb man auf die Kartei verzichtet hatte: die Bande wollte sich nicht verdächtig machen, gerade deshalb aber wußte sie nicht, welche der im Louvre vorhandenen Vasen von Bouchard stammte, also mußten alle Vasen durchsucht und alle Deckel zertrümmert werden, und weil dies erfolglos blieb, fuhr eben Herr Myers nach Ancenis, freilich fand er auch dort nichts. Woher aber, in Dreiteufelsnamen, kannte er die Adresse, wie kam er überhaupt auf den alten Oberst, wieso konnte er wissen, oder doch wenigstens vermuten, daß Bouchard etwas in einer solchen Vase versteckt hatte? Und sicherlich wußte Myers auch, was es war, und daß es etwas sehr Kostbares war, sonst hätte er nicht so beharrlich danach gesucht. Wie traurig: Herr Myers wußte es, Fox wußte es nicht.
Dies alles ging Fox durch den Kopf, während er, im Bett liegend, zur matt beleuchteten Stubendecke hinaufstarrte, dies alles und noch viel mehr flimmerte an ihm vorbei, ganz unterhaltsam, aber ohne rechten Sinn. Der gepflegte Herr Wilton wurde gegenwärtig, die schöne Lady Diana. Fox, aber auch Wilton, auch Diana suchten: nämlich den Plan, dessentwegen Lord Meldrum hatte sterben müssen. Das stand allerdings auf einem andern Blatt, denn das einzige, was als Inhalt der Bouchard-Vasen *nicht* in Frage kam, war eben der Plan, den ja Meldrum noch vor einem Jahr gehabt hatte.
Ein Durcheinander, schon wieder entmutigend. Fox, vor Minuten hell wach, ließ sich mit Absicht in einen Zustand versinken, der dem Träumen nicht unähnlich war. Das tat er gern, wenn er mit dem bloßen Verstand nicht weiterkam. Aus der Dämmerung begannen Bilder und Farben hervorzutreten, erst kaum unterscheidbar, bald deutlicher, dazwischen waren Klänge, einer von ihnen lautete Anjou, und dieses leise Anjou kam aus einer un-

endlich weiten Vergangenheit . . . war nicht Parzival aus dem Haus Anjou gewesen? Yvonne müßte dasein, in ihrem alten Blut lagen alle diese Geschichten, selbst wenn sie nichts mehr davon wußte, und sie konnte zaubern. Fox glaubte einen jungen Menschen zu sehen – o, er war es selbst, in dem Dachkämmerchen seiner Schülerjahre –, er las eifrig in einem orangegelben Büchlein, es waren Verse, übersetzte Verse, Anjou kam darin vor, Parzival . . . der junge Mensch las, und er sah Bilder:

Und immer schaut' er wieder hin.
Da mußten ihm die Augen sagen,
Daß er schon in vergangenen Tagen
Ihn oder doch sein Bildnis sah –
Ihm schien's in Alexandria.

Unglaubhaft, aber doch wahr, daß diese Zeilen, die er vor so vielen Jahren in Wolframs «Parzival» flüchtig, als halbes Kind, ein einziges Mal gelesen und niemals auswendig gelernt hatte, hier, in der alten Hauptstadt des Landes Anjou plötzlich dastanden, aus langer Nacht emporgetaucht.

Aber bei dem Wort Alexandria wölbte sich nun sogleich ein wunderbarer Sternhimmel über dem Meer, lichterlos glitten zwei Fregatten schwarz aus dem Hafen, in dem noch die Augusthitze lag, in die frischere und reinere Luft der offenen See hinaus. Am Bug des einen Schiffes, es heißt «Muiron», steht ein kleiner, hagerer Mann im Generalsmantel, vor einer Woche ist er dreißig Jahre alt geworden, nun, Alexander war vierundzwanzig, als er Ägypten eroberte. Der General drehte sich um und sagt in die Dunkelheit: «Was denken Sie darüber, Bouchard? Vor einem Jahr kam ich mir vor wie Alexander, jetzt wie Marc Anton – aber nicht einmal eine Kleopatra hat es in diesem traurigen Nest gegeben.»

Bouchard fragt unsicher: «Kleopatra?»

«Ah, die Dame ist Ihnen kein Begriff. Mir ist nicht ganz

wohl zumute, mein Lieber, ich wollte, dies wäre nicht die erste, sondern die letzte Nacht unserer Fahrt, und dieser dunkle Landstreifen wäre schon die Küste der Provence. Glauben Sie, daß es uns gelingt, durch die Linien der englischen Schiffe hindurchzukommen?»

«Mit Glauben ist da nichts geholfen, General», antwortet Bouchard. «Glück erscheint mir verläßlicher.»

«Glück?» fragt der General mit einem kurzen Lachen. «Verläßlich? Das ist eine Entdeckung, die Ihnen vorbehalten blieb. Freilich, Sie haben nichts zu verlieren.»

Bouchard erwidert nichts. Im Laderaum steht eine Kiste, die ihm gehört. Sie enthält ein paar Andenken, einen Steinbrocken, auch zwei Kanopusvasen. Ohne besonderen Wert. Selbst wenn die Engländer das Schiff kaperten, würden sie ihm die Kiste vermutlich lassen.

Der Genieoffizier Bouchard lächelt. In dieser Dunkelheit erlaubt er sich das, denn es kann ja niemand sehen, auch nicht der General.

Übrigens ging alles gut. Am 9. Oktober landete die Muiron in Fréjus, und das französische Volk empfing den General Bonaparte, der soeben Ägypten verloren hatte, als den Mann, von dem es sich alles erhoffte. Womit das Volk recht hatte.

Auch Bouchard, auch die Kiste hatten das rettende Ufer wohlbehalten erreicht. Geld und Geldwert konnten nicht in der geheimnisvollen Kiste gewesen sein, kein Gold, keine Juwelen, sonst hätte der Oberst in der folgenden Zeit nicht alle Ländereien der Familie zu verkaufen brauchen.

Plötzlich lacht Fox, aber nicht durchaus vergnügt, denn es fällt ihm ein, daß diese Kiste möglicherweise niemals vorhanden war, sondern eben jetzt von ihm fabriziert worden ist, allerdings mit einer bemerkenswerten schöpferischen Phantasie.

Es muß aber doch, denkt er weiter, und sein Gemüt erhellt sich, es muß aber doch in der Tat eine Kiste vorhanden gewesen sein und den Oberst begleitet haben, denn wie sonst wären die beiden Kanopusvasen nach Ancenis gekommen? Was in Ägypten zurückblieb, fiel in die Hände der Engländer, ein Dieb bestahl den andern, so entsteht ein großer Teil der Weltgeschichte.

Nehmen wir an, ich wäre der Genieoffizier Bouchard, ein Jahr lang beschäftigt gewesen mit der Leitung von Erdarbeiten in der Gegend von Alexandria, vielleicht auch in der Stadt selbst. Nehmen wir weiter an, ich hätte Gelegenheit gehabt, dieses abgesplitterte Diorit-Ohr vom Erdboden aufzuheben, und zwar in einem gewissen unterirdischen Gang oder Raum, und es wäre mir klar geworden, wo ich mich befinde und daß ich demnächst dieses Land verlassen muß – was hätte ich, der Genieoffizier Bouchard, als Wichtigstes getan?

Kein schlechter Gedanke, grübelt Fox, aber das Durcheinander wird dadurch noch schlimmer. Man sollte mit Yvonne zum Wintersport fahren, ja, das sollte man, denn diese ägyptische Angelegenheit scheint für mich so enden zu wollen wie der ägyptische Feldzug für den General Bonaparte – ganz abgesehen davon, daß sie mich viel Zeit und leider auch Geld zu kosten beginnt, und was diesen Punkt betrifft, so ist es entschieden vernünftiger, mein Geld für die lebendige Yvonne als für die tote Kleopatra auszugeben, vielleicht auch gesünder, denn dem listigen Odysseus bekam es nicht gut, dem britischen Botschafter bekam es nicht gut, und weshalb tat Lady Diana in aller Unschuld so, als ob sie nicht wüßte, wer ich bin? Ebenfalls eine recht dunkle Stelle, trotz der Engelsblondheit! Aber das kommt davon, man sollte abends keinen Hummer essen und Muscadet trinken. Und Ende der Woche ist Weihnachten. Ich werde jetzt nur noch an Weihnachten denken. Und natürlich an Yvonne.

Indessen kannte er sich gut genug, um zu wissen, daß er diesen frommen Vorsatz nicht ausführen würde.

Als Fox um die Mittagszeit nach Paris kam, schneite es ein wenig, und bei der Post lag im Türbriefkasten eine Nachricht von dem Legationsrat Dr. Sinan, daß er bereits wieder in Paris sei und sich freuen würde, recht bald mit Fox wegen der bewußten Angelegenheit zusammenzutreffen. Die Worte «recht bald» waren unterstrichen.
Fox wußte, was Sinan mit dieser Unterstreichung sagen wollte, offenbar gab es wichtige Neuigkeiten. Statt nun aber sogleich in der ägyptischen Botschaft anzurufen, ging er in seine winzige Küche, wechselte die weiße Glühlampe gegen eine rote aus, verdunkelte das einzige Fenster mit aller Sorgfalt, stellte die nötigen photographischen Dinge zurecht, suchte den Film, auf dem die von ihm aufgenommenen Bilder Kleopatras waren – zum Glück hatte er den Kopf von allen Seiten photographiert – und machte von der Stelle, an der das Ohr abgebrochen war, maßgerechte Vergrößerungen. Eine Stunde später wußte er, daß er sich nicht geirrt hatte: Der Briefbeschwerer aus Ancenis mit seiner muscheligen Bruchfläche paßte nicht nur in der Form genau an den Kopf, sondern es waren auch ein ziemlich senkrecht verlaufender alter Sprung und eine mehr schräg hinziehende helle Ader auf beiden Teilen vorhanden, und auch sie paßten millimetergenau aneinander. Hier gab es also keinen Zweifel, und damit war vielleicht mehr gewonnen, als sich im Augenblick erkennen ließ.
Jetzt erst kam Fox dazu, die übrige Post durchzusehen; es war nichts von Bedeutung dabei, ausgenommen ein Brief von Professor Helfering, den er freilich nicht ohne Spannung öffnete. Der Umschlag enthielt, auf dem Briefpapier eines Mailänder Hotels, ein paar Zeilen in

Lady Dianas großen Schriftzügen: Wie Helfering sich nun entschieden habe, sie ihrerseits könne sich mit dem von Herrn Dr. Reineke vorgeschlagenen Preis einverstanden erklären. Der Professor hatte mit Bleistift dazu bemerkt: «Was nun? Ich werde nichts unternehmen.»

Fox lächelte. Die kluge Diana hielt sein weit überhöhtes Angebot für ernstgemeint und bildete sich ein, der Kauf werde auf dieser Grundlage zustande kommen. So geht's, wenn man Geld braucht.

Er legte den Brief beiseite. Je länger man die Engländerin warten ließ, desto dringender wurden ihre Geldsorgen, und das kam ihm recht gelegen.

Anruf bei Yvonne. Sie war daheim, ohne jede Verabredung für den Abend. Er versprach, sich nochmals zu melden, wenn er Dr. Sinan erreicht hätte.

Auch der Legationsrat konnte sich freimachen, Fox schlug ihm ein Abendessen zu dritt vor, aber Sinan meinte, so früh könne er nicht abkommen, und vorsichtshalber sei es besser, sich bei Fox zu treffen, eine Mitteilung, die nicht unerwartet kam.

Spät abends also saßen die drei ungestört beieinander.

«Daß ich so schnell abreisen konnte», sagte Sinan, «war einem glücklichen Zusammentreffen mit anderen Aufgaben zu danken. Daß ich aber so rasch wieder zurück kam, geschah Ihretwegen, genauer: wegen der sonderbaren Sache, um die es sich handelt.» Er berichtete. Nach der Ankunft in Kairo war er sofort zu seinem Bruder, dem Abteilungsleiter am ägyptischen Museum, gegangen, hatte ihm das Wesentliche dargelegt und damit zunächst jenes leise Lächeln bewirkt, welches von jeher bestimmt ist, bei Laien die gehörigen Minderwertigkeitsgefühle hervorzurufen. Die Legende von der noch vorhandenen Ptolemäergruft, hatte der Museumsmann erklärt, sei fast so alt wie die Gruft selbst, tauche in jedem Jahrhundert wenigstens einmal auf und habe sich stets als gegenstandslos erwiesen. Wie es aber zu sein pflegt, geben gerade Überlieferungen dieser Art immer wieder Gelegenheit zu blühenden und erregenden Phantastereien. Die Regierung lehnte wegen der bisherigen schlechten Erfahrungen jedes Gesuch um die Erlaubnis, Grabungen zu machen, rundweg ab, selbst dann, wenn diese Gesuche von anerkannt wissenschaftlicher Seite kamen. Und schließlich konnte man ja schon aus technischen Gründen eine Millionenstadt wie Alexandria nicht aufs Geratewohl unterwühlen.

«Bis hierher», sagte der Legationsrat, «war die Besprechung für mich alles andere als ermutigend. Dies änderte sich aber, als ich den Tod des britischen Botschafters mit der Angelegenheit in Verbindung brachte und auf den Kleopatrakopf zu sprechen kam.»

Von da ab nämlich begann der Bruder, sehr aufmerksam geworden, die Sache ernst zu nehmen. Der Diplomat hielt es für gut, nicht alle Karten aufzudecken –

«Das konnten Sie auch nicht», sagte Fox, «weil Sie nicht alle in der Hand haben. Ich war so frei, einige für mich zu behalten.»

Dies, sagte Dr. Sinan gleichmütig, habe er vorausgesetzt. Kein Zauberkünstler verrate seine Tricks, und wenn er es doch tue, dann nur scheinbar und um die Zuschauer damit doppelt gründlich zu bluffen. Es werde sich aber sogleich zeigen, daß auch Diplomaten jenen gewissen Sinn für Publikumswirkungen hätten. «Kleopatra allein würde genügt haben», fuhr er fort. «Als ich aber vollends auf den Plan zu sprechen kam – er mag nun vorhanden sein oder nicht – und auf alle Folgen, die sich daraus ergäben, wurde mein Bruder doch reichlich nervös, ich brauche darauf nicht weiter einzugehen, Sie können sich's wohl vorstellen. Anschließend machte ich einen Besuch bei der Regierung und zog dort ähnlich wirkungsvolle Überraschungen aus dem Zylinderhut.»

«Zur Regierung?» fragte Fox stirnrunzelnd. «Wenn Sie damit nur nicht übers Ziel hinausgeschossen haben! Und von welchen Überraschungen sprechen Sie?»
Es sei keiner Regierung der Welt angenehm, gab Sinan zu bedenken, mag sie sich sonst noch so unbekümmert gebärden, wenn ein fremder Diplomat auf eine derart bedenkliche Weise ums Leben kommt wie Lord Meldrum, und wenn der Fall so ungeklärt bleibt, daß recht peinliche Vermutungen entstehen können. Er, Sinan, hatte durchblicken lassen, daß es vielleicht möglich wäre, auch jetzt noch die Gründe und den Hergang des Unglücks aufzuklären, überdies dabei sogar Dinge zu finden, die für Ägypten von sensationeller Bedeutung seien, und zwar in jeder, nicht zuletzt auch in finanzieller Hinsicht. Hier war der Verantwortliche hellhörig geworden.
«Ich deutete aber sofort an», sagte Sinan, «daß man zunächst wohl einige Auslagen haben werde, und erwähnte Ihren Namen.»
«Was fällt Ihnen ein!» rief Fox.
«Ihren Namen, mit dem sich bei uns, wie ich wußte, sofort ein Begriff verbindet, und zwar der richtige. Ich denke, Sie werden sich dadurch geschmeichelt fühlen.»
Fox schwieg. Er wollte Sinan, der sich so große Mühe gegeben hatte, nicht kränken, indem er äußerte, was ihm durch den Kopf ging: hatte die Bande einen Vertrauten in Regierungskreisen, was durchaus möglich erschien, so erfuhr sie jetzt von seinen Absichten, und das war zu früh.
«Nach alledem», sagte Sinan, «darf ich Ihnen mitteilen, daß die Regierung für die Kosten Ihrer Arbeit aufkommt, ganz gleich, ob die Nachforschungen Erfolg haben oder nicht. Sind Sie nun mit Ihrem Freund Sinan zufrieden? Wann fliegen Sie nach Kairo? Es wäre mir angenehm, so bald wie möglich den Tag Ihrer Abreise melden zu können.»

«Ich muß Sie loben», sagte Fox. «Sie erleichtern mir meine Arbeit von einer bestimmten Seite her aufs erfreulichste. Verübeln Sie mir's aber nicht, wenn Ihnen mein Verhalten sonderbar vorkommt: ich fliege nicht nach Ägypten.»
«Nicht?» fragte der Diplomat und war ebenso betroffen wie Yvonne. «Das verstehe ich nicht.»
«Während der nächsten Zeit bleibe ich lieber hier. Aber ich glaube, ich kann Ihnen versprechen, daß ich von Ihrem Angebot einer Ägyptenreise Gebrauch machen werde, später, nur eben nicht in diesen Tagen, und dann werden Sie sehen, wie sehr Sie mir geholfen haben.»
«Ich bin trotzdem enttäuscht.»
«Lieber Doktor», sagte Fox, «in wenigen Tagen ist Weihnachten. Zudem habe ich dem Fräulein von Louha versprochen —»
«O, auf mich brauchst du keine Rücksicht zu nehmen!»
«Ich tue es aber doch», sagte Fox nicht ohne Monumentalität. «Denn so bin ich, ein durchaus zuverlässiger und edler Mensch, und deshalb werden Sie, lieber Sinan, eines Tages auch sehen, daß Ihre Reise nicht umsonst war, hoffen wir es wenigstens. Nur im Augenblick muß ich bitten, mich zu entschuldigen. Die Einzelheiten, die wir kennen, sind verworren und verwirrend genug, wir wollen sie nicht noch heilloser durcheinanderbringen.»
Sinan, der sich so große Mühe gegeben hatte, war ehrlich betrübt, es fehlte nicht viel, so wäre er verärgert gewesen. Fox stand auf, ging in die Küche und kam mit einem Papier zurück, das aussah wie ein zusammengerolltes Notenblatt. «Keine Angst», sagte er, «ich habe nicht die Absicht, Ihnen zum Trost etwas vorzusingen, sondern möchte Sie, um Ihre Laune zu verbessern, ein wenig in meine Werkstatt blicken lassen.» Er rollte das Blatt auf. Es war ein fast lebensgroßes Lichtbild des Kleopatrakopfes. «Mir fiel nämlich ein, daß ich bisher versäumt

habe, Yvonne und Ihnen die Aufnahmen zu zeigen, die ich in Professor Helferings Wohnung glücklicherweise machen konnte.» Das Blatt wurde, an den Ecken beschwert, flach auf den Tisch gelegt. «Wie sehr glücklich der Gedanke war, Aufnahmen zu machen, zeigte sich erst jetzt.»

«Ich finde aber», bemerkte Yvonne, «daß dieses Bild hier nicht besonders glücklich ist, da es gerade die rechte Kopfseite im Profil zeigt, also auch die Stelle, wo das Ohr abgebrochen ist.»

«Wahrhaftig!» erwiderte Fox in seiner besten Schauspielerlaune. «Du merkst doch alles. Aber das läßt sich leicht ausbessern.» Er zog das Dioritbruchstück aus der Tasche und legte es an die richtige Stelle.

«Um Himmelswillen!» rief Yvonne, und Dr. Sinan schüttelte sprachlos den Kopf. «Das paßt ja genau!»

«Es muß wohl passen, da es an dieser Stelle abgebrochen ist, allerdings schon vor zweitausend Jahren.»

«Du willst nicht behaupten, daß der Stein original ist!»

«Doch!» Fox genoß den Augenblick unendlich.

«Jetzt fehlt nur noch die Mitteilung», sagte Sinan, «daß Sie während der letzten Tage in Alexandria waren und in der Ptolemäergruft spazieren gegangen sind, während ich mich kläglich bemühte –»

«Ach nein», antwortete Fox, «das war mir zu umständlich. Weshalb denn! Ich bin allerdings spazieren gegangen, aber nur am Ufer der Loire. Dort – mein Ehrenwort! – fand ich das Ohr.»

«Wie machen Sie das!» sagte Sinan kopfschüttelnd.

«Nur mit meinem alten Rezept: man darf nichts übersehen. Wie verwicklungslos wäre die Welt, wenn recht viele Menschen, auch die Diplomaten, dieses Rezept versuchen würden. Daß sie es nicht tun, gehört zu den Dingen, die ich nie begreifen werde, und wahrscheinlich deshalb ist nichts aus mir geworden, mein Gott, ich

könnte heute Studienrat sein, vielleicht sogar Oberstudienrat. Aber natürlich, wenn man sich mit Damenohren beschäftigt –» Er seufzte sehr gekonnt.
«Ein unverbesserlicher Komödiant», sagte Yvonne zu Sinan. «Aber man muß ihn lieben. Ich schlage vor, Doktor, daß Sie seine Weigerung, sofort nach Kairo zu fliegen, nicht weiter übelnehmen.»
«Sie sehen», fügte Fox mit dem innigsten Vergnügen hinzu, «das Fräulein von Louha hat genau erfaßt, weshalb ich den ganzen Trick vorführte: zur Versöhnung, denn gestehen Sie nur, Sie waren im Begriff, sich zu ärgern.»
Eine Stunde später, als der Legationsrat gegangen war, fragte Yvonne: «Und was ist nun wahr an der ganzen Geschichte, mit der du dich so schön aus der Affäre gezogen hast? Denn er ärgerte sich bereits, und nicht wenig!»
«Alles ist wahr», antwortete Fox. «Aber das schönste sind die Augen, mit denen du mich eben jetzt betrachtest. Mein kleines Theaterstück scheint Madames Beifall zu haben? Wie freut mich das! Ich glaube, wir sollten ein Glas Sekt trinken, Yvonne. Und nun verrate mir, was du dir zu Weihnachten wünschst, es wird nämlich höchste Zeit.»
«Zunächst wünsche ich mir – aber nicht erst zu Weihnachten, sondern gleich jetzt, hier, in diesem Augenblick – einen Bericht darüber, wie du zu dem Ohr gekommen bist.»
«Wenn ich dir das ausführlich erzähle, wird es eine lange Geschichte.»
«Um so besser.»
«Und es wird spät.»
«Was macht das aus?»
«Sehr spät, vielleicht wird es Morgen, bis du heimkommst.»

«Ich bin Kummer gewöhnt», sagte Yvonne. Sie stand am Fenster und blickte in die mit bunten Lichtern gezierte Nacht hinaus. «Weißt du übrigens, daß es regnet? Zum Glück nur draußen! Da kann man so wunderbar in der warmen Stube beisammen sitzen und mit Gedanken spielen, wahrhaftig, das ist das schönste aller Spiele – ich freu' mich so!»

Fräulein Marie de Bouchard hörte das Bellen der Klingel und stand vom Sofa auf, um sich hinunter an die Haustür zu begeben. «Ich weiß gar nicht», sagte sie zu ihrem Bruder, «was in der Welt los ist. Erst vor einer Woche hat es bei uns geklingelt, und nun schon wieder!»
Es war der Postbote mit einem wohlverschnürten Karton, der dem Fräulein bekannt vorkam und sich bei näherer Betrachtung ganz richtig als jener erwies, in dem man diesem Herrn Reineke die ägyptischen Scherben mitgegeben hatte. «Wir sind eben nicht schlau genug, Emile», sagte sie und mußte ihr Herz stärken, denn es war anstrengend gewesen, den Karton die Treppe heraufzutragen. «Da haben wir nun gedacht, wir würden die elenden Scherben auf diese Weise los und brauchten sie nicht selber wegzuschleppen – aber nein, er gibt sie zurück. Ein ehrlicher Mann, aber meinetwegen hätte er die Ehrlichkeit nicht so zu übertreiben brauchen.»
Emile hob den Karton an einer Ecke. «Das glaube ich nicht», sagte er, «man spürt doch, daß da keine Scherben drin sind.»
«Ja, was dann?»
«Vielleicht schickt er dir einen Pelzmantel zu Weihnachten.»
«Durchaus glaublich», sagte die Schwester. Jedoch schien ihre Neugier sich in Grenzen zu halten, denn es fiel ihr nicht ein, die Verschnürung zu durchschneiden,

sie arbeitete nur mit der Scherenspitze, lockerte die Knoten umständlich, und da der Bindfaden regennaß war, dauerte dieses Geduldspiel noch länger als sonst. «Du hast recht, Scherben würden klappern. Es ist also doch ein Pelzmantel. Wie aufmerksam! Nein, doch nicht. Na, wenn das die einzige Enttäuschung meines Lebens wäre . . .»

«Dann ein Auto!» blödelte Emile, leicht verbittert. «Allerdings ein ziemlich kleines.»

«Auch kein Auto. Aber wenigstens ein Rad davon!»

Sie hob aus zusammengeknüllten Zeitungen und Holzwolle etwas Kreisrundes, das in der Tat nicht viel kleiner war als ein Rad.

«Sieh mal! Ganz bunt. Über und über mit Weihnachtlichem dekoriert. Hübsch, nicht? Und diese große Schleife. Soll man sie aufmachen?»

«Nicht meinetwegen, ich bin nicht neugierig.»

«Ich auch nicht», sagte Marie und nestelte schon an der Schleife. «Es ist nur wegen der Höflichkeit.»

Wiederum sehr behutsam und umständlich hob sie den Deckel von der Schachtel. «Mein Gott, Emile!»

Da lagen, nett von einer weißen Papierspitze umrandet und von der Künstlerhand des Konditors wahrhaft geschmackvoll nach Form und Farbe ornamental angeordnet, lauter bunte kandierte Früchte. Kirschen, Pflaumen, Mirabellen, Reineclauden, Birnen, Ananas, Weinbeeren. Fräulein de Bouchard ließ die Hände sinken.

Die Geschwister betrachteten schweigend das Unverhoffte. Ein zarter Duft verbreitete sich. In dem grauen Vormittagslicht begann etwas leicht Bebendes, Farbiges zu schweben.

«Hättest du das erwartet?» fragte Marie.

Emile schüttelte den Kopf.

Abermals nach einer andächtigen Weile wagte sie es, sich über die verlockende Buntheit zu beugen, ja sogar mit

dem Finger schüchtern hinein zu bohren. «Ich glaube, es sind zwei Lagen übereinander!»
«Der Mann muß Kleingeld haben.»
«Da ist auch ein Brief!»
Herr de Bouchard zog den Bogen aus dem Umschlag. «Madame! Es ist mir unmöglich, das Weihnachtsfest vorübergehen zu lassen, ohne Ihnen und Ihrem Herrn Bruder nochmals herzlich zu danken für die so überaus liebenswürdige Aufnahme, die ich in Ihrem reizenden Heim gefunden habe, und nicht weniger für das Angebinde, welches mir zur Erinnerung an diesen schönen Tag verehrt wurde und das jetzt, seiner Überlieferung getreu, nur den Schreibtisch gewechselt hat, auf dem es als Briefbeschwerer liegt und dafür sorgt, daß ich täglich an Sie denke. Meine Frau, die ebenso wie ich das größte Interesse an Mineralien hat, fühlt sich gleichermaßen beschenkt und läßt Ihnen herzlich danken.
Ich kann Ihnen berichten, daß ich Ihrem Wunsch entsprechend die Vasentrümmer im Louvre abgeliefert habe. Eine Quittung wurde mir ausgehändigt, und man versicherte mir, daß Sie noch ein offizielles Dankschreiben erhalten werden.
Da ich zwischen Weihnachten und Neujahr in Nantes zu tun habe und der Weg dorthin über Ancenis führt und da ferner (und das ist vielleicht die Hauptsache!) meine Frau, die mich auf der Fahrt begleiten wird, den aufrichtigen Wunsch hat, Ihr schönes Besitztum und dessen liebenswürdige Bewohner kennenzulernen, so werden wir uns erlauben, bei Ihnen anzuklopfen. Falls Ihnen unser Besuch ungelegen sein sollte, bitte ich dringend, dieses Anklopfen ganz einfach zu überhören! Wir werden den Wink verstehen und achten und Sie keine Sekunde lang durch unsere Gegenwart stören. Ich würde dann die Quittung des Museums, die ich mitbringe, einfach in den Türbriefkasten werfen. Weitaus schöner und

eine besondere Nachweihnachtsfreude wäre es allerdings, wenn wir uns persönlich von Ihrem Wohlergehen überzeugen könnten.
In der Hoffnung darauf darf ich Sie bitten, Ihrem Herrn Bruder meine Empfehlungen auszurichten, und verbleibe mit den aufrichtigsten Grüßen Ihr Dr. Wilhelm Reineke.»

Der Tag war grau und kühl, die Straße feucht, aber es regnete nicht. Yvonne, am Steuer ihres Wagens – seelenvergnügt wie stets, wenn sie autofahren konnte. Fox, neben ihr, murmelte, um sie ein bißchen zu ärgern: mit der Bahn wäre es angenehmer gewesen; jedoch gab es eben immer noch einfältige Gemüter, deren Minderwertigkeitsgefühle erträglicher wurden, wenn sie merkten, daß wenigstens das Auto ihnen gehorcht.
Yvonne hörte sich das an und sah vornehm aus. Er betrachtete ihr Profil, etwas zu lange und zu wortlos. Da mußte sie natürlich unsicher werden. «Und überhaupt!» sagte sie. «Wirst du mir glauben, wenn ich feststelle, daß ich mir selten so dumm vorgekommen bin?»
«Unmöglich», erwiderte er. Wie das gemeint war, blieb offen.
«Du weißt, ich bin ein Lamm», sagte wiederum sie. «An Sanftheit und an Dummheit. Aber es ist doch trostlos, wenn man sich den Kopf zerbricht und entdecken muß, daß nichts drin ist, schlechterdings nichts!»
«Ja», sagte er.
«Was?»
«Es ist trostlos.»
«Sei nicht unverschämt!»
«Da haben wir's: du äußerst eine Meinung, eine Weisheit, ich wage nicht, dir zu widersprechen, stimme vielmehr zu, bin völlig deiner Ansicht – und darauf behauptest du, ich sei unverschämt.»

Sie nahm das Gas weg. «Bevor wir nach Ancenis kommen, muß ich zweierlei wissen, und so lange ich das nicht weiß, kommen wir nicht nach Ancenis. Klar?»
«Madame machen mich neugierig.»
«Erstens: was habe ich bei diesen Geschwistern de Bouchard zu tun? Du wirst mir zugeben, daß es nicht unbescheiden ist, wenn ich das vorher erfahren möchte.»
«Du bist meine Frau –»
«Ungern, aber ich schicke mich drein.»
«– und hast überaus liebenswürdig zu sein und hübsch auszusehen.»
«Von Selbstverständlichkeiten braucht man nicht zu reden.»
«Was du allenfalls sonst noch zu tun hast, läßt sich in der einfachen Formel zusammenfassen: du hast verwendbar zu sein.»
«Was heißt das?»
«Wenn ich das jetzt schon wüßte, würde ich mich deutlicher ausdrücken.»
«Reizend!»
«Und zweitens?» fragte er.
Yvonne ließ den Wagen ausrollen, stellte ihn auf eine Ausbuchtung der Straße, wo man dem unruhigen Wasser der Loire sehr nahe war, und wandte sich dem Freunde zu. «Gib mir eine Zigarette», sagte sie. «Danke. Zweitens also: was willst du selbst in Ancenis, weshalb fährst du zum zweitenmal hin, was suchst du dort?»
Er bedachte sich eine Weile. «Ich spreche nur ungern von Dingen», sagte er schließlich recht ernsthaft, «über die ich mir noch nicht klar bin; es hat so wenig Sinn. Du hast recht, ich fahre zu den Geschwistern, weil ich etwas suche – das Verteufelte ist aber, daß ich nicht weiß, was es ist. Natürlich mache ich mir bestimmte Gedanken. Es kann sein, daß diese Gedanken in eine falsche Richtung gehen, dann braucht man nicht darüber zu reden. Es

kann aber auch sein – und wir wollen es hoffen –, daß ich das Richtige vermute. Es muß sich herausstellen, schon deshalb, weil ich sonst den Mut verliere. Und gerade in solchen Lagen bist du mir unentbehrlich, Yvonne. Frauen wie du haben den sechsten Sinn. Unsereiner kann nur denken – ihr dürft euch erlauben, zu ahnen. Aber eben deshalb darf man euch nicht mit Voraussetzungen füttern, von denen kann nur das Denken und Rechnen ausgehen, nicht der Instinkt. Es ist – bitte um Entschuldigung wegen des Vergleichs! – es ist wie bei einem Hund, den darf man nicht mit Zucker füttern, sonst verliert er seine gute Nase. Hast du schon einmal beobachtet, mit welchem Abscheu jeder Hund den Kopf wegdreht, wenn man ihm Honig vor die Nase hält? Er weiß schon, warum. Gegenwärtig hilft nichts als Geduld, und die hast du ja, sonst würdest du's nicht mit mir aushalten. Die Fäden liegen alle da, zum Teil schon sichtbar, man muß nur versuchen, sie zu entwirren.» Er saß neben ihr und blickte vor sich hin, seine letzten Worte waren kaum verständlich. «Ja, wenn das so einfach wäre!» In solchen Minuten, und weil sie ihn wunderbar gut kannte und wußte, wie verunglückt er im Tiefsten war, wenn er nicht rasch voran kam, tat er ihr geradezu leid. Ein wenig deutlicher, jedoch immer noch vor sich hin und insofern selbstvergessen, als er nur auf seine Gedanken achtete, begann Fox eine Art Bestandesaufnahme:

Ein herrlicher Kopf der Königin Kleopatra taucht auf, er soll verkauft werden. Der Besitzer ist keines natürlichen Todes gestorben – weshalb? Weil ihm bekannt war, woher dieser Kopf stammt, und weil er eine Zeichnung, einen Plan besaß, der erkennen ließ, wie man in die anscheinend noch vorhandene Gruft der Ptolemäer kommt. Was die Zeichnung an Einzelheiten enthielt, weiß man nicht. Vielleicht verriet sie Unerhörtes, vielleicht Ähnliches wie das in den zwanziger Jahren gefundene Grab des Tutenchamun. Wer hat gegenwärtig den Plan? Vermutlich der Mann, der eben wegen dieses Planes den britischen Gesandten verunglücken ließ. Er wird die Gruft ausräumen, aber noch nicht jetzt, weil er sich dadurch als Mörder oder wenigstens als Mitwisser verraten würde.

Zwei Menschen – mindestens zwei! – gibt es, die bis zu diesem Punkt Bescheid wissen: die Tochter des Ermordeten, schön, ewig geldbedürftig, irgendwie unsicher, und dieser Wilton, ein recht zwielichtiger Bursche, den man in der zweiten Reihe vermuten möchte, obwohl er vielleicht mehr weiß, als man denkt. Die beiden – mindestens diese beiden! – suchen vergeblich nach dem geraubten Plan, Diana hat sogar ein Recht auf ihn. Dabei wissen sie sehr genau, daß man ihn nicht lange in andern Händen lassen darf. In Paris findet ein Vortrag des berühmten Professors Helfering statt –

«Und bei dieser Gelegenheit –» warf Yvonne ein.

Fox blickte überrascht auf. «Was! Hast du mitgedacht?»

«Nein, aber mitgehört.»

«So! – Was ist also bei dieser Gelegenheit?»

«Laß erst einmal hören, wie die Sache weitergeht.»

«In Paris also findet der Vortrag Helferings statt. In der Nacht vorher wird ein etwas ungewöhnlicher Einbruch in den Louvre unternommen. Man zertrümmert Vasendeckel, weil man ganz offenbar etwas Bestimmtes darin sucht, übrigens erfolglos.»

«Was sucht man?»

«Das wissen wir nicht.»

«Und wer ist es, der dort sucht?»

«Das wüßten wir ebenfalls nicht, wenn ich nicht nach Ancenis gefahren wäre. Wilton hat die Finger im Spiel, denn gleich danach suchte er in Ancenis dasselbe, was er im Louvre gesucht hat.»

«Der Mann ist also doch nicht so harmlos?»

«Das läßt sich jetzt noch nicht sicher beurteilen. Er suchte etwas, was mit dem Oberst de Bouchard in Zusammenhang steht ... mit den beiden Vasen, die Bouchard an Bord der Fregatte Muiron nach Frankreich brachte ... etwas, von dem Wilton weiß, daß der Oberst es in den Vasendeckeln versteckt hatte für den Fall, daß es den Engländern gelang, das Schiff abzufangen.»
«Und was ist das?» fragte Yvonne.
«Mach' mich nicht rasend!» sagte Fox und spielte nur in halbem Scherz den Verzweifelten. «Wenn ich das wüßte, glaubst du, ich würde an diesem kalten, unangenehmen Tag hier am Straßenrand sitzen? Aber ich weiß es eben nicht. Ich weiß nur, was es unter keinen Umständen sein kann, nämlich der gesuchte Plan, den ja Lord Meldrum noch hatte! Das wirst du einsehen.»
«Komisch, ich denke –»
«Ja, sehr komisch, äußerst komisch, wahrhaftig, ich kann mich kaum halten vor Heiterkeit! – Vielleicht erkundigst du dich bei Herrn Wilton? Der weiß es!»
«Ja, das wäre das Einfachste. Nur schade, daß ich's nicht kann.»
«O, warum nicht!»
«Weil ich dann sagen müßte, daß ich mit einem gewissen Will Fox in Verbindung stehe, ja ja, mit dem berühmten Fox. Und das kann ich eben nicht, denn du hast mir ja erzählt, daß beide, Herr Wilton und Lady Diana, so tun, als ob sie nicht ahnten, wer dieser Doktor Reineke ist, den sie durch Helfering kennengelernt haben. Eigentlich ist das doch furchtbar albern.»
«Na», sagte Fox, «albern sind sie wohl nicht gerade.»
«Weshalb tun sie dann so, als ob sie's wären?»
«Du machst mich verrückt!»
«Ja, und daß der Einbruch im Louvre nur durch Stunden von dem Vortrag des Professors getrennt war, das ist doch auch ein merkwürdiger Zufall.»

Er wurde sehr stutzig. Genau damals hatte er sich mit dem Kriminalkommissar Lebrun über den Zufall unterhalten, sie beide standen diesem Begriff höchst mißtrauisch gegenüber und lehnten ihn eigentlich ab, weil er in ihren Augen nichts weiter als eine bequeme, von Denkfaulen erfundene Ausrede war.
Yvonne, mit einer Hartnäckigkeit, die er noch nie bei ihr erlebt hatte, fragte weiter: «Wenn ich nur wüßte, was du jetzt in Ancenis suchen willst!»
«Genau das, was Wilton dort gesucht hat.»
«Nämlich?»
«Wie oft muß ich dir noch sagen, daß ich es nicht weiß? Die Fäden, die Fäden!» Er trommelte mit den Fäusten auf seinen Knien. «Und sage mir doch vor allem: Wie ist Wilton überhaupt auf den Gedanken gekommen, nach Ancenis zu fahren und dort die Geschwister aufzusuchen? Weil ihm der Name Bouchard bekannt war. Woher? Die Kartei des Museums ist seit langem nicht benützt worden, gewiß nicht in letzter Zeit und von Wilton. Wenn ich wüßte, wie er auf die Ancenis-Spur gekommen ist! Darum dreht sich's im Augenblick!»
Da der Motor schon lange schwieg, stand eine große Stille rings um sie. Ein letztes buntes Ahornblatt drehte sich durch das graue Licht, man hörte, wie es auf die Erde fiel.
Fox nahm sich zusammen, hob den Kopf. Gleich würde er ein wenig Komödie spielen.
Yvonne sagte: «Alexander der Große –»
Er fuhr auf, geradezu erschrocken. «Was? Wer?»
«Ich meine nur: Alexander der Große hat einmal solche verworrene Fäden auf seine Weise behandelt.»
«Madame belieben sich an die falsche Adresse zu wenden, ich bin nicht der König von Makedonien, sondern ein ganz kümmerlicher kleiner Pinscher. Ich will auch nicht die Welt erobern. Übrigens waren es keine Fäden,

sondern die handfesten Stricke eines Jochknotens. Hier aber haben wir's mit einer Spinnwebe zu tun, gegen die wäre auch Alexander nicht mit dem Schwerte vorgegangen, dazu war er viel zu groß. Immerhin, es tut mir wohl, daß du mich mit ihm in einem Atem nennst, wenn auch nur als schäbiges Gegenstück. Und was ist das für eine verdammte Bummelei, mein Fräulein? Wollen wir hier Wurzeln schlagen? Stellt sich stundenlang an den Straßenrand und verlangt dann, daß die Fäden – na, so verrückt brauchst du ja nun auch nicht gerade zu starten, aber was geht's mich an, meine Reifen sind es ja nicht.»

In Ancenis fand das Ehepaar Reineke sein Unterkommen in einem kleinen Hotel, denn es gab kein großes, und es war weder hübsch noch übertrieben sauber, und Fox wollte allen Ernstes einen nachgemachten Gobelin von der Wand nehmen, dessen schauderhaftes Dasein über der Kommode ihn an diesem unguten Tag der Nervosität aufs empfindlichste störte. Aber Yvonne hob vorsichtig eine Ecke des Kunstwerks und sagte, solchen Mutwillen möge er lieber bleiben lassen, weil sonst noch viel mehr Spinnweben ans Licht kämen, und wenn man sie gefragt hätte, wäre sie natürlich dafür gewesen, noch die vierzig Kilometer bis Nantes weiterzufahren, aber sie sei eben nicht gefragt worden, deshalb müsse er sich nun mit diesem Gobelin abfinden. Fox schätzte solche kleinen Gardinen- und Gobelinpredigten nicht sehr, diesmal jedoch fand er keine andere Erwiderung darauf als ein geduldiges Lächeln. Yvonne hätte es lieber gesehen, er wäre ihr über den Mund gefahren, eigentlich erwartete sie das und hatte es geradezu darauf angelegt. Aber nein. O, ein schlechter Tag, durchaus krisenhaft. Sie konnte sich nicht erinnern, ihn je so erlebt zu haben. Freilich ließ dies auch erkennen, wie wichtig er die ganze Angelegenheit nahm. Da mußte man sehr achtgeben.

Bei der Ankunft in Ancenis war es bereits dunkel und ein Besuch bei den Bouchards unmöglich, wollte man die Geschwister nicht verärgern. Beim Auspacken, das freilich nur ein paar Minuten dauerte, sah Yvonne, daß er einen besonders verwendbaren kleinen Photoapparat und den Elektronenblitz mitgenommen hatte. Sie fragte nicht, sie schwieg den ganzen Abend lang, das konnte sie wunderbar. Gewöhnlich legen es die Leute darauf an, sich in Erinnerung zu bringen, Yvonne verstand es, sich zur rechten Zeit in Vergessenheit zu bringen, schon deshalb war sie ein außergewöhnlicher Mensch. –

Ziemlich spät am folgenden Morgen bellte die Glocke im kalten Flur des Landhauses de Bouchard, und Fräulein Marie, um diese Zeit noch ganz wenig herzgestärkt, schlurfte zur Tür. Draußen stand eine unauffällig gut gekleidete Dame, die wohl kaum Staubsauger oder Waschmittel anzubieten hatte, und da sie sich vollends als Frau Reineke vorstellte, verschwanden die strengen Falten auf der Stirn des Fräulein de Bouchard, soweit dies möglich war, und die Tür wurde weit geöffnet. «Madame!» sagte das Fräulein. «Ich bin entzückt, Sie hier zu sehen, aber wo ist Ihr Gatte? Hoffentlich befindet er sich wohl?»
«Vollkommen wohl, Madame, ich danke Ihnen. Er hatte Bedenken, Sie um diese Stunde zu stören.»
«Stören!» sagte Fräulein de Bouchard, als sei das in ihrem gastlichen Haus undenkbar. «Ein so liebenswürdiger Mann! Aber treten Sie näher, Madame, gewiß bin ich auch Ihnen Dank schuldig für das herrliche Cadeau –»
«Nichts daran ist der Rede wert als unsere gute Absicht. Es war übrigens sein eigener Einfall, Ihnen eine kleine Weihnachtsfreude zu machen, er muß sich in Ihrem Haus ganz ungemein wohlgefühlt haben und konnte

mir bei seiner Rückkehr nicht genug erzählen – daher mein Wunsch, mich Ihnen bekannt zu machen, Madame, und, sagen wir es ehrlich, meine Neugier.»
«Sie haben sich hoffentlich nicht unsertwegen die Mühe gemacht, ihn in dieser Jahreszeit zu begleiten!»
«Ausschließlich Ihretwegen, Madame.»
Mit einer Ausdauer, wie nur das weibliche Geschlecht sie zuwege bringt, komplimentierten sie sich die halbdunkle Treppe hinauf. Modell achtzehnhundertfünfzig! dachte Yvonne, aber es lag kein Spott in diesem Gedanken, viel mehr ein plötzlich aufwachender Ehrgeiz, zu zeigen, daß auch sie das konnte – o, sie brauchte sich nur an die meisten Frauen ihrer eigenen Familie zu erinnern, um vortreffliche Muster zu haben.
«Emile – eine Dame!» sagte Fräulein de Bouchard, indem sie die Wohnzimmertür öffnete, und sie betonte das Wort Dame unüberhörbar.
Auch Emile war entzückt. Yvonne erkannte auf den ersten Blick, daß dies bei ihm keineswegs selbstverständlich sei. Sie wählte den Stuhl, der dem seinen am nächsten stand, und duftete dezent nach Violettes Côte d'Azur. Sie erkannte auch, und zwar mit einer gewissen Rührung, wie unendlich wohl es diesen beiden Museumsstücken tat, einen Hauch der Welt zu verspüren und sich mit Hilfe eines ehemals gelernten Benehmens aus ihrem Alltag auf ein höheres Niveau zu schrauben, ah, mit welcher Wonne sie schraubten, eine Windung nach der anderen, und immer eine Spur höher, und die Schraube drehte sich immer leichter und eleganter. Es lag etwas Ergreifendes darin. Ich hätte gar kein anderes Parfüm wählen dürfen, dachte Yvonne – nun wollen wir aber allmählich zur Sache kommen.
Natürlich seien es bei ihrem Manne nicht nur die erwähnten Bedenken gewesen, sagte sie, derentwegen sie ohne ihn hier war; in seinem Brief hatte er wohl schon

erwähnt, daß er nach Nantes mußte, und dorthin war er heute gefahren, um diese lästige Angelegenheit hinter sich zu bringen und dann desto mehr Zeit zu haben für das Haus de Bouchard. – «Wir werden ihn also heute gar nicht sehen?» fragte Fräulein Marie. – Yvonne hoffte doch! Er kam bestimmt gegen Abend zurück, und da der Wirt in ihrem Hotel ausgezeichnet kochte – würden die Geschwister ihnen wohl die Ehre geben, eine Einladung zum Abendessen anzunehmen?

Mit dem größten Vergnügen. Madame war also heute den ganzen Nachmittag allein? Das konnte man ihr nicht zumuten, sie mußte wenigstens auf ein Stündchen zum Tee ... Genau dies war es, was Yvonne erreichen wollte.

Nachmittags wurden aus dem Teestündchen drei. Das war anstrengend, aber wohlbegründet.

Yvonne, von Fox auf das Herzleiden der Geschwister vorbereitet, hatte sich schon am Morgen gewundert, wie unerwartet selten die beiden von ihrer Medizin Gebrauch machten, sie war aber zu bescheiden, darin eine Rücksichtnahme auf sich selbst zu erblicken. Auch während des Nachmittagstees erfreuten sich die Geschwister offenbar des besten Wohlbefindens, eine Kristallkaraffe mit wasserheller Flüssigkeit stand zwar auf dem Tisch, blieb jedoch zunächst unberührt.

Dies dauerte freilich nur so lange, bis Fräulein Marie, nicht ohne geschickte Nachhilfe durch Yvonne, auf ihre tiefe Abneigung gegen die Engländer zu sprechen kam. Sobald dieses Thema berührt war, mußten die Geschwister sich zum erstenmal stärken. Yvonne gab zu bedenken: Es stehe eigentlich nicht fest, daß dieser Herr Myers, der die Vase hatte fallen lassen, Engländer gewesen sei. Aber damit drang sie nicht durch. Großbritannien war schon vorher im Hause de Bouchard in Mißkredit gekommen. Fräulein Marie erklärte das mit erregtem

Nachdruck, sah dabei jedoch nicht Yvonne, sondern ihren Bruder Emile an, und zwar so sehr aus den Augenwinkeln, daß es Yvonne auffiel. Emile seinerseits tat freilich so, als ob er dies nicht bemerkte, und er schenkte sich noch ein Gläschen ein, wobei er die Lippen spitzte.
«Ja, da kannst du die Lippen spitzen, so viel du willst», sagte Marie, «ich weiß schon, daß du ein alter Wüstling bist, aber damals ist dir der Schnabel sauber geblieben!»
«Ich verstehe nicht –» sagte Emile ahnungslos.
«O, du verstehst recht gut!» erwiderte seine Schwester, und jetzt zwinkerte sie Yvonne zu. «Das war nämlich im Sommer, Madame, lange bevor wir von diesem Myers wußten. Da erschien sie.»
«Wer?»
«Ein blondes Gift. Sehen Sie nur Emile, wie er lächelt, wie ihn die Erinnerung beglückt! Können Sie mir vielleicht sagen, meine Liebe, weshalb der Himmel dermaßen ungerecht ist, daß er den Blonden so etwas Engelhaftes mitgibt? Äußerlich, das ist klar, nur äußerlich – aber es langt, wenigstens für die Männer. Sehen Sie Emile an! Und sie war eine Engländerin und sprach wie ein Papagei. Verdrehe die Augen nicht, Emile, denn mit ihr fing es an.»
«Was, bitte?» fragte Yvonne. «Sie machen mich unbeschreiblich neugierig.»
«Anderthalb Jahrhunderte lang hatte man uns mit diesem Oberst in Ruhe gelassen. Da kommt nun sie . . . stellen Sie sich vor: nur so, in einem Automobil, weil sie in diesem Automobil von England nach Italien wollte. Als ob sie da unbedingt über Ancenis fahren müßte! Und so ganz nebenbei erwähnte sie mit dem heitersten Lächeln, daß neulich ihr Vater ermordet worden ist. Wirklich eine Seele von Mensch.»
«Das ist ja eine schreckliche Geschichte!» sagte Yvonne, die schon lange die Ohren ebenso spitzte wie Emile die

Lippen. «Wenn Sie nur so gut sein möchten, Madame, dies nicht so abgekürzt zu erzählen. Wann war es, bitte?»

«Im Sommer, in diesem Sommer.»

«Wie hieß sie denn?»

«Diana!» sagte Emile schwärmerisch und stärkte sich. «Und ihr Vater war ein Lord gewesen. Deshalb – glaube ich, denn bei den Engländern weiß man das ja nie richtig – hatte sie den Titel Lady. Lady Diana Meldrum.»

«Wenigstens behauptete sie das!» warf Marie ein.

«Ja, und was wollte sie?» fragte Yvonne.

Fräulein de Bouchard hatte sehr schmale Lippen und ein Gesicht, als ob sie mit dem nächsten Atemzug eine furchtbare Verdächtigung äußern möchte. Aber ihr Bruder griff besänftigend ein. «Das ist ganz einfach», sagte er. «Der Vater dieser Engländerin war britischer Botschafter in Kairo, sie selbst dort geboren. Kein Wunder, daß sie sich von kleinauf für ägyptische Altertümer interessierte, nicht wahr? Im Laufe ihrer Studien – da gibt es gar nichts zu husten, Marie – im Laufe ihrer Studien war sie auf den Namen Bouchard gestoßen und hatte, ich weiß nicht wo, gelesen, daß der Oberst damals eine Vase nach Frankreich mitbrachte. Und weil sie nun gerade vorbei kam –»

«Denn Ancenis liegt ja direkt an der Straße von London nach Rom –» sagte Marie.

«– hätte sie diese Vase gern einmal besichtigt. Wir wußten es natürlich besser und konnten sie an das Museum in Paris verweisen. Wir wußten auch, daß der Oberst nicht nur *eine* Vase mitgebracht hatte, sondern zwei –»

«– und Emile zerfloß wie Butter an der Sonne, seither ist er so ranzig, und erzählte von der zweiten Vase, und das blonde Gift machte ihm Augen – und –»

«Aber meine Schwester, unliebenswürdig wie sie ist, drängte Lady Diana einfach die Treppe hinunter, den Gartenweg entlang und in das Auto.»

«Also hat Lady Diana die zweite Vase nicht gesehen?»

«Nein!» sagte Emile. «Aber davon kannst du überzeugt sein, Marie: Lady Diana hätte sie nicht hingeschmissen wie neulich dieser Myers, dem du sie dann doch gezeigt hast, ich begreife das heute noch nicht.»

«Ich auch nicht», sagte Marie, tupfte ihre Augen mit dem Taschentuch und mußte sich stärken. «Es waren die Nerven, sie gingen mit mir durch, Herr Myers hatte etwas Dämonenhaftes, ja, das hatte er, und ich bin ein schwaches Weib. Und jetzt ist sie Gott sei Dank kaputt und kann uns nicht mehr ärgern.»

Als Yvonne ins Hotel zurückkam, wünschte Fox sehr dringend zu wissen, weshalb sie so lange ausgeblieben sei, gab es am Ende etwas Neues?

Während Yvonne langsam die Handschuhe und den Mantel auszog, tat sie, als ob sie auf diese überraschende Frage hin nachdenken müßte. «Neues? Ich glaube nicht. Oder doch. Ja.» Sie betrachtete Fox von der Seite. «Lady Diana war hier.»

Aber die Wirkung, auf die sie sich schon lange freute, war nicht so, wie sie gedacht hatte. Gar kein Vergleich zu Emile. Fox, der an der Tischkante lehnte und einen gelben Bleistift zwischen den Fingern hielt, legte das stumpfe Ende dieses Bleistifts an seine Nasenspitze. Das war alles. Dabei blieb er stumm und regungslos und blickte vor sich hin.

«Enttäuschend!» sagte Yvonne. «Nun ist es schon wieder nichts mit der Eifersucht.»

Er winkte mit seinem lächerlichen Bleistift ganz kapellmeistermäßig ab. «Stör' mich nicht.»

Eine Viertelstunde später jedoch, da sie bescheiden unter der Lampe saß und einen Knopf festnähte, gab er ihr unversehens einen Kuß und sagte: «Du kannst nicht ahnen, wie sehr viel weiter mich diese Nachricht bringt! Damit hast du mir das Brett geliefert.»

«Ich kenne eigentlich nur das Brett, das man vor dem Kopf hat.»
«Nein, nicht das. Man geht spazieren, kommt an einen Bach, drüben läuft der Pfad weiter. Wenn man jetzt ein Brett hätte! Ich hatte es aber nicht. – So so, Diana. Natürlich. Das ist es ja: Hinterher, wenn man's weiß, ist alles ganz natürlich. Im vergangenen Sommer? Sehr interessant!» Er ging auf und ab und pfiff leise. Yvonne kannte das und blieb mäuschenstill. «Hast du vielleicht noch ein zweites solches Brett? Es könnte auch etwas länger sein.»
«Nein, ich bin ausverkauft.»
«Kein Unglück, wir kriegen es schon.» Hin und her. «Aber Verzeihung, Madame, wie war das mit der Eifersucht? Nein, ich fürchte, diesmal kann ich dir den Gefallen nicht tun. Anfangs, das will ich zugeben –»
«Ah!»
«Ja, tut mir leid, du hast dich selber um den Genuß gebracht. Seit einer Viertelstunde verliert Lady Diana sehr an Bedeutung. Leidenschaft würde nur Unkosten machen und nichts mehr einbringen. Du hast gewissermaßen das Bild zurechtgerückt, Yvonne.»
«Ohne im Bilde zu sein!» sagte sie und schob die Unterlippe vor. Fox, mit männlicher Rücksichtslosigkeit, bemerkte das nicht. «Übrigens, mein Herr, habe ich Sie heute bereits in wesentlich schlechterer Laune gesehen.»
«Mich? Sie irren, Madame. Das ist schon hundert Jahre her oder noch länger. Hoffentlich kommen diese Bouchards bald. Ich habe einen unbeschreiblichen Hunger.»
Diese Bouchards kamen, feierlich gekleidet. Gute, eingeschüchterte Menschen aus einer vergangenen Zeit, nur dann stachelig, wenn ihr ewig grauer Alltag gestört werden sollte. Auch heute abend wurde er gestört, aber in einem unerwartet angenehmen Sinn, deshalb flossen sie über von Liebenswürdigkeit, und als Fox, ihre Seelen-

lage ausnützend, die Empfangsbestätigung des Louvre übergab und dabei durchblicken ließ, daß damit der Zweck des Zusammentreffens erreicht sei und er morgen die Herrschaften nicht mehr durch einen Besuch zu belästigen brauche, kam es bei Fräulein Marie fast zu Tränen, und er mußte seine schnöde Absicht widerrufen — genau das hatte er gewollt.

Das Abendessen war echt französisch, das heißt, es dauerte sehr lange und wurde mit Nachdruck genossen. Herr de Bouchard brachte das Gespräch mehrmals auf den napoleonischen Oberst, nicht ohne Grund nahm er an, daß Herr Reineke sich für ihn und seine Lebensgeschichte interessierte — indessen war zu Emiles Verwunderung eher das Gegenteil der Fall. Monsieur Reineke hörte Emiles Darlegungen höflich und unbeteiligt an und hatte nichts zu bemerken, geschweige denn zu fragen. Fox spielte diese Rolle so ausgezeichnet, daß sogar Yvonne in Zweifel geriet, was sie davon halten sollte.

Der Kaiser — so behauptete wenigstens Emile — sei damals viel zu früh gestürzt worden. Wer weiß, was aus dem Obersten de Bouchard noch geworden wäre. Aber natürlich: Die Engländer. Wohin man sah, stets waren sie schuld, da brauchst du dich gar nicht zu räuspern, meine liebe Marie, ich denke jetzt in weltgeschichtlichen Maßstäben. Vielleicht hätte der Oberst es noch zum Marschall gebracht, und damit wären gewiß alle seine Geldsorgen verschwunden. Nicht auszudenken, was aus diesem verschlafenen Städtchen Ancenis geworden wäre, hätte der Marschall de Bouchard seine großartigen Baupläne durchführen können. Ah, Monsieur, stellen Sie sich vor: Ein Schloß mit vier Ecken und einem Turm an jeder Ecke! Da, wo heute unser Haus steht, wäre der Taubenschlag hingekommen.

«Emile!» mahnte seine Schwester.

«Nun ja, oder doch wenigstens die Hälfte des Taubenschlags, unser Haus hat ja nur lumpige vierzehn Zimmer. Und was wären wir, Fräulein de Bouchard? Ich darf mir das nicht ausmalen, sonst werde ich schwermütig. Allein die Empfangshalle mit ihren Säulen und den auf beiden Seiten zum ersten Stock hinauf geschwungenen Treppen! Und eines Tages kommt der Kaiser persönlich, erblickt die ganze Anlage –»

«Emile!»

«Ist es vielleicht nicht wahr? Nein, natürlich ist es nicht wahr, du hast recht. Die Engländer sind schuld daran, du wirst aber zugeben, daß es wahr sein könnte – oder sind etwa die Pläne für die ganze Schloßanlage und den Park nicht mehr vorhanden? Drei Mappen, Monsieur, riesige Mappen, wir haben keinen Tisch, der so groß ist, daß man auch nur eine davon auf ihm öffnen könnte. Ich habe sie mir nur ein einziges Mal angesehen. Nie wieder. Ich müßte immer an das Geld denken, das darin steckt. Man kann sie auf den Fußboden legen und die Blätter auseinanderfalten. Ich hoffe, Monsieur, sie machen uns morgen die Freude, sich darum zu kümmern. Dann wären sie alle die vielen Jahrzehnte hindurch wenigstens nicht völlig umsonst aufgehoben worden.»

«Aber Herr de Bouchard», sagte Fox. «Es handelt sich dabei doch wohl ausschließlich um Architekturzeichnungen für ein Schloß im Empirestil, noch dazu für ein Schloß, das niemals gebaut worden ist. Erwarten Sie da nicht etwas zu viel Verständnis von mir?» Er blickte Yvonne lächelnd an, und Yvonne begriff sofort.

«Aber *ich* möchte diese Pläne sehen!» sagte sie und klopfte eigensinnig auf den Tisch. «Du kennst meine Vorliebe für das Empire, außerdem war Madame Récamier meine Urgroßtante.»

Emile nickte ihr anerkennend zu, und Fox erklärte mit einem Seufzer, daß er gewohnt sei, jeden Wunsch seiner Gattin zu erfüllen. –

Anderntags führten die Geschwister ihre Gäste in ein helles Zimmer, das schon deshalb recht groß erschien, weil es nahezu leer war. Außer einem Tisch und einigen an den Wänden aufgereihten Stühlen enthielt es nichts als einen hübschen weißen Kachelofen, der sich besonders dadurch empfahl, daß er geheizt war. Auf dem ehemals, aber schon lange nicht mehr gescheuerten Fußboden lagen drei große und ungewöhnlich dicke Mappen. Der Inhalt einer jeden war angegeben durch die mit braun gewordener Tinte geschriebenen Schildchen Schloß – Park und Nebengebäude – Inneneinrichtung. «Ich möchte nur das Geld haben», sagte Emile, «das allein für diese Zeichnungen bezahlt worden ist. Der Oberst muß größenwahnsinnig gewesen sein. Und jetzt entschuldigen Sie bitte, wenn ich gehe, es ist dringend nötig, daß ich mich stärke. Lassen Sie das Feuer nicht verlöschen. Um zwölf Uhr dürfen wir Sie zu Tisch erwarten.»
Fox blickte und lauschte hinter ihm her. Yvonne sagte: «Fehlte nur noch, daß er uns einschloß», und ging tatsächlich zur Tür, fand sie jedoch offen. «Was tun wir jetzt?»
Er hockte bereits am Boden, nestelte an den Verschnürungen der ersten Mappe «Schloß» herum und schlug dann den Deckel zurück.
Obenauf lag ein Blatt, unterschrieben «Bouchard». Schon deshalb betrachtete Fox es genau.
Sollte ein napoleonischer Oberst, der sich wahrscheinlich von unten herauf gedient hatte, eine so zierliche und schöne Handschrift gehabt haben?
Der Schreiber gab seinem Bedauern Ausdruck, daß ihm die Mittel fehlten, die hier gezeichneten Bauten auszuführen, und richtete an spätere Geschlechter die Bitte, dies doch noch zu versuchen – eine ziemlich groteske Wendung, wenn man bedachte, daß ja der Schreiber selbst es gewesen war, der für das Fehlen der Mittel

umsichtig gesorgt hatte. Es folgte ein Satz, aus dem zu schließen war, daß Bouchard diese Zeilen kurz vor seinem Selbstmord geschrieben haben mußte; jedenfalls war der Entschluß dazu bereits gefaßt gewesen – «denn es bleibt mir nur noch eine kurze Spanne Zeit, was ich um so mehr beklage, als ich – wären mir weitere zwei oder drei Jahre vergönnt – mein Schicksal ändern und die Welt in Staunen setzten wollte. Ihr aber, die ihr nach mir kommt, hört meine Mahnung, euch jener ehrwürdigen Überlieferungen und Sagen zu erinnern –»

Fox stand vom Boden auf, zog einen Stuhl ans Fenster und setzte sich.

«– zu erinnern, daß in alten Schlössern mitunter Schätze verborgen sind. Vielleicht ist einer unter euch, dem die Parkmauern jene Geheimnisse offenbaren, welche sie seit tausend Jahren umschließen – für mich bleiben nur noch Tage.»

Yvonne, die dem Freund über die Schulter gesehen hatte, sagte: «Bouchard muß nicht mehr ganz klar im Kopfe gewesen sein. Wie könnte er sonst von tausend Jahren und alten Mauern reden, während dieses Schloß doch überhaupt nur auf dem Papier steht?»

Fox blieb stumm und las das Blatt zu Ende. Dann blickte er eine Weile in den grauen Tag hinaus. «Sei so gut und gib mir deine Handtasche», sagte er schließlich, bekam sie und nahm daraus den kleinen Photoapparat, das Elektronenblitzlicht und ein paar andere dazu gehörige Dinge.

«Jetzt wundert's mich nicht mehr, daß die Tasche so schwer war!» sagte Yvonne erbost. «Konntest du das Zeug nicht selber tragen?»

«Man brauchte es nicht unbedingt zu sehen», antwortete er und machte sich mit dem Apparat zu schaffen. «Ich werde alt, Yvonne! In dem Apparat ist kein Film. Alt und vergeßlich. Du mußt aber nicht über die Loire fahren, sondern kannst gleich nach dem Postamt rechts abbiegen, dann kommst du in die Rue du Général Leclerc, links ist eine Kaserne, und dann immer geradeaus bis Nantes.» Er sah auf die Uhr. «Fahre langsam, es eilt nicht, bis zum Mittagessen bist du leicht wieder da. Hier hast du Geld. Einen gewöhnlichen Schwarzweißfilm, und zur Vorsicht vielleicht auch noch einen Farbfilm. Du tust es doch gern?»

«Oh –!» sagte Yvonne.

Ein paar Minuten später hörte er den Wagen wegfahren, zog einen neuen Film aus der Jackentasche und legte ihn mit aller Sorgfalt ein. Den Verkehr in Nantes eingerechnet, würde Yvonne gut anderthalb Stunden brauchen. So lange war er allein. Zeit genug, den dicksten Panzerschrank aufzuschweißen, geschweige denn eine Mappe mit Architekturzeichnungen durchzublättern. Aber zunächst legte er den von Bouchard geschriebenen Brief auf den Tisch und photographierte ihn, schon um eine Handschriftprobe zu haben.

Nach anderthalb Stunden kam Yvonne mit den Filmen zurück und fand Fox in einer Laune, die ganz außergewöhnlich schlecht sein mußte, denn man merkte, wie viel Mühe es ihn kostete, sie einigermaßen zu verbergen. So schlecht war diese Laune, daß Yvonne nicht einmal zu fragen wagte. Irgendetwas schien gründlich schiefgegangen zu sein. Darauf wies auch der Zustand hin, in dem sie das Zimmer vorfand. Die Mappen «Park, Nebengebäude» und «Inneneinrichtung» lagen, wohl noch unberührt, auf ihrem vorigen Platz. Dagegen waren alle Blätter der Mappe «Schloß» ausgebreitet und bedeckten den gesamten Fußboden, ein paar hingen über den Stuhllehnen, bei mehreren war das alte Papier in den Kniffen gebrochen. «Das ist ja eine schöne Bescherung!» sagte Yvonne.

«Wie du das nur gleich merkst!» erwiderte er gereizt.

Und dann, mit dem deutlichen Bestreben, ein wenig liebenswürdiger zu sein und seine Verstimmung nicht an der Unschuldigen auszulassen: «Übrigens hast du, vorhin, auch etwas anderes gleich gemerkt: Der Oberst de Bouchard war vielleicht wirklich nicht mehr ganz klar im Kopfe. Sprach nicht Emile heute früh von Größenwahn? Du brauchst nur einen Blick auf die Zeichnungen zu werfen. Das Schloß sollte quadratisch sein, mit der bescheidenen Seitenlänge von hundert Metern.»

«Hast du alle Blätter angesehen?»

«Der ersten Mappe, das kannst du glauben. Es ist aber nichts dabei, was mich weiterbringt.»

«Was sollte das auch sein», sagte Yvonne, «und wohin sollte es dich bringen?»

Er schwieg.

Sie beugte sich zu dem einen und anderen Blatt hinunter und schüttelte den Kopf. «Immerhin, es wäre sehr schön geworden!»

Er schwieg weiter.

«Aber natürlich, verrückt muß er gewesen sein. Hast du dies hier gesehen? Die Nordseite, erster Stock in seiner ganzen Länge: ‚Galerie der ägyptischen Altertümer'. Hundert Meter Galerie – und was besaß er? Zwei gekittete Vasen!»

«Sonderbar!» sagte Fox mit erneuter Nachdenklichkeit. «Ich hatte das nicht gelesen. Sehr sonderbar. Galerie der ... hm.»

Jemand klopfte an die Tür.

Fräulein de Bouchard trat ein und schlug die Hände zusammen bei dem Anblick des vielen Papiers. Sie bat zu Tisch.

Zweifellos hatte sie sich große Mühe gegeben, die Gäste gut zu bewirten. Indessen lag auf allem die unverdeckbare Atmosphäre der Dürftigkeit, die jedermann mit Haltung zu übersehen hat. Aber sie drückt doch. Yvonne,

die als Frau einen viel feineren Sinn dafür hatte, machte sich Gedanken, wovon die beiden alten Leute wohl lebten. Es fiel ihr nicht schwer, auf dem Umweg über die verschwenderischen Entwürfe des Obersten zur Gegenwart zu kommen, und Emile berichtete freimütig, daß die einzige Einnahme des Hauses Bouchard der Pachtzins war, den man von einer angrenzenden Gärtnerei erhielt, die auf dem Rest des früher so ausgedehnten Besitzes Gemüse zog. «Nun, man lernt es, sich einzuschränken», sagte Fräulein Marie ohne sonderliche Bitterkeit. «Sie werden aber verstehen, Madame, weshalb wir das gezeichnete Prunkschloß des Obersten gründlich hassen. Er hätte uns wohl etwas Gescheiteres hinterlassen können. Ich habe mir die Entwürfe nur ein einziges Mal in meinem Leben angesehen, als Kind.»
Da Yvonne die Kunst des Zuhörens gut verstand, kam Fräulein de Bouchard ins Reden und wurde immer mitteilsamer, man merkte, daß sie vielleicht schon seit langen Jahren kein weibliches Wesen mehr gehabt hatte, dem sie ihr Herz ausschütten konnte. Emile saß trübsinnig da, Fox nachdenklich, beide alsbald einigermaßen überflüssig. So kam es, daß Yvonne nach dem Essen mit Fräulein de Bouchard in die Küche ging, vermutlich half sie ihr beim Abspülen.
Fox verschwand sogleich wieder in das Mappenzimmer, er hatte nichts dagegen, allein und ungestört zu bleiben, und als er nach einiger Zeit Yvonnes Wagen wiederum hörte und sah, daß sie mit Fräulein Marie wegfuhr, wahrscheinlich um einzukaufen, war ihm dies nur lieb.
Schon seit längerer Zeit verfolgte er einen bestimmten Gedanken, freilich ohne zu wissen, ob er richtig war. Bisweilen schien es so, dann wieder mußte er fürchten, auf einer falschen Spur zu sein, und daher kam die Launenhaftigkeit, die ihm sonst fremd war und über die nicht nur er selbst sich ärgerte. Freilich hatte er auch

nie vor einer größeren und schwierigeren Aufgabe gestanden. Als er an diesem Vormittag die Niederschrift des Obersten de Bouchard las, glaubte er dem Ziele nahe zu sein – und täuschte sich wiederum.

Die Zeichnungen zusammenzufalten und wieder gehörig in der ersten Mappe unterzubringen, war keine angenehme Arbeit, jedoch tat er's gewissenhaft und prüfte dabei jedes Blatt nochmals, besonders genau natürlich das, auf dem Yvonne die Galerie der ägyptischen Altertümer entdeckt hatte. Es ergab sich aber nichts Neues.

Dann öffnete er die zweite Mappe mit den Entwürfen «Park und Nebengebäude». Dafür war ein sehr ausgedehntes Gelände vorgesehen gewesen, in dem eine Reitbahn klein wie ein Blumenbeet erschien. So viel Grund hatte der Oberst besessen. Wo es sich lediglich um Aufrisse handelte, waren die Blätter naturgemäß etwas leer. Jedoch gab es auch eine Anzahl von Tuschzeichnungen, die als Ansichten das Landschaftsbild zeigten, das hier entstanden wäre, ein Park in dem damals verhältnismäßig neuen englischen Geschmack, mit allen romantischen Zutaten, wie die Zeit sie geliebt hatte, wobei freilich, was den Stil betraf, manches durcheinander geriet: eine Burgruine, ein Tempel wie aus der «Zauberflöte», eine Canova-Nymphe. Dann folgte die hingetuschte Ansicht eines kleinen Bauwerks, die sich auf den ersten Blick von den übrigen Blättern dadurch unterschied, daß sie in Technik und Auffassung geradezu verletzend dilettantisch wirkte, während doch die anderen zumindest mit der größten Sorgfalt und richtiger Perspektive gezeichnet waren.

Fox sah dieses Blatt befremdet an. Möglich, daß der Oberst selber sich hier mit Pinsel und Sepia versucht hatte. Es wirkte wie ein Mißton. Auch was es darstellte, schien unpassend: ein schmales, aus Natursteinen gemauertes Tor, der Linienführung nach dazu bestimmt, den Hindurchschreitenden nicht geradeaus, sondern in einen Keller hinab zu führen.

Er wollte es schon zu den anderen legen, als er auf der Toreinfassung, mit dünnen Strichen flüchtig angedeutet, menschliche Figuren entdeckte, die sich im nächsten Augenblick durch ihre ganze Art und Haltung, besonders aber durch ihre Tierköpfe als ägyptische Gottheiten kennzeichneten.

Nicht mehr nur befremdet, sondern plötzlich betroffen nahm er das Blatt auf und merkte dabei erst jetzt, daß es sich um einen gefalteten Bogen handelte, dessen Papier viel dicker und ungefüger zu sein schien als das sonst benützte. Die Ursache dieser außergewöhnlichen Beschaffenheit zeigte sich alsbald: Die Zeichnung selbst befand sich auf einem sehr dünnen, pergamentartigen Papier, das später auf das gewöhnliche aufgeklebt worden war.

Weshalb man dieses Verfahren hatte wählen müssen, wurde bei näherem Zusehen ebenfalls erkennbar. Das dünne Papier war in schmale Streifen zerschnitten gewesen, die man auf diese Weise wieder zu einem Ganzen vereint hatte.

Fox ging zur Tür und riegelte sie zu.

Dann drehte er das Licht an, eine kahle, aber deshalb helle Lampe, die von der Stubendecke herabhing, und faltete den Bogen auf dem Tisch auseinander.

Er wußte, was er gesucht, und brauchte nicht zu überlegen, was er gefunden hatte.

Diese schmalen Streifen, zusammengerollt, waren im Jahre 1799 von Alexandria nach Frankreich gebracht worden, vor den Engländern im Deckel einer Kanopusvase verborgen — einer der beiden Vasen, die sich bis zur Gegenwart im Besitz der Familie Bouchard befunden hatten. In welcher von beiden, auch dies erschien unzweifelhaft; es war diejenige gewesen, welche die Geschwister dem Museum gestiftet hatten und deren Deckel so unbeholfen gekittet war, daß man sich, wie der Beamte erzählte, aus Schönheitsgründen entschloß, ihn abermals zu zerbrechen und neu zu kitten. Der Oberst konnte Töpfe zwar zerschlagen, aber nicht kitten – wie das so zu sein pflegt.

Die von ihm wieder zusammengesetzte und aufgeklebte Zeichnung hatte Bouchard in die Mappe «Park und Nebengebäude» gelegt und in dem hinterlassenen Brief eindeutig genug darauf hingewiesen, jetzt ließ der Text sich leicht verstehen. Das waren nicht die Mitteilungen eines Verrückten, sondern eines Mannes, der sehr genau wußte, was er da aus Ägypten mitgebracht hatte – kein Wunder, denn vermutlich stammte die Planzeichnung von seiner eigenen Hand, das würde sich noch erweisen.

Wie nicht anders zu erwarten war, kam eben jetzt der Wagen mit den beiden Damen zurück. Fox deckte die Zeichnung geschwind mit einer anderen zu, da wurde auch schon die Klinke gedrückt, und Yvonne, vor der Tür, fragte verwundert: «Hallo, ich bin's, warum hast du zugeschlossen?»

Er öffnete, ließ sie aber nicht eintreten.

«Was ist denn hier los!» sagte Yvonne. «Ich weiß doch, daß du um diese Zeit gern eine Tasse Kaffee trinkst und will dich dazu abholen, wir haben ganz frisch gebrannten besorgt.»

«Nein, danke, heute nicht.»

«So, heute nicht . . .», sagte sie, aufmerksam geworden. «Und warum schaust du so dreieckig?»

«Das erzähle ich dir später», antwortete er. «Du mußt jetzt nur dafür sorgen, daß mich niemand stört, unter keinen Umständen, hörst du?»

«Mein Gott, ja . . .», sagte sie verdutzt. «Gern, aber wie lange?»

«So lange, bis ich hinüber komme.»

«Ja, was soll ich den Leuten aber –»
«Genau das! Du weißt es selbst nicht.»
«Nein, wahrhaftig», sagte sie und ging, übrigens ohne ihm diese sonderbare Szene übelzunehmen, sie kannte ihn zu gut.
Um aber völlig sicher zu sein, riegelte er doch wieder zu. Dann nahm er die Zeichnung vor, innerlich erregt wie noch nie in seinem Leben.
Was er vermutet und flüchtig schon überblickt hatte, bestätigte sich vollkommen.
Dieser Plan zeigte die Begräbnisstätte des königlichen Geschlechts der Ptolemäer.
Eine senkrechte Linie halbierte ihn.
Die linke Hälfte zeigte in ziemlich großem Maßstabe, was der Genieoberst Bouchard gesehen hatte, als er die unterirdischen, weitläufigen Anlagen betrat. Kein Zweifel, daß er mehrmals dort unten gewesen war und die Gänge, Tempel, Grabkammern (oder wenigstens ihre Reste) untersucht und ihre Ausdehnung abgeschritten hatte. Zu einer regelrechten Vermessung war es wohl nicht gekommen, dagegen sprach manches, übrigens auch manche unklare Stelle der Zeichnung, die Bouchard korrigiert oder mit Fragezeichen versehen hatte; im Ganzen jedoch schien alles mit einem Grad von Genauigkeit wiedergegeben, der darauf schließen ließ, daß Bouchard mindestens die Schritte gezählt hatte, bei seiner Schulung fast eine Selbstverständlichkeit. Ebenso selbstverständlich war es, daß die Bezeichnungen, die von seiner Hand stammten, nicht etwa den Versuch darstellten, das Gesehene bereits zu benennen; er konnte keine Hieroglyphen lesen, das konnte damals noch niemand, und wagte klugerweise nicht, den Sinn etwa von Plastiken oder Wandmalereien zu deuten. Vielmehr beschränkte er sich auf Angaben wie: Die große Treppe; Ein bald verschütteter Gang; Eine zwölf Fuß hohe Marmorstatue (Pharao?);

Sphinx; Zwei Altäre und ähnliche Stichwörter. Immerhin schien er auch dabei so genau wie möglich verfahren zu sein, denn er unterschied zum Beispiel zwischen Cercueil, Sarg, und Sarcophage, Prachtsarg; an einer Stelle stand «Le grand cercueil».

War schon dies alles von einer im Augenblick nicht durchzudenkenden Wichtigkeit, ein wahrhaft Niedagewesenes, so zeigte die rechte Hälfte des Faltbogens etwas ebenso Wichtiges.

Bouchard hatte damals nicht nur um Raum zu sparen ein besonders dünnes Papier verwendet, das bewies diese rechte Hälfte. Hier hatte er zunächst einen ihm vorliegenden Ortsplan einfach durchgepaust – leider so flüchtig, daß sich nur wenig erkennen ließ. In diese Pause jedoch war mit einer Führungslinie, einigen Pfeilen und einem kleinen Viereck der Weg und der Zugang zur Gruft eingezeichnet. Ein stehendes Kreuz schien auf die Stelle des Zugangs noch besonders hinzuweisen.

Fox zweifelte nicht, daß es der Ortsplan von Alexandria sein müsse, zumal die ganze Nordkante durch Meer und Hafen eingenommen wurde. Bei einiger Überlegung erklärte sich auch die Flüchtigkeit. Damals, vor mehr als anderthalb Jahrhunderten, war das Original dieses Ortsplans wahrscheinlich überall ohne Schwierigkeit zu beschaffen gewesen, besonders für einen Generalstäbler. Bouchard brauchte also nur ein paar Orientierungsmarken anzudeuten, um das Durchgepauste später richtig auf die Karte legen zu können. Vielleicht auch hatte er das gedruckte Original des Ortsplans mit seinem Gepäck nach Frankreich gebracht, und vielleicht hatte er sich von dem Gedanken leiten lassen, daß seine Skizze möglicherweise trotz aller Vorsicht den Engländern in die Hände fiel, denen er natürlich den Weg nicht gar zu deutlich zeigen wollte. Für die Gegenwart war diese Vorsicht allerdings ein Nachteil; wo gab es noch ein Exem-

plar dieses Plans? Ferner mußte man bedenken, daß Alexandria damals zu einem Fischerdorf herabgesunken war – wo, in der heutigen Millionenstadt, war dieses zu suchen? Aber das würde doch nicht allzu viel Schwierigkeiten machen.
Seit einer halben Stunde stand Fox über die Zeichnungen gebeugt. Jetzt richtete er sich auf. An den Türpfosten gelehnt, schloß er die Augen.
Die Bilder aus der Vergangenheit, noch mehr aber der Zukunft, welche von dieser Entdeckung her auf ihn einstürmten, waren so phantastisch, daß sie sich gar nicht überblicken oder überdenken ließen. Darüber würde man sich erst ganz allmählich klar werden, jetzt war auch nicht die Zeit dazu, es gab Dringenderes zu tun.
Er legte den Plan so glatt und eben wie möglich auf den Fußboden und traf alle Vorbereitungen zum Photographieren. Eine Nervosität befiel ihn, über die er lächelte, weil sie etwa jener gleichkommen mochte, mit welcher der Oberst Bouchard an Bord der Fregatte Muiron die ägyptische Küste hatte versinken sehen.
Hier gab es keine Engländer ... bei diesem Gedanken stutzte Fox. Sie waren vor nicht allzu langer Zeit dagewesen, die Engländer! Sie hätten, genau wie damals, sich den Plan mit Wonne angeeignet. Aber genau wie damals war er ihnen nicht in die Hände gefallen. Die Weltgeschichte wiederholte sich, ein höchst seltenes Ereignis. Und rätselhaft, vollständig rätselhaft blieb einstweilen, woher Wilton etwas von dem Vorhandensein des Bouchard-Planes und dessen früherem Versteck wußte. Jedoch auch dies würde die Zukunft aufhellen, durch den heutigen Fund war es eigentlich eine reine Zeitfrage geworden.
Während der nächsten Stunde machte Fox mit seinem kleinen Elektronenblitz so viele Aufnahmen, wie der Filmvorrat erlaubte, den Yvonne so freundlich ergänzt

hatte. Er tat dies, um alle Möglichkeiten eines etwaigen Photographierpechs auszuschalten.
Dann faltete er den unvergleichlich kostbaren Plan zusammen, steckte ihn samt den belichteten Filmen in die Aktentasche, die er zum Glück bei sich hatte, weil alles Schreibzeug darin war, und nahm sie mit, als er zum Wohnzimmer hinüber ging.
Dort war durch Yvonne dafür gesorgt, daß es kaum neugierige Fragen gab, weshalb er erst jetzt kam. Natürlich aber erkundigte sich Emile, ob er alle Zeichnungen in den drei Mappen durchgesehen und vielleicht etwas Besonderes gefunden habe. Fox antwortete ausweichend. Unmöglich könne er beurteilen, ob diese Architekturentwürfe von Wert seien, wolle sich aber bei Gelegenheit gern in Paris erkundigen. Aufbewahren müsse man sie schon aus historischen Gründen.
Eine Stunde später verabschiedete sich das Ehepaar Reineke, aber nur für heute, denn Fox erklärte, daß er morgen gegen Mittag noch einmal vorbeikommen werde.
«Yvonne!» sagte er, als die Scheinwerfer des Wagens sich über den holprigen Gartenweg hinaustasteten. «Wenn du wüßtest, was ich hier in der Tasche habe, würdest du vor Aufregung an den nächsten Baum fahren. Tue es nicht, du fährst Cäsar und sein Glück!»
«Mir scheint», antwortete sie, «daß der Größenwahn des alten Obersten eine gewisse Ansteckungskraft bis heute bewahrt hat. Wie kommst du aber auf Cäsar? Hast du vielleicht noch ein Stückchen Kleopatra gefunden?»
Als sie im Hotelzimmer waren, breitete er wortlos den Plan vor ihr aus.
Yvonne brauchte nur eine Minute, um zu erkennen, worum es sich hier handelte.
«Mein Gott!» sagte sie und mußte sich setzen. «Unvorstellbar!»
Fox nickte.

«Wie bist du dazu gekommen?»
«Wenn er überhaupt aufzufinden war, dann hier.»
«Aber das kann doch nicht derselbe sein –» Sie stockte nachdenkend.
«Du meinst: der bei Lord Meldrums Tod verschwand? Natürlich nicht.»
«Also muß es zwei geben?»
Fox rieb sich die Nase, wie er stets tat, wenn er mit einem Gedanken noch nicht fertig war. «Sagen wir: Bis zu Meldrums Tod muß es zwei gegeben haben. Eine andere Möglichkeit als diese läßt sich nicht erkennen, sie macht freilich einen etwas absurden Eindruck. Meldrums Plan ist seit dem Autounglück verschwunden. Wohin, das weiß ich nicht, und zum Glück weiß es auch der ehrenwerte Verein nicht, dem der Einbruch im Louvre zu verdanken ist und als dessen Mitglied der noch viel ehrenwertere Herr Wilton die Vase hier in Ancenis fallen ließ. Einverstanden?»
«Es klingt nicht unlogisch», sagte Yvonne, «aber –»
«Danke!» sagte er und gab ihr einen Kuß. «Danke sehr! Es beruhigt einen doch, zu hören, daß man sich noch ein Restchen Logik bewahrt hat.»
«Schaf!» sagte sie und wurde rot.
«Das natürlich auch. – Nun überlege aber einmal. Wilton und Kompanie haben im Louvre und hier nach dem Plan Bouchards gesucht, da der andere einstweilen verloren zu sein scheint. Wie sind die Leute aber darauf gekommen, daß es zwei Pläne gab und daß einer davon in einem Vasendeckel versteckt war?»
«Wie soll ich das wissen!» fragte Yvonne mit sehr gerunzelter Stirn. «Weißt du es denn?»
«Nein, von mir kannst du das nicht erwarten, ich bin eben ein Schaf.»
«Ach, ach, dieses Schaf werde ich jetzt zeitlebens serviert bekommen, das ließ sich ja denken.»

«Keine Angst, ich will es dir gelegentlich zurückgeben!» sagte er.

Anderntags gegen elf Uhr bog der Wagen wieder in den Garten der Bouchards ein.
Yvonne und Fox fanden die Geschwister sehr aufgeregt, sehr bläulich, sehr herzgestärkt.
«Stellen Sie sich vor!» rief Fräulein Marie. «Heute nacht ist bei uns eingebrochen worden!»
Yvonne stieß einen kleinen Schrei aus und sah Fox an.
«Eingebrochen?» fragte Fox mit bemerkenswerter Seelenruhe. «So. – Jawohl, in dem Zimmer, wo gestern die Mappen lagen. Der Mann ist am Birnenspalier hochgeklettert und hat das Fenster eingedrückt. Wie gut, daß die Stubentür vom Flur aus abgeschlossen war.»
«Mein Gott!» sagte Fräulein de Bouchard ganz entsetzt. «Waren Sie es?»
«Ich?»
«Weil Sie alles so genau wissen! Es ist nämlich wirklich so.»
«Und was ist abhanden gekommen?»
«Nichts, weil nichts da war.»
«Sehr gut», sagte Fox mit noch viel größerer Seelenruhe, nahm die Flasche mit dem Herzmittel vom Tisch und stellte sie weit weg auf das Fensterbrett. «Haben Sie die Polizei benachrichtigt?»
«Noch nicht.»
«Dann tun Sie es auch nicht, es hätte wenig Zweck. – Madame, Monsieur, hören Sie jetzt bitte gut zu. Sie haben vollständig recht, wenn Sie sagen, daß nichts abhanden kommen konnte, weil nichts da war, wenigstens zur Zeit des Einbruchs. Vorher – seien Sie nun ganz besonders aufmerksam! – war nämlich sehr wohl etwas da.»
«Himmel!»

«Kein Grund zur Aufregung, der Himmel braucht nicht einzugreifen. Ich muß Sie nur um Entschuldigung bitten, wenn ich mich jetzt ein wenig rätselhaft ausdrücke. Später – ich hoffe, es dauert nicht sehr lange – werden Sie Genaueres hören, heute lasse ich Sie mit gutem Grund im Unklaren. Begnügen Sie sich ohne zu fragen mit dem, was ich Ihnen sage. Das, was man heute nacht in Ihrem Hause gesucht hat, befand sich in meiner Aktentasche und liegt jetzt in einem Panzerfach der Bank in Nantes – es ist übrigens nur ein Bogen Papier. Hier überreiche ich Ihnen den Depotschein der Bank, lautend auf Ihren Namen. Heben Sie ihn gut auf und kümmern Sie sich um gar nichts! Einstweilen ist dieser Papierbogen nämlich noch keinen Sous wert, ich will mich aber bemühen, das zu ändern. Verstehen Sie mich bitte recht: Sie selbst können nichts in der Sache tun.»
Fräulein Marie sagte: «Ich verstehe Sie weder recht noch falsch, sondern überhaupt nicht.»
«Das ist begreiflich, hat aber keine Bedeutung. Das Beste wird sein, Sie vergessen die ganze Angelegenheit, bis Sie wieder von mir hören. Und noch eins: Sie haben kein Konto bei der Bank, ich habe mich danach erkundigt. Das ist gut. Vermeiden Sie es auch, aus welchem Grund immer, dorthin zu gehen!»
«Warum?»
«Sie könnten auf diesem Spaziergang vielleicht ein bißchen totgefahren oder sonstwie umgebracht werden.»
«Äußerst merkwürdig!» sagte Emile mit vorbildlicher Fassung und stärkte sich, aber Fräulein Marie stieß einen ziemlich schrillen Schrei aus.
«Das kann man wohl behaupten», bemerkte Fox. «Wollen Sie mir also versprechen, nicht das Mindeste zu tun?»
Emile äußerte den etwas verwickelten Satz: Er wüßte nicht, was er in diesem Fall lieber täte als nichts. Seine Bläulichkeit war auffallend.

An der Haustür verabschiedete man sich.
Yvonne wollte, wie immer, fahren.
«Diesmal, bitte, laß mich ans Steuer», sagte Fox. «Das ist eine bedenkliche Geschichte.»
«Der Einbruch?»
«Das Ganze.»
«Und was ist das Ganze?»
«Daß man so gut auf uns acht gibt. So gut, wie ich fürchtete, aber nicht glauben mochte. Auch wir wollen jetzt also ein bißchen aufpassen, daß es uns nicht ergeht wie dem britischen Botschafter bei seiner letzten Fahrt durch Alexandria.»
«Heiter!» sagte Yvonne. «Was hältst du nun von dem Einbruch?»
«Drei mal sechsunddreißig ist einhundertacht.»
«Was heißt das?»
«Drei Filme zu je sechsunddreißig Aufnahmen, das macht hundertacht Elektronenblitze in der Stube mit den Mappen. Es ließ sich nicht vermeiden. Da helfen auch die geschlossenen Vorhänge nichts. Von draußen muß es ausgesehen haben wie ein stundenlanges Gewitter. Aber was wollte ich machen?»
Yvonne sagte: «Die Sache wird langsam unbehaglich.»
«Ja, wenn du das langsam nennst?» Der Geschwindigkeitsmesser stand auf hundertvierzig, und so blieb er. «Da gibt es also jemanden», sagte Fox, «der nachts in den Louvre einsteigt und in Ancenis am Obstspalier hochklettert. Ich behaupte nicht, daß es mein Freund Wilton ist, denn Brutus ist ein ehrenwerter Mann, und ehrenwerte Männer sind sie alle, alle. Er wäre auch viel zu lang und zu dürr und zu auffallend. Aber je mehr ich sehe und nachdenke, desto mehr bin ich überzeugt, daß er dahinter steckt. Ein großer Fisch, dieser kleine Altwarenhändler.»
«Auch das klingt unbehaglich», sagte Yvonne.

«Was mir an dem Burschen so gründlich mißfällt», knurrte Fox, «ist die Tatsache, daß er vorläufig mehr weiß als ich. Aber seit gestern habe ich das Trumpfaß in der Hand, nämlich den Plan des Obersten Bouchard.»
«Ja, das ist entscheidend.»
«Nein, es ist nicht entscheidend. Auch mit dem Trumpfaß kann man noch glänzend verlieren, wenn man schlecht spielt – und vor allem, wenn man nicht weiß, wie die übrigen Karten verteilt sind.»
«Zum Beispiel?»
«Verlangen Sie nicht etwas zu viel von mir, Madame? Zum Beispiel also – und das plagt mich schon lange – weshalb hat Wilton überhaupt angefangen, die Partie mit mir zu spielen, gerade mit mir? Er und Lady Diana wußten ja, wer ich bin. Du glaubst nicht, wie mich dieser Gedanke plagt.»
Yvonne nahm das Zigarettenpäckchen aus dem Handschuhfach. «Das ist doch ganz einfach», sagte sie und zündete sich eine Zigarette an.
«Wahrhaftig!»
«Ja. In dem Augenblick, in dem Wilton sah, daß er auf der Suche nach dem Plan nicht weiterkam, das heißt: einen Tag nach dem Einbruch im Louvre tauchte er bei Helferings Vortragsabend auf, weil er die Gelegenheit benutzen wollte, mit dir in Verbindung zu kommen. Sie haben dich auf die Spur gesetzt. Du sollst ihnen die Kastanien aus dem Feuer holen, und das hast du ja auch gewissenhaft getan, nämlich gestern. Du hast das gefunden, was sie suchen. Fragt sich nur, ob sie sich dafür bedanken werden – und wie!»
Fox nahm das Gas weg. «Hm. – So kann man es natürlich auch sehen! Man kann es, bei allen Göttern Griechenlands! Gelegenheit benützen ... Verbindung zu kommen ... Spur setzen ... gewissenhaft getan. Bist du dir eigentlich klar, meine liebe Yvonne, daß du damit

nichts anderes behauptest, als daß ich ihm auf den Leim gegangen bin?»
«Hm, so kann man es natürlich auch sehen . . .», sagte sie und streifte umständlich die Zigarettenasche ab, weil sie ihn nicht anblicken wollte.
Er hielt an und stieg aus. «Bitte setzen Sie sich auf Ihren gewohnten Platz am Lenkrad, Madame. Einen solchen Idioten wie mich darf man nicht auf die Menschheit loslassen.» Und dann nahm er ihr auch noch die Zigarette weg und rauchte tiefbekümmert weiter.
Yvonne fuhr an und lachte. «So schlimm ist es nun auch nicht!» sagte sie tröstend. «Denn erstens liegt doch darin das Eingeständnis Wiltons, daß du mehr kannst als er. Zweitens aber: Weil du auf seine Absicht eingegangen bist, hast du einen ganz wunderbaren Fund gemacht, davon hättest du dir vor ein paar Wochen noch nichts träumen lassen.»
«Ja, die Dummen haben das meiste Glück.»
«Richten Sie Ihr Augenmerk nicht auf die Dummheit, Monsieur, sondern auf das Glück! Wer hat den Plan des Obersten, du oder Wilton? Also! Du darfst dir ihn nur nicht abnehmen lassen.»
«Schon wieder Glück: Wie gut, daß du mir das sagst, ich selbst hätte nicht daran gedacht!»

Noch nie war Fox so befriedigt und mit so viel Arbeitseifer in seine Pariser Wohnung zurückgekommen wie diesmal. Das alte Jahr ging gut zu Ende. Er freute sich auf zwei oder drei stille Tage, in deren Verlauf er niemand sehen würde, auch nicht Yvonne, die – ungern, aber haltungsvoll – an die bretonische Küste in das alte Wasserschloß Louha zu fahren gedachte, um dort das Neujahrsfest mit Mutter und Tante zu feiern. Diese Feier, vermutete sie, würde bestimmt wieder darin bestehen, daß sich jede mit jeder gründlich zerstritt, aber ein-

mal im Jahr müsse das ja geschehen, weil die Familienbande sonst zu eng wurden, und ihrer Erfahrung nach sei der Neujahrstag der geeignetste Zeitpunkt dazu, weil man dann so schön lange aufeinander böse sein konnte.
«Ich bewundere schon immer dein kindliches Gemüt», sagte Fox. «Nur begreife ich dann nicht, daß du mit mir so selten streitest.»
«Du bist ja auch nicht aus der Familie», sagte sie. «Kannst du dir ausmalen, wie es ist, wenn ein und dieselbe Sippe schon seit tausend Jahren in der gleichen Wohnung sitzt, zwischen den gleichen Möbeln? Die Männer – wenn gerade einmal welche vorhanden waren – hatten es verhältnismäßig gut, die konnten zum Beispiel den Nachbarn überfallen oder ein wenig seeräubern oder sich an einem Kreuzzug beteiligen und was derlei einträgliche Zeitvertreibe waren. Aber die Frauen? Dafür fehlt euch nun leider der Sinn. Stell dir doch nur vor, wir möchten uns dort droben in Louha eine Waschmaschine kaufen – ja, was meinst du wohl, wohin das Schmutzwasser abläuft? Den Handwerker sollst du mir bringen, vollends heutzutage, der ein Ablaufrohr durch unsere Mauern legt, die aus zwei oder drei Meter Granit bestehen!»
«Ich würde meine Wäsche eben im Meer –»
«Ja, ausgerechnet du, noch dazu um Neujahr.»
«Dein Sinn für die Schönheiten der Natur ist mangelhaft, Yvonne», sagte er mit einem mißbilligenden Kopfschütteln.
Sie dagegen fragte: «Wirst du auch keinen Unsinn machen, während ich weg bin?»
Er versprach ihr, sich alle Mühe zu geben, ließ sie ziehen – und, was er kaum zu hoffen gewagt hatte, es kamen wirklich ein paar vollkommen stille Tage, die durch gemächliche Arbeit noch genußreicher wurden. Zunächst ging er daran, die Aufnahmen aus Ancenis zu entwickeln und zu vergrößern. Den Farbfilm freilich, den er nur zur

Sicherheit belichtet hatte, ließ er liegen, weil er ihn nicht selber behandeln konnte und natürlich nicht daran dachte, ihn in fremde Hände zu geben. Jedoch zeigten sich die Schwarzweißaufnahmen als einwandfrei, und so zog er den Farbfilm aus seiner Kassette, legte ihn offen auf das mittagshelle Fensterbrett und entlastete sich damit von allen diesbezüglichen Sorgen.

Dann ging es an das Vergrößern, in diesem Fall eine rein technische Angelegenheit, bei der er sich mit Gedanken über mancherlei Dinge befassen konnte. Daß in ihrem Mittelpunkt der aufgefundene Plan stand, war natürlich, aber die Kreise erweiterten sich. Kaum beachtet wurde dabei die Frage, wer es nun eigentlich gewesen sein mochte, der Fox in Ancenis so gewissenhaft beobachtet und den Einbruch bei den Geschwistern durchgeführt hatte; der Mann mußte Übung haben; würde sich Lebrun mit dem Fall beschäftigen, so fände er vermutlich, daß es der gleiche Täter wie im Louvre war. Aber das erschien Fox als unwichtige Kleinigkeit, verglichen mit dem Manne, der, im Hintergrunde, die Fäden hielt. Fäden, die sich immer deutlicher zeigten – leider konnte Fox nicht mit einem Lächeln den Gedanken abtun, den er selbst schon im stillen gehabt, den aber Yvonne ausgesprochen hatte, nämlich, daß er selber an einem dieser Fäden hing... ein für ihn völlig ungewohntes Gefühl... nein, er hing nicht, so weit würde es jetzt nicht mehr kommen, da er klar zu sehen begann, aber die Gefahr war sehr nahe gewesen, und zwar wohl deshalb, weil er Wilton bis vor kurzem verhängnisvoll unterschätzt hatte. Es wurde ihm einigermaßen schwül, wenn er sich an den Leichtsinn erinnerte, mit dem er das ganze Abenteuer anfangs betrachtet und diesen Wilton als Karikatur aufgefaßt hatte. Dafür gab es eine Reihe von Entschuldigungen, aber der Fehler wurde nicht geringer. Nun, es war noch Zeit, ihn zu verbessern.

Eben die Arbeit mit den Vergrößerungen erinnerte Fox wieder an eine Frage, die als wichtigste und rätselhafteste in den Vordergrund trat, seit er den Beweis für das Vorhandensein des von Bouchard gezeichneten Plans der Gruft besaß. Er hatte sich schon oft mit ihr beschäftigt, sie jedoch immer wieder beiseite geschoben.

Woher Wilton von diesem Originalplan wußte, das mochte einstweilen auf sich beruhen – wie aber kam der Mann erstens dazu, den Plan ganz richtig dort zu suchen, wo Bouchard ihn seinerzeit versteckt hatte, und zweitens, wie kam er zu der einfach unsinnigen Annahme, daß der Plan sich noch heute in diesem Versteck befand?

Gewiß, der napoleonische Offizier hatte seine Zeichnung dem Zugriff der Engländer entziehen wollen. Das war ihm geglückt, und zwar im Jahre 1799. Aber dann? Es verstand sich doch von selbst, daß er, auf französischem Boden angekommen, den Plan aus dem Versteck nahm. Das hatte er ja auch wirklich getan, und zunächst war er wohl sehr vorsichtig gewesen, weil England von der noch auf sehr unsicherem Boden stehenden französischen Republik die Auslieferung aller ägyptischen Fundstücke verlangte. Dann aber kam das Kaiserreich, der unvergleichliche Aufstieg zur Macht – und, nicht zu vergessen, es kam die große, dauernde Geldbedürftigkeit des Obersten de Bouchard. Verwunderlich genug, daß er den Plan nicht verkaufte, da er doch alles andere verkaufte, aber auch dies mochte einstweilen auf sich beruhen. Eine Antwort jedoch mußte jetzt unbedingt gefunden werden auf die Frage, wie Wilton dazu kam, heute noch den Plan in einer der Kanopusvasen zu suchen! Entweder er war selbst verrückt – und das durfte man um Himmels willen nicht glauben –, oder er hielt den alten Oberst für verrückt, wozu ihn nichts berechtigte.

Aber Fox fand die Antwort auf diese Frage nicht. Es

mußte da noch etwas geben, was ihm unbekannt, aber sehr wichtig war.

Er wandte sein altes Mittel an, stellte sämtliche in der Partie mitspielenden Figuren gleichsam auf einem großen Phantasie-Schachbrett auf und betrachtete sie nacheinander mit prüfenden Blicken – auch sich selbst. Dabei glaubte er alsbald zu erkennen, daß er in letzter Zeit, von Eiligerem in Anspruch genommen, der feindlichen Dame zu wenig Aufmerksamkeit geschenkt hatte. Das war erklärlich, die Rolle Lady Dianas erschien heute unbedeutender als früher, Diana selbst harmloser – immerhin, sie war die Dame im Spiel der Schwarzen, mochte sie noch so blond sein. Dabei fiel ihm ein, daß sie letzthin Professor Helfering geschrieben hatte, aber noch ohne Antwort war, eine Unhöflichkeit, für die es schlechterdings keine Entschuldigung gab, die man aber wieder gutmachen konnte. Nichts war natürlicher, ja nötiger, als daß die Dame wieder ins Spiel kam.

Zunächst jedoch mußte die photographische Arbeit erledigt werden. Am dritten Tag war es so weit, daß Fox aus allen Einzelaufnahmen, wie in einem Puzzle, den ganzen Plan zusammensetzen konnte, ohne Lücken und Fugen.

Die vielen Stunden, die er damit verbrachte, aus diesen nüchternen Aufrissen die gesamte, weitläufige Anlage der Gruft vor seinem inneren Auge erstehen zu lassen, hatten für ihn etwas Weihevolles. Zwar mußte er sich sagen – und er tat es immer wieder –, daß diese Anlage gegenwärtig nichts anderes war als ein unterirdisches Gewirr von Gängen und Kammern, eingestürzt, durch mancherlei Einwirkungen fast oder ganz verschüttet; hier und da mochte eine steinerne Decke, von Säulen gestützt, den zerstörenden Kräften standgehalten haben, das Meiste jedoch war gewiß nur mit großer Schwierigkeit zu begehen, oft mußte man wohl kriechen; vielleicht auch hatte das Grundwasser Schlammteiche gebildet, an den trockenen Stellen aber lagen Brandschutt, Staub und Ziegeltrümmer kniehoch. Und dies alles im Schein der elektrischen Laterne stets nur auf Meter zu erkennen. Bald führt der Pfad, sofern er vorhanden ist, eine Trümmerböschung hinauf, bald über zerstörte Steinstufen hinunter.

Die Zauberkraft aber des Gedankens und der Vorstellung richtet das Eingestürzte auf, ebnet die Wege, läßt Licht werden, wölbt blauen Himmel über bunten oder marmorglänzenden Bauwerken, sie setzt Tore, Statuen, Treppen zusammen, farbige Wandmalereien leuchten auf, Weihrauch verbreitet sich in duftigen Wolken, Gesang der Priester füllt geheimnisvoll eine entrückte Halle, eine Granitsphinx spiegelt sich im Wasserbecken, Säulenschatten liegt rhythmisch in Querstrichen auf weißem Pflaster. Widderköpfige Gestalten bewachen zu beiden Seiten den heiligen Weg, der zu einem Steintor und dann hinab führt.

Hier hatte Bouchard die Entfernung abgeschritten, die Zahl der Schritte oder Ellen oder Fuß eingetragen und dann geändert, sich also gerade dieser Strecke mit doppelter Sorgfalt angenommen, vielleicht weil sie ihm besonders wichtig erschien; es kam eine unklare Stelle, dann «Le grand cercueil», der große Sarg, neben den Bouchard ein kleines Dreieck eingezeichnet hatte, Fox vermutete darin etwa den Sockel eines prismenförmigen Altars. Die Photographie war scharf, hingegen mußte die Zeichnung radiert oder verblaßt sein. Gerade hier war einige Unklarheit.

Die andere Hälfte des Plans mit dem Hinweg, der bei dem Kreuz endete, ließ er für diesmal fast unbeachtet, weil er keinen Stadtplan von Alexandria zur Hand hatte. Zwei volle Tage und den größten Teil der Nächte widmete er diesem wunderbaren Spiel, das vor zwei Jahr-

tausenden Gewesene auferstehen zu lassen, zuletzt gelang es ihm in einem Grad, der an Zauber grenzte.
Dann schloß er alle Bilder in das eingemauerte kleine Stahlfach, das sich im Flur hinter dem schwarzen Elektrizitätszähler mit den Schraubsicherungen versteckte, die allerdings nicht ganz ernst gemeint waren. Auf solche Scherze war er nach dem Einbruch im vorigen Sommer verfallen.
Wie gut aber, daß Yvonne jetzt in ihrer granitenen Drachenburg an der bretonischen Küste sich dem trauten Familienglück widmete. Man brauchte sie nicht zu fragen, man konnte es gar nicht, kein rasch prüfender Blick aus den Augenwinkeln forschte nach Nebengedanken. Es genügten ein paar Zeilen, die sie nach ihrer Rückkehr finden würde, nichts geht über die Durchschlagskraft vollendeter Tatsachen.
Abends rief er Helfering an, ob er inzwischen vielleicht noch etwas von Lady Diana gehört habe. Nein? Das war gut.
Anderntags flog er nach Italien.

Er kam einen Tag zu spät nach Mailand, gestern war Lady Diana nach Rom abgereist, aber man konnte ihm sagen, in welchem Hotel sie dort wohnen würde. Fox fuhr sogleich nach Rom weiter, und dort erreichte er Lady Diana, die im Augenblick von Einkäufen zurückgekommen war und am Telefon versicherte, daß sie sich freue, ihn wiederzusehen.
Die Freude, sagte Fox, als er eine Stunde später mit ihr zusammentraf, sei bei ihm wenigstens ebenso groß; bevor er ihr jedoch seine Bewunderung neuerdings zu Füßen lege, müsse er Grüße von Professor Helfering ausrichten.
«Ich habe ihm letzthin geschrieben», sagte sie, «bin aber noch ohne Antwort.»

Das sei ihm bekannt, erwiderte er, denn er überbringe —unter anderem — die Antwort Helferings.
Nämlich?
Davon nachher.
Lady Diana runzelte die Stirn. Es scheine ihm nicht zu eilen —
Nein, gewiß nicht.
Aber nicht jeder sei in dieser angenehmen Lage.
«Darf ich mich zunächst erkundigen», sagte er, «wie es der Königin Kleopatra geht?»
Diana machte ein böses Gesicht, das fiel ihr nicht schwer. «Die Königin Kleopatra belastet mich immer mehr», sagte sie, «und zwar buchstäblich. Mußte ich denn nicht eigens einen besonders festen Handkoffer für sie anfertigen lassen, dessen samtgepolstertes Innere ihren Formen genau angepaßt ist? Dabei die Verhandlungen am Zoll! Außerdem wiegt die Dame einen halben Zentner.»
«Und wo befindet sie sich?»
«Für heute nacht teilt sie noch mein Zimmer mit mir. Morgen früh wird sie vom Antikenmuseum des Vatikans abgeholt.»
«Nicht übel!» sagte Fox und schauspielerte Nachdenklichkeit. «Sie hatten in Mailand kein Glück mit ihr?»
«Davon kann nicht die Rede sein. Ich habe mich anders besonnen, da sich das vatikanische Museo Egiziano so sehr für sie interessierte. Sie soll dort gründlich geprüft werden, die Leute verstehen etwas von ihrem Handwerk, das kann mir nur lieb sein.»
«Verkauft ist sie noch nicht?»
«Wie es bei solchen Gelegenheiten immer ist: Noch nicht ganz!»
Man saß in der Halle des Hotels, abseits, ungestört vom Hin und Her der kommenden und gehenden Gäste, das sich ausnahm wie der Hintergrund einer Szene aus der Stummfilmzeit. Diana, in ihrem teuren Pelz, sah blen-

dend aus. Aber aus allem, was sie bisher gesagt hatte, und wie sie es gesagt hatte, spürte Fox eine ungute Widerspenstigkeit, deren Gründe er freilich zu kennen glaubte und die ihn deshalb nicht berührte – im Gegenteil, sie vereinfachte die Lage. «Sie sind nervös und gereizt», sagte er, «das tut mir aufrichtig leid. Aber ich habe Ihnen etwas mitgebracht, vielleicht verbessert es Ihre Laune.»

«Mitgebracht!» sagte Diana. «In Ihrer Aktentasche natürlich. Trennen Sie sich eigentlich nie von dieser Aktentasche? Über das Ding habe ich mich schon letzthin geärgert, es macht einen so fatalen Eindruck, irgendwie kompromittierend, man denkt dabei an Haftpflichtversicherung oder dergleichen.»

«Oder dergleichen, jawohl», erwiderte Fox. «Aber es ist ein gutes und nützliches Stück, das werden Sie sehen, ich pflege eben allerhand mit mir herumzutragen.» Er öffnete die Tasche und nahm daraus ein Papierblatt. «Dies ist es, was ich Ihnen mitgebracht habe, darf ich es Ihnen überreichen?»

«Meine Mailänder Hotelrechnung . . .?»

«Ja, aber bezahlt», sagte er trocken, «Sie hatten das vergessen.»

Diana preßte die Lippen zusammen, überlegte eine Antwort, verzichtete darauf, hob ein wenig die Schultern und steckte das Blatt in ihr Handtäschchen, aus dem sie die Puderdose nahm, eine sehr elegante Puderdose, die selbstverständlich auf der Innenseite des Deckels ein Spiegelchen hatte. Fox betrachtete die kleine Szene wortlos und dachte, wie sehr die Frauen doch dadurch im Vorteil sind, daß sie solche Augenblicke der Verlegenheit so zwanglos überbrücken können.

«Nun, das kann einmal vorkommen», bemerkte Lady Diana, «man hat so viel im Kopf. Danke. Ich gebe Ihnen nachher einen Scheck.»

«Schließen Sie bitte die Dose nicht!» sagte Fox. «Ich habe hier nämlich noch eine Kleinigkeit für Sie, und das ist auch so etwas, was nicht vorkommen sollte.»
Er gab ihr das Löschblatt, auf dem der damals von ihr geschriebene Name Fox so deutlich zu lesen war.
Sie blickte ihn an und wußte nicht, was sie davon halten sollte.
«Betrachten Sie es bitte in Ihrem Spiegelchen.»
Sie tat es.
«Man kümmert sich auffallend um die Hotelzimmer, die ich bewohne!» sagte Lady Diana, und obwohl sie sich eben erst ein wenig gepudert hatte, benützte sie die Quaste nochmals, diesmal wurde auch die Stirne nicht vergessen.
Fox sah ruhig und schweigend zu, er ließ ihr Zeit, es interessierte ihn sehr, wie sie nach diesem Sturz vom Trapez wieder auf die Füße kommen würde.
Dabei fiel ihm ein, daß jetzt ungefähr vier Wochen seit Helferings Vortrag in Paris vergangen waren, ein Monat, seit er sich mit dieser merkwürdigen Angelegenheit befaßte.
Das war, beim Himmel, nicht viel, aber viel hatte er erreicht – plötzlich wallte die ausgezeichnetste Laune auf ihn zu wie eine glitzernde Meereswoge am schönsten Sommertag auf den Badenden.
«Nun», sagte Diana und gab ihm das Löschblatt zurück, «schließen Sie daraus bitte nichts anderes, als daß ich in derlei Dingen keine Übung habe.»
Er nickte ihr zu. «Das ist die beste und vernünftigste Antwort, die sich finden ließ, ich muß Sie dazu beglückwünschen.»
«Kein Grund zur Heiterkeit!»
«Doch, doch», sagte er versöhnlich und beschwichtigend. «Es freut mich ungemein, daß ich Sie, in einer sehr bestimmten Richtung, anfangs überschätzt habe.»

«Ein sonderbares Kompliment, Doktor Fox.»
«Trotzdem ein sehr großes, Lady Diana. Bedenken Sie doch, mit welchen inneren Vorbehalten, mit welcher Abwehrbereitschaft jemand, der dem als dumm bekannten männlichen Geschlecht angehört, einer Dame wie Ihnen zunächst gegenübersteht.»
Diana, zum erstenmal wieder mit einem kleinen Lächeln, sagte: «Dies lag nicht im Sinn des Erfinders.»
«Über den Erfinder nachher ein Wort, wenn Sie erlauben. In diesem Augenblick kommt es mir darauf an, Ihnen zu versichern, daß Sie von meiner Seite nichts zu fürchten haben.» Er hielt es für gut, das Wort ‚meiner' zu betonen. Sie war nun einmal überrumpelt, das mußte ausgenutzt werden. Nicht sehr edel, jedoch ratsam. Und wie erwartet, ihre Unruhe wuchs.
Virtuos mit Kontrasten spielend, sagte er: «Damit ich's nicht vergesse: Ich habe Ihnen noch eine dritte Kleinigkeit mitgebracht – Sie sehen, es geht eben kaum ohne die Aktentasche. Diesmal aber etwas sehr Nettes, ich komme noch darauf zurück und erwähne es jetzt nur, um Ihre Stimmung ein wenig zu verbessern.»
«Das scheint beinahe nötig», antwortete Diana, «Ihre Gesellschaft ist nicht immer gut für die Nerven.»
«Ohne jede Absicht, im Gegenteil, ich will andeuten, wie sehr ich wünsche, daß wir uns vertragen. Für mich wäre das angenehm, für Sie vorteilhaft. Darf ich etwas fragen?»
«Bitte.»
«Sie sind allein hier?»
«Ja.»
«Und erwarten niemand?»
«Nein. Aber –»
«Natürlich, bestimmt weiß man das nie, unser Jahrhundert gehört in das Zeitalter der Überraschungen. Das Dasein ist kurz, aber man kann es dadurch verlängern,

daß man langsamer lebt – ein kleiner Trick, auf den nur deshalb niemand kommt, weil er so einfach ist. Genießen wir also unsere gegenseitige Gesellschaft nicht zu stürmisch. Ich darf Sie jetzt verlassen und darum bitten, daß Sie für morgen Mittag meine Einladung zu einem Frühstück annehmen, allerdings –»
«Ja?»
«Es klingt ein wenig seltsam – ich muß darum bitten, daß dieses Frühstück hier in Ihrem Zimmer stattfindet.»
«Ein wenig seltsam, wahrhaftig!»
«Ich möchte Ihnen nämlich nicht zumuten, den halben Zentner Kleopatra in seinem Formkoffer anderswohin mitzunehmen.»
«Was heißt das, ich habe Ihnen doch gesagt, daß der Kopf vom Antikenmuseum abgeholt wird.»
«Gewiß, aber ich habe es nicht geglaubt. Sie sind noch keine vierundzwanzig Stunden in Rom, und da soll das Bildwerk bereits in den Vatikan geschickt werden? So geschwind lebt nicht einmal unsere Zeit, und schon gar nicht der Vatikan. Erlauben Sie also, daß ich um zwölf Uhr erscheine? Nicht nur wegen der dritten Kleinigkeit, sondern auch, weil wir uns üben müssen, einander die Wahrheit zu sagen, Sie werden auf diese Weise manches Neue und Wichtige erfahren, es wird Ihr Vorteil sein, und ich freue mich schon jetzt auf das Wiedersehen ... mit der Königin Kleopatra.»
Zufrieden mit dem Verlauf dieser Unterhaltung verließ Fox das Hotel, blickte an der Piazza dell' Esedra über einige Grünanlagen nachdenklich auf das hell erleuchtete Gebäude zurück und wünschte sich, daß er nicht auch hier die Rechnung zu zahlen haben würde. Das konnte man verstehen wie man wollte.
In keiner Großstadt der Welt wechselt die Nacht übergangsloser aus hellem Lichterglanz zu tiefbraunem Dunkel hinüber als in Rom, weil in das blendende und ha-

stende Dasein der Gegenwart überall die Ruinen der erloschenen Vergangenheit hineinragen.
Sie lebt über ihre Verhältnisse, dachte er und meinte damit nicht die Stadt Rom, auf die das wohl freilich ebenfalls zutraf, sie lebt über ihre Verhältnisse und gehört zu den Menschen, die sich das nicht abgewöhnen können. Das Tragische daran ist, daß sie an jener schneidenden Kante steht, wo die Jugend aufhört. Und dann? Aber so ungefährlich, daß sie einem leidtun könnte, ist sie doch noch nicht.
An diesem Abend saß er, immer nachdenklicher, in der Trattoria «Zum etruskischen Grabmal» und schrieb an Professor Helfering eine Karte: Ob er sich der Nacht entsinne, da sie einander hier begegnet waren, nachdem Helfering unmittelbar vorher eine tiefempfundene Gedenkrede auf seinen toten Freund Will Fox gehalten hatte, der damals jedoch wider Erwarten nicht aus dem Grabe, sondern aus der Oper hier auftauchte*).
Im Zeichen versöhnter Höflichkeit brachte er anderntags Blumen mit – außerdem natürlich die Aktentasche, obwohl diese von Lady Diana mit so großer Abneigung beehrt wurde.
«Wissen Sie bestimmt», fragte er, «daß der Vatikan sich für die Kleopatra interessiert?»
«Warum?»
«Ich komme nämlich eben von dort her und habe die ägyptische Abteilung seit langem wieder einmal besucht; sie ist nicht besonders gut, das Ausgestellte wenigstens zeichnet sich mehr durch Gewicht als durch Qualität aus. Ich möchte beinahe sagen: Mir täte es leid, die Kleopatra dort zu sehen.»
«Ich war noch nie dort», antwortete Diana. «Indessen ist

---

*) «In einer langen Nacht», Sanssouci Verlag

Ihnen ja bekannt, daß man nicht wählerisch sein darf, wenn man etwas verkaufen will.»
«Im allgemeinen mag das zutreffen, aber doch nicht bei einem Objekt wie diesem!»
«Auch die Zeit spielt eine Rolle, Doktor Fox.»
«Sie sagen Zeit und meinen Geld.»
«Sprechen wir von etwas anderem.»
«Weshalb, ich bitte Sie!» Taktvoll verstand er sie falsch. «Ich sehe durchaus ein, daß Sie es satt haben, mit einer solchen Belastung herumzureisen. Wo ist sie übrigens?»
«Wer?»
«Kleopatra!»
Diana schloß die Tür eines Wandschranks auf. Fox hob den schweren Koffer heraus, setzte ihn auf den Tisch und öffnete ihn. «Sie ist immer wieder wunderbar!» sagte er. «Zumal jetzt, da die Sonne auf dem Stein liegt.» Er hob den Dioritkopf aus seinem violetten Samtbett und stellte ihn hin, wobei er wie von ungefähr über jene Stelle tastete, wo das Ohr fehlte. «Das ist ja sonderbar – hier fehlt das rechte Ohr! Haben Sie es abgebrochen, Lady Diana?»
«Ich? Komischer Gedanke. Es fehlt schon immer.»
Aus seiner Brieftasche nahm er eine Photographie. «Diese Aufnahme habe ich neulich gemacht, als der Kopf bei Professor Helfering stand. Sie werden nicht bestreiten, daß das Ohr auf dem Bild vorhanden ist!»
Hätte er sie beschuldigt, tausend Pfund gestohlen zu haben, so wäre sie in Empörung aufgeflammt – das abgebrochene Ohr brachte sie außer Fassung. Damit rechnete er, ihre selbstbewußte Haltung kam immer mehr ins Wanken.
«Wenn ich's aber doch nicht war!» sagte Diana entsetzt und hatte plötzlich feuchte Augen. «Wie können Sie das nur glauben! Ich hätte geschworen, daß es von jeher fehlt.» Ratlos betrachtete sie wieder die Aufnahme.

«Das ist nun ein merkwürdiger Augenblick, Lady Diana», sagte Fox. «Ich habe Ihnen nämlich nicht nur Blumen mitgebracht, sondern noch etwas anderes, damit Sie endlich einsehen, daß ich ein netter Mensch bin und keinesfalls Ihre Abneigung verdiene.» Aus der Aktentasche nahm er das Ohr der Königin, es war schnöderweise in Zeitungspapier eingewickelt. Er hielt es an die richtige Stelle. «Sie können unmöglich bestreiten, daß es genau paßt! Natürlich haben sich im Laufe der Zeit die ganz scharfen Bruchstellen am Rand des Ohrs ein wenig abgeschliffen, nun, darauf kommt es nicht an, das werden Sie sofort sehen.» Wiederum aus der Aktentasche ließ er eine Tube Kitt erscheinen, brachte das Ohr nach gehöriger Behandlung an seinen Platz und umwickelte das Ganze sorgfältig mit einem Klebepflaster. «Ich schenke es Ihnen», sagte er mit vergnügtem Stolz, «denn ich bin kein Steinsammler. Zugegeben, Ihre Majestät sieht augenblicklich aus, als käme sie gerade vom Paukboden, aber meine kosmetischen Bemühungen werden ihr gut bekommen und sie noch wertvoller machen, ganz abgesehen davon jedoch haben Sie den Vorteil, daß der Kopf mindestens vierundzwanzig Stunden in Ruhe gelassen werden soll, denn so lange braucht der Kitt, um einigermaßen hart zu werden. Der Vatikan muß also warten, nun, das kann er von jeher ausgezeichnet, und mir ist es recht lieb, weil wir auf diese Weise alles ohne Hast regeln können.»

Er hatte das Kunststück mit dem Ohr so langsam ausgeführt und absichtlich so viel dabei geredet, um Lady Diana Gelegenheit zu geben, ihrer Verwirrung Herr zu werden. Jetzt lief alles genau, wie er gewünscht hatte, seine Meinung von der verhältnismäßigen Harmlosigkeit der Engländerin wurde bestärkt.

«Woher haben Sie es?» fragte Diana.

«Dorther, wo Sie es liegen ließen. Ich entdeckte es auf

dem Schreibtisch des Herrn de Bouchard in Ancenis.»
Lady Diana starrte ihn an.
Fox brauchte nicht viel Scharfsinn, um zu wissen, was in ihrem hübschen Kopfe vorging. Und da er es so genau erkannte, wurde er noch liebenswürdiger. «Sie sollten deshalb aber nicht erschrecken», sagte er. «Das ist, von Ihrer Seite gesehen, eine völlig harmlose Sache – bis zum heutigen Tag, denn ich muß Sie doch darauf aufmerksam machen, daß sie vielleicht nicht ganz so harmlos bleiben könnte, diese Möglichkeit besteht.»
Er machte eine kleine Pause, damit alles ordentlich wirken konnte. «Oder sagen wir lieber», fuhr er dann fort, «die Möglichkeit bestand, nämlich bis zu der Minute, in der ich in die ganze Sache hineingeriet, wahrhaftig hineingeriet, denn ich hatte ursprünglich nicht die geringste Absicht, mich damit zu befassen, im Gegenteil, ich war mehrmals drauf und dran, mich zurückzuziehen und sie meinem alten Freunde, dem Kriminalkommissar Lebrun zu überlassen, der mit der Angelegenheit zu mir kam, weil er gewisse Schwierigkeiten hatte. Sie kennen Herrn Lebrun nicht? Nein, wieso denn auch. Aber das tut nichts, und übrigens ist es gewiß besser, daß dann eben doch ich versuchte, das Weitere zu erledigen. Lebrun wäre vielleicht weniger rücksichtsvoll.»
Die Engländerin hatte während der letzten Minuten über ihre Schuhspitze hinweg auf den Teppich geblickt. Jetzt sagte sie: «Wie sind Sie nach Ancenis gekommen?»
Er antwortete: «Auf dieselbe Weise wie Sie. Ohne Herrn Wilton wäre ich nicht auf den Gedanken verfallen. Weder die Stadt Ancenis noch die Geschwister de Bouchard haben besondere Reize, die Sehnsucht nach ihnen ließe sich unschwer bezähmen. Allerdings gibt es da doch einen Unterschied: Sie, Lady Diana, wurden dorthin geschickt, ich ging freiwillig. Wie kam Ihr Freund Wilton eigentlich auf die Bouchards?»

«Er ist nicht mein Freund!» erwiderte sie heftig. «Das werden Sie mir wohl glauben?»
«Mit dem größten Vergnügen», sagte Fox.
«Und wie er auf die Bouchards kam, weiß ich nicht.»
Dies, bemerkte Fox, sei gegenwärtig auch eine Frage zweiter Ordnung, fürs erste würde ihn weit mehr interessieren, wie und wann Herr Wilton zu seiner Verbindung mit Lady Diana gekommen war.
O, auf eine durchaus natürliche Weise. Eines Tages sei Wilton bei ihr in London aufgetaucht und habe sich erkundigt, ob es wahr sei, daß sie von ihrem Vater einen so schönen Kleopatrakopf geerbt hatte. Da er mit Antiquitäten handelte, lag dies wohl nahe.
War ihr bekannt, daß Wilton für die Firma Webster arbeitete, die eine Zweigstelle in Alexandria unterhielt?
Gewiß, es stand ja auf seiner Besuchskarte, und selbstverständlich wußte Wilton auch vom Tode Lord Meldrums, der seinerzeit kein geringes Aufsehen erregt hatte, nicht nur in Alexandria.
War Wilton damals von der Echtheit des Kopfes überzeugt?
Unbedingt, und zwar nicht nur auf Grund seiner eigenen Fachkenntnisse, er ließ den Kopf von verschiedenen maßgebenden Stellen begutachten, und keine von diesen bezweifelte die Echtheit.
Also wollte Lady Diana den Kopf schon damals verkaufen?
Sie zögerte einen Augenblick. «Doch, ja», sagte sie dann, «ich sprach mit einem Bekannten über meine Absicht, und so hörte Wilton davon.»
«Dann muß man sich aber wohl wundern», warf Fox ein, «warum Wilton oder vielmehr die hinter ihm stehende Firma Webster dieses einzigartige Stück nicht sofort selbst kauften. Die Geldfrage kann bei einer so bedeutenden Firma keine Rolle spielen.»

Die Firma Webster müsse man in diesem Falle beiseite lassen, antwortete Lady Diana. Denn dort erfuhr niemand von dem Kopf. Wilton wünschte das Geschäft allein zu machen, er witterte eine große Verdienstmöglichkeit und hoffte, mit diesem Geld eine eigene Firma gründen zu können.
Das sei durchaus begreiflich, meinte Fox. Und was hätte Wilton für den Kopf bezahlt?
Fox merkte, daß er jetzt den entscheidenden Punkt erreicht hatte. Offensichtlich war sich Lady Diana schon seit ein paar Minuten nicht mehr klar darüber, daß er sie einfach ausfragte. Denn seit einigen Minuten war die Rede von Dingen, welche die Engländerin sehr persönlich angingen. Genau das hatte Fox angesteuert.
Diana betrachtete wieder ihre leise wippende Fußspitze. «Wir konnten uns über den Preis nicht einigen. Er behauptete, meine Forderung sei verrückt, ich behauptete, sein Angebot sei schäbig.»
«Infolgedessen», sagte Fox und rieb sich bei der bloßen Vorstellung vergnügt die Hände, «kam es zu jenem lieblichen Hin und Her, das Sie beide virtuos beherrschen, die Sie beide den Orient kennen.»
Diana antwortete, dazu sei es eben nicht gekommen.
Und warum nicht?
«Das geht Sie eigentlich verdammt wenig an. Da Sie es aber ohnehin schon wissen: Ich konnte nicht so lange warten, bis das Geschäft endlich auf diese Weise doch zustande gekommen sein würde. Und da weder ich noch er nachgab, einigten wir uns auf einer mittleren Linie: Er zahlte mir, was ich brauchte, als Vorschuß auf den Kaufpreis, und ich verpflichtete mich, ihm diese Beträge zurückzugeben, wenn sich ein anderer, das heißt ein Barkäufer finden sollte.»
Fox pfiff leise und nickte. «Es fand sich aber keiner?»
«Offenbar nicht.»

«Wieso, Sie müssen das doch wissen!»
«Ja, aber es war vereinbart, daß ausschließlich Wilton sich mit dem Verkauf befassen sollte – mir konnte das nur lieb sein, unsereins macht nicht gern solche Geschäfte. Zudem lief damals meine Scheidung, ich hatte an anderes zu denken, sie kostete viel Geld.»
«Die Scheidung, ja, das läßt sich denken.» Fox konnte Lady Diana ungeniert betrachten, sie blickte noch immer beharrlich auf ihren Fuß. Wie sie da saß, elegant, sehr hübsch, unglaubhaft blond, selbstbewußt und doch nicht nach allen Seiten hemmungslos, trotzdem im richtigen (oder falschen) Augenblick von einer verblüffenden Unbedenklichkeit, die man aber nicht Leichtsinn nennen durfte – nein, so übel, wie er früher gedacht hatte, war sie nicht. «Ich fürchte aber, daß ich Sie nicht völlig verstanden habe», sagte er. «Nach Ihrer Darstellung war also abgemacht, daß nur Wilton sich um den Verkauf kümmern sollte. Indessen zog er sich doch schon bei Professor Helfering zurück. Und jetzt, da Sie Verbindungen mit dem Vatikan aufgenommen haben? Ist denn Wilton hier?»
«Er ist nicht hier», antwortete Diana, «ich wenigstens weiß nichts davon. Und das mit dem Vatikan war gelogen.»
«Nett, daß Sie es so ohne weiteres zugeben.»
«Sie haben mir ja ohnehin nicht geglaubt.»
«Ich sehe», sagte Fox und lehnte sich zufrieden zurück, «daß wir einander immer besser verstehen. Es ist das Vorteilhafteste und, was Sie betrifft, das Klügste. Sie werden das später einsehen. Verzeihen Sie aber, wenn ich Sie daran erinnere, daß Sie meine vorige Frage noch nicht beantwortet haben oder ihr ausgewichen sind. Schon bei dem Professor also wollte Wilton den Verkauf Ihnen überlassen. Warum eigentlich? Der Erfolg war nicht überwältigend.»

«Daran sind Sie schuld!»
«Natürlich. Aber wieso?»
Diana überlegte.
Er sah, wie große Schwierigkeiten ihr die Antwort machte. «Ich begreife ganz gut», sagte er, «Sie sind nach wie vor im Zweifel, ob Sie mir die Wahrheit sagen sollen – vielleicht auch sind Sie selbst sich nicht recht klar darüber, was nun eigentlich die Wahrheit ist.»
«Das könnte stimmen», antwortete sie und blickte ihn aus ihren unangenehm hellen Augen an. «Was ist die Wahrheit, und wem kann man trauen! Alles ist verworren. Werden Sie mir glauben, wenn ich gestehe, daß ich mit der ganzen Geschichte am liebsten überhaupt nichts mehr zu tun haben möchte? Aber so geht's, wenn man dem Teufel erst einmal den kleinen Finger hingehalten hat. Das verdammte Geld.»
«Mir scheint, der kleine Finger war ziemlich groß», bemerkte Fox, «und Sie waren ziemlich unvorsichtig. O, die Mittagssonne kommt durch die Wolken, das ist doch schön an einem solchen Januartag. Was sollten Sie eigentlich in Ancenis?»
Auf diese Frage beging Lady Diana wieder eine ihrer netten kleinen Unvorsichtigkeiten. Es fiel ihr gar nicht auf, was alles in dem Wort ‚sollten' lag, widerspruchslos nahm sie es hin und antwortete: «Wilton war der Überzeugung –»
«Ja, Vorschüsse sind schlimmer als Ketten.»
Jetzt merkte sie es, aber es war zu spät, eine winzige Schreckpause sagte genug.
Fox gab sich den Anschein, als wolle er ihr aus dieser Verlegenheit helfen. «Sie kannten ihn nicht schon aus Alexandria?»
«Nein, was fällt Ihnen ein!» erwiderte sie.
«Hat er Ihren Vater gekannt?»
«Meinen Vater?» Sie dachte nach. «Ob er ihn persönlich

gekannt hat, weiß ich nicht, glaube es auch nicht. Erwähnt hat er eine persönliche Bekanntschaft nie.»
In dem Bestreben, dieses lange Frage- und Antwortspiel nach Möglichkeit nicht als das erscheinen zu lassen, was es wirklich war, nämlich ein Verhör, ließ Fox ein Genrebildchen aufleuchten. «Wenn ich mir vorstelle», sagte er schmunzelnd, «wie im vorigen Sommer Ihr Besuch in das obstbranntweinbläuliche Idyll von Ancenis hineinplatzte! Denn vermutlich kamen Sie ja unangemeldet. Den Geschwistern stehen noch heute die Haare zu Berge. Übrigens durchaus anständige Leute, die, wenn sie wollen, sogar freundlich sein können. Wilton war also der Meinung, daß im Hause Bouchard vielleicht noch einiges zu finden sei – ja, dieser Meinung war ich ebenfalls. Kamen Sie mit einer bestimmten Vorstellung dorthin?»
«Was heißt das?»
«Suchten Sie etwas Bestimmtes?»
«Nein. Wilton wohl auch nicht.»
«Doch», sagte Fox, schaute sie an und war ziemlich sicher, daß sie nicht log.
«Davon hat er mir aber nichts mitgeteilt. Ich sollte einfach nachsehen, ob noch etwas vorhanden sei, was für ihn als Händler in Frage kam. Um das Jahr 1800, sagte er, sei ein Vorfahr der Bouchards in Ägypten gewesen und habe wohl einiges mitgebracht. Aber mit den Leuten kann man ja nicht reden, sie verwiesen mich an den Louvre. Ich habe Wilton gesagt, er möge mich in Zukunft mit solchen Aufträgen in Ruhe lassen, ich eigne mich nicht dazu, es war eine Zumutung, und es ist auch bei diesem einen Versuch geblieben.»
«Daß er selbst noch einmal dort war, ist Ihnen bekannt?»
«Er? Nein!» sagte Lady Diana. «In Ancenis? Na, hoffentlich ist er ebenso behandelt worden wie ich.»
«Genau so.»
«Natürlich hatte er mehr Erfolg? Das läßt sich denken.»

«Nein. Nicht mehr Erfolg als Sie. Ein Unterschied besteht allerdings: Wilton wußte genau, was er dort finden wollte.»
«Und was ist das?»
Aus dem Ton dieser Frage schloß Fox, daß Diana in der Tat nicht wußte, weshalb Wilton nach Ancenis gefahren war. Übrigens erwartete Fox auch nichts anderes, immerhin war es für ihn wertvoll, seine Vermutungen bestätigt zu sehen. Wiederum zeigte sich die Engländerin als bei weitem nicht so gefährlich wie er früher gedacht hatte. In einem Punkt allerdings sah er noch nicht klar, jedoch eben da schien doppelte Vorsicht nötig. «Sie erinnern sich gewiß», sagte er, «daß Sie bei unserer letzten Zusammenkunft von einer Planzeichnung sprachen, die Ihr Vater dem Griechen Odysseus abgekauft hatte. Sie erzählten damals auch, daß Sie selbst in der Gruft der Ptolemäer gewesen seien. Wenn ich Sie recht verstanden habe, ist dieser Plan seit dem Tode Lord Meldrums verschwunden, man weiß nicht wohin, und das könnte überaus peinliche Folgen haben. Deshalb habe ich seitdem oft darüber nachgedacht. Wenn ich Herrn Wilton das nächste Mal sehe, werde ich ihn fragen, was er von alledem hält, es schlägt ja in sein Fach.»
«Ich kann Ihnen sagen, was er davon hält», erklärte Lady Diana. «Er ist ganz unserer Meinung und weiß ebenso wenig wie wir.»
«Hat er ihn gesucht?»
«Den Plan? Davon ist mir nichts bekannt, und wenn er es getan hat, dann erfolglos. Er gerät noch jetzt außer sich, wenn gerade einmal die Rede darauf kommt. Denken Sie doch, welche Aussichten!»
Fox stand auf, trat ans Fenster und sagte das Albernste und Banalste, was sich denken ließ, nämlich: «Nun, die Aussicht von diesem Fenster ist auch nicht übel, zumal in dieser angenehm hellen Mittagssonne. Was ist das da

drüben eigentlich für ein Gebäude?» Lady Diana trat neben ihn, aber noch ehe sie antworten konnte, sprach er weiter und stellte sich so, daß sie am Fenster bleiben mußte. Sehr erstaunt blickte sie zu ihm auf. «Ich», sagte Fox, «habe den Plan natürlich auch nicht, wie käme ich denn dazu, da er nicht mir gehört. Immerhin habe ich ihn photographiert.»

Aus der inneren Jackentasche zog er einen jener Briefumschläge mit schwarzem Futter, wie sie bei Todesnachrichten verwendet werden, nahm daraus ein Lichtbild und gab es Lady Diana.

Sie betrachtete es, und da sie kurzsichtig war, mußte sie es ziemlich dicht an die Augen halten.

«Sehen Sie hier die Treppe, die Sie als Kind hinunter gegangen sind. Dann kam dieser Tunnel, der nach rechts abbiegt, dann diese Kammer und wieder Stufen abwärts.»

«Mein Gott!» rief Lady Diana und deckte ihre Hand über die Augen. «Was ist denn mit mir? Ich kann nichts mehr sehen, Doktor, ich werde blind!»

«Beruhigen Sie sich», sagte er mit einem Lachen in der Stimme. «Ihre Augen sind durchaus gesund – nur das Papier ist krank. Ich habe leider vergessen, den Abzug zu fixieren, kein Wunder, daß er in diesem schönen Sonnenlicht schwarz wird ... sehen Sie, jetzt könnte sogar ich nichts mehr damit anfangen, der Plan der Ptolemäergruft ist zum zweitenmal verschwunden.»

«Was sind das für höllische Sachen!» rief Diana, sehr außer Fassung, strich mit der Hand über ihre Augen und hielt ihm mit der andern das schwarz gewordene Papier hin.

«So etwas kann doch einmal vorkommen», sagte er mit einer kaum erträglichen Ironie. «Behalten Sie das Papier zum Andenken. Oder dachten Sie wirklich, daß ich Ihnen den Plan zu treuen Händen übergeben würde?»

Sie mußte sich hinsetzen und stützte die Stirn in die Hand.
Fox ließ sie in Ruhe, dachte aber, daß sich ihr Gemütszustand wohl noch weiter ausnutzen ließe. Nach seiner Gewohnheit ging er im Zimmer hin und her. Auf dem Tischchen zwischen den beiden Fenstern lag ein Buch mit einem ehemals roten, stark abgebrauchten Einband. Der goldgepreßte Titel, teils verwischt, teils dunkel geworden, ließ sich entziffern, es war ein Reiseführer durch Ägypten. Fox nahm das Buch in die Hand, der Innentitel besagte, daß es 1940 erschienen war. Der Eigentümer hatte seinen Namen hineingeschrieben: Meldrum.
«Sie wollen nach Ägypten reisen?» fragte er.
Diana blickte auf. «Nicht jetzt. Ich habe das Buch wegen des kunstgeschichtlichen Teils bei mir, er ist sehr gut, und man vergißt doch immer wieder vieles.»
«Das ist freilich wahr», sagte Fox, «mir geht es genau so. Würden Sie wohl die Freundlichkeit haben, mir das Buch für ein paar Stunden zu leihen? Ich gebe es Ihnen morgen früh bestimmt zurück.»
«Da man sich in jeder Beziehung auf Sie verlassen kann . . .», erwiderte sie nicht ohne Bitterkeit. «Ich würde es ungern einbüßen, es gehörte meinem Vater, er hatte es in der Tasche, als das Unglück geschah.»
«Aus Ihrem Ton», sagte er, «höre ich, daß Sie mir mißtrauen. Ich hoffe doch, daß Ihnen mein kleines Kunststück vorhin keinen seelischen Dauerschaden zufügt. Doktor Fox läßt vor den Augen des Publikums eine ägyptische Königsgruft verschwinden. Klingt das nicht vielversprechend?»
Lady Diana winkte ab. «Der Plan!» sagte sie vor sich hin. «Wie kommen Sie zu dem Plan?»
Die Frage blieb unbeantwortet.
«Sie wissen also Genaueres über den Tod meines Vaters!»
Die Wendung war durchaus logisch, aber Fox hatte nicht

daran gedacht, sie kam ihm unerwartet, jedoch nicht ungelegen. «Leider kann ich das nicht behaupten», erwiderte er. «Noch nicht. Einstweilen bin ich derselben Meinung, die Sie schon früher angedeutet haben, daß nämlich damals der Autounfall absichtlich herbeigeführt wurde, weil der Täter in den Besitz des Plans kommen wollte. Das ist freilich nur eine Vermutung, aber sie hat viel für sich. Zur Aufklärung der Angelegenheit ist nicht allzu viel geschehen, sagten Sie wohl.»

«Es ist so wenig geschehen», antwortete Diana, «daß ich bisweilen den Verdacht habe, die ägyptische Regierung selbst könnte die Hand im Spiel haben.»

«Aber, aber!» sagte Fox kopfschüttelnd. «Selbstverständlich gibt es mehr als genug derartige Fälle, indessen –»

«Sie werden zugeben», warf Lady Diana ein, «daß die Regierung das größte Interesse an dem Plan haben muß!»

Fox antwortete nicht sogleich. Er ging zweimal durch das Zimmer und überlegte. Viel später, als er Yvonne davon berichtete, zählte er diese Sekunden zu den bedenklichsten seines Lebens. Schließlich blieb er vor Diana stehen und sagte: «Ich gebe es nicht nur zu, sondern ich kann Ihnen sogar mitteilen, daß die ägyptische Regierung – heute! –einen fast unglaublich hohen Preis für den Plan zahlen würde.»

Lady Diana fuhr überrascht auf.

«Das ist», sagte er, «wohl der Beweis dafür, daß die Regierung damals die Hand eben nicht im Spiel hatte und daß sie auch nicht im Besitz des Plans ist. Es wäre also äußerst lohnend, ihn in die Hand zu bekommen.»

«Sie haben ihn ja!»

Darauf ging Fox zunächst nicht ein. Er sagte: «Nach Ihrer früheren Darstellung hatte Lord Meldrum, als er vor etwa einem Jahr nach Ägypten reiste, jenen Plan bei sich, den er damals von der Witwe des Griechen erhalten

und seitdem sorgfältig aufbewahrt hatte. Stimmt das?»
«Ich nehme es an, es ist meine Vermutung, für die viel spricht. Nach dem Tod meines Vaters war der Plan nirgends zu finden.»
«Und ich halte Ihre Vermutung für richtig. Demnach müßte man den tödlichen Unfall Lord Meldrums mit dem Abhandenkommen des Plans in Verbindung bringen – einfacher ausgedrückt: Der Unfall wurde in Szene gesetzt, weil der Mörder von dem Plan wußte und ihn sich aneignen wollte. Das ist offenbar gelungen. Einverstanden?»
Lady Diana hob ratlos die Schultern.
«Ich frage mich aber», sagte Fox, «weshalb Lord Meldrum rund gerechnet zwanzig Jahre verstreichen ließ, bis er sich entschloß, die Planzeichnung, die in seinen Händen war, auszunützen. Ist das nicht sonderbar? Gewiß, es hat während dieser Zeit gründliche Veränderungen in Ägypten gegeben, aber das wäre doch kein Hindernis gewesen; die archäologischen Forschungen, auch die Grabungen, sind ununterbrochen weitergegangen, Professor Helfering hat es mir bestätigt. Weshalb also wartete Lord Meldrum so lange?»
«Das weiß ich nicht, er hat nie mit mir darüber gesprochen.»
«Es ist aber anzunehmen, daß er einen schwerwiegenden Grund dafür gehabt hat. Und wo ist der Plan jetzt?»
«Das fragen Sie mich? Ich denke, Sie haben ihn, mindestens haben Sie ihn photographiert!»
«Es ist wahr, ich habe einen Plan, aber es ist nicht derselbe, den Lord Meldrum hatte.»
«Nicht?»
«Nein. Der Plan, den ich photographierte, befand sich seit dem Jahr 1799 in Ancenis bei der Familie de Bouchard. Dort fand ich ihn, nachdem Sie und später Herr Wilton ihn vergeblich gesucht haben.»

«Unsinn!» sagte Lady Diana heftig. «Ich habe ihn nicht gesucht, das ist schon deshalb unmöglich, weil ich nichts davon wußte.»

«Aber Wilton kannte sogar das Versteck, in dem der Oberst Bouchard seinerzeit den Plan, den er selbst gezeichnet hatte, nach Frankreich brachte. Indessen – kein Wunder – fand er das Versteck leer.»

Lord Meldrums Tochter schwieg lange. Man sah, daß ihr bestimmte Gedanken durch den Kopf gingen, die immer aufgeregter und aufregender wurden. «Wilton ...?» sagte sie dann. «Aber nein. Sie behaupten also, daß es zwei verschiedene Pläne gab, den einen hätte mein Vater besessen, der andere war in Ancenis?»

Fox antwortete: «Ich behaupte es nicht nur, sondern sehe überhaupt keine andere Möglichkeit. Glauben Sie mir, ich habe über diesen ungewöhnlichen Fall lange genug nachgegrübelt.»

«In gewisser Hinsicht beruhigt mich Ihre Theorie», sagte die Engländerin. «Ich muß nämlich gestehen, daß mir vorhin einmal der Gedanke kam, Wilton könnte ... könnte irgendetwas mit dem Unfall meines Vaters zu tun haben.»

«Ah?»

«Aber das ist ja unmöglich. Wenn er den Plan meines Vaters in die Hand bekommen hätte, brauchte er nicht in Ancenis zu suchen. Und wenn er wußte, daß ein zweiter Plan seit Napoleons Zeiten in Ancenis vorhanden war, brauchte er nicht meinen Vater ... nein, oder vielmehr ... stellen Sie sich doch nur vor ... das wäre ja ... mein Gott, Sie machen mich völlig verrückt, in meinem Kopf geht alles durcheinander, ich begreife überhaupt nichts mehr!»

Hier aber war die Mitteilungsfreudigkeit des Doktor Fox plötzlich wie abgeschnitten. Er stellte fest, daß er Lady Dianas Nerven (wie er mit Bestürzung sehe) weit über-

anstrengt habe. Durchaus verständlich sei es, daß alle diese Rückblicke und Aussichten sie verwirrten, beunruhigten, jetzt müsse sie sich die Zeit nehmen, dies alles durchzudenken, auch möge sie nicht vergessen, daß ihm selbst noch manches rätselhaft sei. Was sie tun sollte? O, Lady Diana, woher nähme ich wohl das Recht, Ihnen Ratschläge zu erteilen? Sicher sind Sie klug genug, den richtigen Weg zu finden. Was mich betrifft, so ist der Zweck meiner Reise erreicht: ich wollte nichts anderes, als Ihnen das Ohr der Königin Kleopatra überbringen.
In der bleichen Sonne des Winternachmittags ging er die Via Nazionale hinab, während hier und da schon die Leuchtschriften bunt wurden.
Wie stets, wenn er in Rom war, zog es ihn zum Palatin hinauf, dem Hügel, der einmal Mittelpunkt der Welt gewesen war. Er begegnete keinem Lebenden in jenen hohen Gärten, unter den breiten Bäumen. Wo sich der Blick zum Forum hinunter auftat, stand er lange und nachdenklich. Irgendwo dort in der Tiefe zwischen den alten Steinen war die Stelle, wo Marc Anton stand, als er seine Rede neben der Leiche Cäsars hielt. Und beide hatten Kleopatra sehr geliebt, this grave charm of Egypt ... Wie konnte es, zweitausend Jahre später, jemand wagen, diesen Spuren nachzugehen!
Aber der Mensch bedarf solcher Augenblicke, um sich einzuordnen.

Noch immer tief nachdenklich und versponnen kam Fox bei Dunkelheit in sein Hotelzimmer, und erst als er die Jacke auszog, um sich zu waschen, spürte er darin das ungewohnte Gewicht des Führers durch Ägypten, den er bei Lady Diana eingesteckt hatte.
Da man bei einer Fahrt nach Rom nicht unbedingt einen Führer durch Ägypten mitzunehmen braucht, war die

Tatsache, daß Lady Diana ihn eben doch bei sich hatte, auffallend, wenn daraus auch nicht gerade geschlossen werden durfte, daß sie nach Ägypten weiterreisen wollte. Dagegen sprach schon der Umstand, daß sie offenbar wieder einmal in Geldverlegenheit war.

Diese Überlegungen jedoch geschahen nur flüchtig und nebenhin, während er seine Aufmerksamkeit auf das Reisehandbuch sammelte. Nicht nur, daß Meldrum seinen Namen hineingeschrieben hatte, sondern auch, daß es erheblich abgenutzt war, ließ erkennen, wie eifrig sich der Lord mit dem Inhalt beschäftigt haben mochte.

Fox setzte sich an den Schreibtisch, drehte die Arbeitslampe an und begann, das Buch Seite für Seite durchzublättern, denn falls sich darin etwas von Wert finden lassen sollte, so war dies nur mit Geduld und methodischer Sorgfalt möglich. Es schien aber nicht so. Wie es immer zu sein pflegt, waren da und dort ein Satz oder ein paar Zeilen unterstrichen oder am Rand ein Zeichen gemacht, übrigens zu verschiedenen Zeiten, denn bald war es mit einem weichen, bald mit einem harten Bleistift, bisweilen auch mit einem Farbstift geschehen. Diese Hervorhebungen betrafen die verschiedensten Dinge, ein Zusammenhang ließ sich nicht erkennen. Beim Weiterblättern kam Fox an einen Faltplan von Alexandria, den er ausbreitete und besonders genau betrachtete. Es war aber nirgends ein Strich zu sehen, auch dann nicht, als er den Plan so hielt, daß das Lampenlicht sehr schräg darauf lag und ein Bleistiftstrich gespiegelt hätte. Enttäuscht wollte er ihn schon wieder zusammenfalten, als ihm am rechten weißen Rand ein dunkler Punkt auffiel, den er erst für ein Schmutzteilchen hielt und mit dem Finger wegwischen wollte, dann, als dies nicht gelang, für einen Fehler im Papier. Bei näherem Zusehen jedoch erwies sich dieses Pünktchen als mit Bleistift gemacht und für den Radiergummi empfindlich, und da wurde Fox nun doch aufmerksamer, denn er selbst hatte die Gewohnheit, solche Punkte an den Rand zu machen, wenn er das Papier nicht durch einen Strich verunzieren wollte. In Gedanken zog er von diesem Punkt eine waagrechte Linie quer über den Plan, aber das hatte freilich wenig Sinn, so lange eine entsprechende senkrechte fehlte – und siehe da, auch auf dem oberen Rande fand sich ein solches Pünktchen!

Er kniffte ein Zeitungsblatt zu einem Behelfslineal zusammen und markierte die waagrechte und die senkrechte Linie. Aber dort, wo sie sich kreuzten, zeigte der Plan eine Moschee.

Das war eine Enttäuschung. Er kannte den Orient gut und lange genug, um zu wissen, daß sich mit Moscheen nichts Rechtes anfangen ließ, sie bildeten von jeher ein gefährliches Kapitel. Um aber sicher zu gehen, suchte er im Text, was das Buch über diese Moschee sagte. Aber der Name fehlte nicht nur im Text, sondern sogar im Register. Das war abermals eine Enttäuschung, infolge deren er zunächst einfach dazu neigte, den beiden Bleistiftpunkten jegliche Bedeutung abzuerkennen – – andererseits freilich mußte man doch bedenken, wie eigentümlich es war, daß die beiden gedachten Linien sich gerade bei einer offenbar so völlig unbedeutenden Moschee kreuzten. Was aber hätte das heißen sollen?

Er schüttelte den Kopf. Nur ein so wohldressiertes Gehirn wie das seine konnte in die Versuchung kommen, an diesem überhaupt nur gedachten Kreuzungspunkt anzuknüpfen. Schluß damit.

Er blätterte weiter, fand wohl einiges, woran sich mit gehöriger Phantasie eine Schlußkette hätte befestigen lassen, wurde dieses kindlichen Spiels aber bald müde. Lady Diana war eine anstrengende Dame, die Königin Kleopatra noch viel mehr.

Morgen würde er Rom verlassen, vorher aber das Buch

mit ein paar entschuldigenden Zeilen an die Besitzerin zurückschicken.
Das tat er auch, freilich nicht ohne ein kleines Eigentumsvergehen: Er trennte den Stadtplan von Alexandria aus dem Buch, ehe er es zur Post gab.

Obwohl Fox, aus Italien kommend, unangemeldet erschien, traf er Helfering doch zu Hause an, und er hatte den Mantel noch nicht ausgezogen, als ihm der Professor auch schon mitteilte, daß Yvonne angerufen habe.
Yvonne?
Gestern, aus Paris, und sie war recht beunruhigt gewesen. Bei ihrer Rückkehr von der Kanalküste hatte sie seine Wohnung leer gefunden, es zeigte sich, daß er weggefahren war, sie wußte aber nicht wohin und weshalb, weil er ihr nicht das kleinste Wort hinterlassen hatte.
Nichts hinterlassen? fragte Fox im Tone der gekränktesten Unschuld, griff in die Brusttasche seines Reiseanzugs – und da steckte der Brief an Yvonne, für den er keine Marke gehabt und den er dann vergessen hatte.
Die beiden Männer blickten einander an.
«Es wird sich wohl empfehlen, das Fräulein von Louha zu beruhigen», sagte Helfering. «Welche Nummer?»
«Ja, aber –»
Der Professor wählte bereits die Stelle für Auslandsgespräche. Alles vollzog sich mit einer Geschwindigkeit, welche bei der Post nie vorkommt, wenn der Mensch ein gutes Gewissen hat.
«Yvonne!» sagte Helfering. «Haben Sie Nachricht? Nun, das tut nichts. Er ist hier. Jaja, bei mir, wohlbehalten. Nein, nicht geradezu in nächster Nähe, er hatte etwas in der Stadt zu erledigen.» Fox, ihm gegenüber, schüttelte sich die eigenen Hände, wie die Ringkämpfer es zu tun pflegen, um dem Publikum ihre Verbundenheit an-

zudeuten. «Demnächst, denke ich. Gönnen Sie mir doch seine Gesellschaft. Nicht? Ja, das werde ich ausrichten. In Rom. Ja, in Rom. – Das weiß ich nicht, weil ich noch keine fünf Minuten mit ihm gesprochen habe. Er zeigte mir den Brief an Sie, den er einzuwerfen vergessen hat. Das kann vorkommen. Natürlich darf es nicht, aber es kann. Bei mir stecken alle Taschen voll vergessener Briefe. Denken Sie daran, daß ich sein Lehrer war. Und wie geht es Ihren Studien? Das ist recht. Alexander der Große, bravo! – Kann sich freuen? Ich bin überzeugt, das tut er jetzt schon.»
Der Professor beendete das Gespräch mit ein paar von seinen Unwiderstehlichkeiten.
«Haben Sie gehört? Sie können sich freuen. Ich weiß nun nicht, ob ich Ihnen dazu Glück wünschen soll.»
«Immerhin!» erwiderte Fox. «Die ersten Blitze haben Sie abgeleitet, dafür will ich Ihnen ewig danken, und als kleine Abzahlung sollen Sie nun eine merkwürdige Geschichte hören, die Sie noch nicht kennen. Titel: Das Ohr der Königin Kleopatra.»
«Wunderbar!» sagte Helfering und rieb sich die Hände. «Ich bin schon meinerseits ganz Ohr. Sie ist hoffentlich recht lang, diese Geschichte? Wir haben Zeit bis morgen früh. Und deshalb haben Sie den Umweg gemacht und sind zu mir gekommen?»
Fox antwortete: «Als ich mich kurzerhand entschloß, Sie zu besuchen, war es in der Tat nur Freundschaft. Aber während der langen Reise hatte ich – ja, wie soll man das nennen – ein innerliches und sehr stilles Erlebnis: Den Wunsch nämlich, wieder einmal mit dem Manne zu sprechen, den ich wegen seines abgründigen Wissens noch genau so verehre wie früher.»
Helfering sah ihn an und ließ den Stundenschlag der Wanduhr verklingen. «Ist Ihnen etwas schiefgegangen?»
«Sehen Sie», sagte Fox, «in dieser einfachen und natür-

lichen Frage liegt genau das, was ich im Augenblick brauche: Teilnahme ohne Teilhaberei. Nein, es ist mir nichts schiefgegangen, aber – ach, lassen wir's vorerst, der Abend ist lang.» Und nun begann er zu erzählen. Sonderbar jedoch – immer wenn er dabei an einen Punkt kam, wo er den von Bouchard gezeichneten Plan der Königsgruft hätte erwähnen müssen, schlug er einen Haken und brachte es nicht fertig, offen zu sein. Das hatte nichts mit Geheimniskrämerei zu tun, viel mehr mit dem Gefühl, dies sei eine unfertige Angelegenheit, über die noch zu schweigen war. Um so ausführlicher sprach er über Kleopatra und Lady Diana. Übrigens: Hatte Wilton etwas von sich hören lassen?

«Nein», sagte Helfering, «warum auch? Sie haben mir ja die ganze Sache aus der Hand genommen! Ich bin nicht einmal mehr Zuschauer.»

«Seien Sie deshalb nicht gekränkt, sondern froh!» erwiderte Fox. «Ich sagte Ihnen ja schon damals voraus, daß man Sie in Ruhe lassen würde.»

Nicht ganz ohne Spott erkundigte sich der Professor: «Und wo schläft nun also Kleopatra?»

«Bedenken Sie bitte, daß mich diese Frage erst seit vier Wochen beschäftigt.»

«Lieber Fox, Sie werden mir auch nach vier Jahren keine Antwort geben können, trotz Lady Diana und Lord Meldrum. Seit wann neigen Sie eigentlich so zur Romantik?»

«O, das kann ich Ihnen auf den Tag genau sagen», antwortete Fox. «Seit ich Ihr neues Buch über Alexander gelesen habe.»

«Holt Sie denn nicht bald der Teufel?» rief Helfering lachend.

«Doch. Und ich bin eigentlich hier, um Sie darauf vorzubereiten.»

«Das geht nun über den Spaß!» meinte der Professor, stutzig wegen des Tons.

«Wenn ich daran denke, ist mir auch nicht besonders spaßig zumute. Was ich aber sagen wollte: Seit Ihrem Alexanderbuch also und seit wir uns Anfang Dezember in Paris gesehen haben. Sie erwähnten damals, daß Alexander in Memphis bestattet wurde.»

«Gewiß, aber –»

«Kennen Sie Memphis?»

«Komische Frage! Indessen –»

«Es ist ja nichts mehr davon übrig. Ein Palmenwald, ein papierenes Rascheln im Wüstenwind, ein Ramses aus Stein. Dabei war es einmal die berühmteste Stadt Ägyptens, schon zur Zeit Alexanders dreitausend Jahre alt.»

«Sicherlich! Aber –»

«Es ist begreiflich, daß der Marschall Ptolemäus seinen toten König in dieser uralten Königsstadt haben wollte. Trotzdem weiß ich nicht, warum der Gedanke mich so schwermütig macht. Überhaupt! Seit ich gestern abend wieder einmal von den palatinischen Gärten aus den Sonnenuntergang sah, bin ich melancholisch, auf deutsch: schwarzgallig.»

«Ich merke es», sagte Helfering ein wenig ratlos. «Nun, auch Melancholie kann, an der richtigen Stelle, ihre Reize haben. – Memphis? Das ist freilich ein trauriges Bild, nur hat es mit dem großen König nichts mehr zu tun, denn vergessen Sie nicht, daß bereits der Sohn des Marschalls, als König Ptolemäus II., den toten Weltherrscher nach Alexandria bringen ließ, was gerade bei diesem zweiten Ptolemäer nicht wundernimmt, denn er ist ja auch der Gründer der weltberühmten Forschungsinstitute und der Bibliothek. Ja, damals hätte man die Stadt erleben müssen! – Was ist Ihnen?»

«Warum?»

«Oder liegt es an der Beleuchtung? Sie sehen erbärmlich aus, mein Lieber!»

«Nicht der Rede wert. Vielleicht ein wenig müde.»

«Wollen Sie einen Schnaps haben?»
«Ich bitte darum», sagte Fox.
Helfering stand kopfschüttelnd auf, ging ins Eßzimmer und kam mit Kognak und zwei großbauchigen Schwenkgläsern zurück. «Ich weiß, man schätzt diese Gläserform jetzt nicht mehr», sagte er, nur um nicht zu schweigen, und betrachtete sorgenvoll seinen Freund Fox. «Das mag auch seine Gründe haben, aber — — was fällt Ihnen denn ein, so war das nicht gedacht, in das Glas geht ein Viertelliter! Sie können doch keinen Viertelliter Kognak —»
«Doch!» sagte Fox. «Jetzt wird mir schon wieder besser, lassen Sie sich nicht stören, wie war das also mit Ptolemäus dem Zweiten?»
«Inzwischen», bemerkte Helfering mit erneutem Kopfschütteln und stellte die Flasche ungastlich weit weg, «bin ich schon bei dem vierten dieses Namens und im Jahr 215 vor Christus.»
«Da haben Sie recht», sagte Fox etwas dunkel und mit einem Blick zu der Flasche hinüber.
«Nichts da! – In diesem Jahr also wurde die Ruhestätte der königlichen Familie fertig.»
«In Alexandria?»
«Wo denn sonst?»
«Ja, natürlich, wo sonst.»
«Eine riesige Prunkanlage, gedacht für ewige Zeiten.»
«Und weil man sich damals nicht schlechter auf politische Propaganda verstand als heute, eher vielleicht besser —»
«Sehr richtig! Als Gründer und Schutzgott der ptolemäischen Dynastie ruhte Alexander in der Mitte dieses heiligen Bezirks. Was fällt Ihnen denn ein, Fox! Sie, sonst ein Muster von Enthaltsamkeit –!»
«Entschuldigen Sie, es war die reine Zerstreutheit. Und wo schläft Kleopatra?»
Der Professor starrte ihn an.

Fox nickte.
«Ach so . . .!» sagte Helfering. «Ja, dann!»
Die Uhr schlug elf. Sie hätte tausend schlagen können, ohne daß es die beiden hörten. So versunken schwiegen sie.
Schließlich sagte Fox: «Seit wann neigen nun eigentlich Sie zur Romantik, Herr Professor?»

Zwei Tage später war Fox in Paris. Yvonne hatte außergewöhnlich grüne Augen, war aber die Liebenswürdigkeit selbst, und er freute sich. Den auffallend kurzen Bericht über seine römischen Erlebnisse schloß er mit der Feststellung: «Eigentlich tut sie mir ein bißchen leid!», und Yvonne sagte darauf nichts weiter als: «So, versucht sie's jetzt auf diese Tour!» und hatte noch viel grünere Augen und eine sonderbar hohe Stimme. Infolgedessen hielt er es für geraten, auf ‚diese Tour' nicht weiter einzugehen, sondern griff gleich recht weit in die Weltgeschichte zurück und bewunderte – in Erinnerung an Helferings Anruf – Yvonne hochachtungsvoll wegen ihrer historischen Studien. «Ja, denke dir», sagte sie, «ich habe mir eigens die Kaiserbiographien des Suetonius verschafft.»
«Wen?»
«Was soll denn ein armes, verlassenes Mädchen sonst tun.»
«Natürlich», sagte er, «was soll es sonst tun, die Kaiserbiographien des Sueton sind das Allernächstliegende.»
«Und Sueton erzählt also, wie verliebt Julius Cäsar in Kleopatra war! Na, ich weiß nicht – sie zweiundzwanzig, er zweiundfünfzig.»
«Und außerdem war er Julius Cäsar.»
«Ja ja . . . übrigens soll er auch das Grab Alexanders besucht haben.»

«So, das Grab Alexanders. Das läßt sich denken. Und was hat er gefunden?»
«Davon steht nichts in dem Buch. Aber damals und auch später muß das Grab also noch vorhanden gewesen sein.»
«Später?»
«Als nämlich Augustus nach Ägypten kam, berichtet Sueton, ließ er den Sarg mit der Leiche Alexanders aus ihrer Gruft heben und bezeigte dem Toten seine Verehrung. Das war gleich nach dem Selbstmord Kleopatras. Und wiederum später trug der Kaiser Caligula den Panzer Alexanders, den er aus dem Grab hatte nehmen lassen.»
«Sagt Sueton?»
«Ja, und beinahe zweihundert Jahre danach legte der Kaiser Caracalla alles, was er an Kostbarem bei sich hatte, samt seinem Purpurmantel auf den Sarg.»
«Yvonne, du bist und bleibst ein merkwürdiges Frauenzimmer.»
«Ich soll dir auch einen Gruß von Dr. Sinan ausrichten, er rief bei mir an, weil er dich nicht erreichen konnte.»
«So, Sinan . . .», sagte Fox.
Er brachte es aber noch nicht fertig, mit Yvonne über das zu reden, was ihm so ununterbrochen im Kopf herumging, daß er alles andere nur halb hörte. Dafür gab es bestimmte Gründe.
In der Bibliothek, die er gleich am nächsten Morgen aufsuchte, bekam er die Erlaubnis, einige Pläne von Alexandria, darunter auch alte, mit heimzunehmen. Auch in diesem Punkt machte sich Napoleons Ägyptenfeldzug noch jetzt vorteilhaft bemerkbar, die Zahl der vorhandenen Pläne war größer als Fox gehofft, die Arbeit dadurch allerdings umfangreicher als er gedacht hatte. Sie begann damit, daß er festzustellen suchte, ob etwa auch jener Stadtplan, den der Oberst Bouchard als Unterlage für seine leider sehr sparsame Skizze benutzt hatte, dabei war. Damit verringerte sich die Zahl der Auswahlmög-

lichkeiten bereits erheblich. Die Umrechnung der Maßstäbe half weiter, und endlich blieb ein einziger Aufriß übrig, ein Kupferstich, der seiner ganzen Art nach sehr wohl aus der Zeit stammen konnte, das ließ sich auch aus dem Dargestellten schließen: Die Millionenstadt Alexandria als Fischerdorf mit ein paar Straßen und hundert oder zweihundert Häusern.

Bis dahin hatte Fox mit einer Ruhe und Langsamkeit gearbeitet, die keineswegs nur genießerisch war, sondern in der Hauptsache darauf abzielte, jeglichen Irrtum zu vermeiden.

Als er nun aber eine Pause von der Skizze des Obersten anfertigte und sie auf den Plan legte, der allein von allen anderen übrig geblieben war, gab es einen Augenblick, der wie ein elektrischer Schlag wirkte.

Auf der Zeichnung Bouchards befand sich ein Kreuz an der Stelle, wo Fox den Eingang zu der Grabanlage vermutete. Auf dem Kupferstich war hier eine Moschee, die Moschee Naby Danyal.

Wenn es diese Moschee heute noch gab –

Er nahm den Stadtplan aus Lord Meldrums Ägyptenführer. Wo die senkrechte und die waagrechte Linie sich kreuzten, war eine Moschee, die Nabi-Danial-Moschee in der Nabi-Danial-Straße.

Wunderbar!

Nein, doch nicht. Der Kreuzungspunkt lag mitten in der Anderthalbmillionenstadt! Zweihundert Meter vom Zentralbahnhof entfernt, eingekeilt in menschenwimmelnde Straßen und Geschäftshäuser, ganz nahe der Hauptverkehrsader Al Horria mit ihren eleganten Läden, Restaurants, Kinos. Fox erinnerte sich an den wenig angenehmen Eindruck, den er vor Jahren von der Stadt gehabt hatte: ein unheimlich betriebsamer moderner Welthandelsknotenpunkt mit europäischem Gesamtbild, ohne Spur von jener Kultur und Herrlichkeit, die noch bis in frühchristliche Zeiten vorhanden gewesen waren. Nichts von alten Bauten, nicht einmal Reste. Die Zerstörungswut der Menschen war gerade hier allzu oft über Heiligtümer gegangen.

Wären allein diese trostlosen Überlegungen möglich gewesen, so hätte Fox jede Hoffnung und das ganze Unternehmen als aussichtlos aufgegeben. Er tat es aber nicht. Wenn Lord Meldrum mit seiner Tochter und dem Griechen noch vor verhältnismäßig wenigen Jahren in der Gruftanlage gewesen war, so mußte sie auch jetzt noch vorhanden sein, und das hartnäckige Suchen Wiltons bewies zum mindesten nicht das Gegenteil. Fox vermutete nach wie vor, daß Wilton in mancher Hinsicht mehr wußte als er. Eins freilich schien jetzt festzustehen: Wilton kannte den Zugang nicht. Also durfte Fox nach den Entdeckungen dieser letzten Tage der Überzeugung sein, daß er der einzige Mensch gewesen wäre, der die alten Königsgräber betreten konnte – hätte es nicht noch jenen Plan gegeben, den Meldrum von dem Griechen erhalten hatte und der seit dem Tode des Lords verschwunden war, ein Rätsel, das unbedingt gelöst werden mußte, weil eine große Gefahr darin lag. Aber gerade dieser Punkt blieb einstweilen so dunkel wie vorher.

Seit dem Gespräch mit Helfering stand ein ungeheurer Gedanke vor ihm: die Möglichkeit, das Grab Alexanders des Großen wiederzufinden.

Daneben verblaßte die Vorstellung der Ptolemäergruft mit ihren Schätzen und sogar das lockende Bild der Königin Kleopatra.

Aus ihrem Versteck holte er die Lichtbilder der alten Zeichnung des Obersten Bouchard und breitete sie vor sich aus. Die Worte, die der Oberst auf diese Skizze eingetragen hatte, erhielten jetzt vielleicht einen unerwarteten Inhalt. Hinweise wie der Sarg, der Sarkophag, der große Sarg konnten das Unglaubliche bedeuten. Blatt für

Blatt ging Fox durch, zum erstenmal mit der Lupe in der Hand, voll kaum erträglicher Spannung ein Zeichen nach dem andern betrachtend und von neuem bemüht, aus den Grundrissen die Bauten wieder erstehen zu lassen, die dort einmal geleuchtet hatten. Es schien ihm so gut wie selbstverständlich, daß der große Makedonier nicht irgendwo, sondern in der Mitte des Geländes seine Ruhestätte gefunden hatte. Ungefähr in der Mitte war jenes kleine Dreieck eingezeichnet, das ihm schon früher zu denken gegeben hatte, verwischte Bleistiftspuren, von denen er neulich glaubte, daß sie etwa einen Altar oder die Stelle anzeigten, wo eine Treppe hinabführte.

Plötzlich beugte er sich vor und richtete das Licht der Schreibtischlampe so dicht wie möglich auf diese Stelle.

Das war kein Dreieck.

Jetzt, unter dem vergrößernden Glas, ließ sich erkennen, daß es ein A war, freilich saß der Querstrich sehr tief unten.

Fox stützte den Kopf in beide Hände und schloß die Augen.

Alexander?

Die Nacht war groß und still. Aus einer Vergangenheit, in der es noch kaum ein Abendland gegeben hatte, hörte er die Schwingen der Weltgeschichte.

Eines der großen Reisebüros auf dem Boulevard des Italiens hatte sich im Hinblick auf die schlechte Jahreszeit besonders angestrengt und in jedem seiner sechs großen Schaufenster eine herrlich lockende südliche Landschaft aufgebaut, voll von Sonne, Blüten, blauestem Himmel, sechs Ausblicke in sechs Paradiese, die jedem offen standen, der über genügend Geld verfügte. Eindrucksvoll vor allen anderen ließ sich Ägypten gestalten, wo ein echtes, wenngleich ausgestopftes Kamel auf die

Pyramiden und die Sphinx und einen Wüstenhorizont zuschritt, über dem die in Paris derzeit nicht lieferbare Hitze vielversprechend flimmerte.

«Ich würde es nicht tun . . .», sagte eine höfliche und sanfte Stimme hinter Fox, der dieses Kunstwerk betrachtete.

Er wandte sich um und erblickte Herrn Wilton in seiner ganzen Länge und Gelblichkeit, ein Lächeln war in dem hageren Gesicht, aber nicht in den dunklen Augen, die zu nahe beieinander standen.

«Das läßt sich denken», sagte Fox in gleich höflichem Tone und nickte.

«Verzeihung – was läßt sich denken?»

«Daß Sie es nicht tun würden, Herr Wilton. Warum auch!»

«Sie haben recht», erwiderte der Lange, «man sollte nicht immer unterwegs sein, es ist anstrengend und kann gesundheitsschädlich werden. Ich bin gestern aus Rom gekommen.»

«Auch das läßt sich denken», sagte Fox. «Wie geht es der Königin Kleopatra?»

«Der Königin Kleopatra . . .», antwortete Wilton, «ja, denken Sie, davon wäre einiges zu berichten. Unter anderem. Aber nicht hier. Halten Sie es für möglich, daß ich Sie besuche? Und wann?»

Obwohl Fox überzeugt war, daß Wilton seine Adresse recht gut kannte, schrieb er sie ihm doch auf den Rand einer Zeitung und bat, gleich heute nachmittag zu kommen. Wilton ging, Fox blieb und betrachtete tiefsinnig das Kamel.

Vielleicht war es noch eine Folge dieser Betrachtung, daß er, wieder daheim, den Kommissar Lebrun anrief. «Lieber Herr Lebrun, ich habe eine Bitte, die Sie leicht erfüllen können. Würden Sie so freundlich sein, sich heute abend gegen acht Uhr telefonisch nach meinem Wohlbefinden zu erkundigen? Nein, nichts weiter. Sollte sich niemand melden, so kann Ihnen das Fräulein von Louha den Schlüssel geben, ich denke aber, es wird nicht nötig sein. Ja, und sorgen Sie bitte dafür, daß der Schutzmann vom Revier heute nachmittag in meiner Straße unsichtbar bleibt. Es macht keinen guten Eindruck. Sie verstehen. Ja, natürlich werde ich Ihnen das später einmal erzählen, schon weil ich vermute, daß es auch einiges Licht auf Ihre komischen Kanopusvasen wirft. Danke. Auf Wiedersehen.»

«Hoffentlich!» murmelte er in dem Gefühl, daß alles, was sich seit Helferings Vortrag im Dezember ereignet hatte, an diesem Nachmittag seinen Sinn bekommen würde.

Es war ihm nicht sehr wohl zumute. Die Kürze der Unterhaltung mit Wilton hatte etwas äußerst Unbehagliches gehabt. Kein Wunder.

Pünktlich erschien der Lange, elegant, dürr, von einer eckigen Biegsamkeit und offenbar mit dem Vorsatz, so liebenswürdig wie nur denkbar zu sein.

«Die Königin Kleopatra . . .», begann er ohne jede Einleitung und so, als sei dieses Thema erst im vorigen Augenblick berührt worden. «Ja, das ist nun eine für mich etwas ärgerliche Angelegenheit, nun, ich werde es überleben, aber unangenehm bleibt es doch, denn schließlich kann ich mir's nicht leisten, nur für Lady Dianas schöne Augen zu arbeiten – wobei übrigens zu bemerken wäre, daß diese Augen nicht gar so schön sind, aber der Geschmack ist verschieden. Ich nehme an, daß der Verkauf durch Sie vermittelt worden ist?»

Fox wunderte sich. «Ist Kleopatra denn verkauft?»

«Das wissen Sie nicht?»

«Kein Wort! An den Vatikan?»

«An die ägyptische Regierung!»

«An – – ach du lieber Gott!»

Wilton machte eine verärgerte Bewegung. «Wörtlich dasselbe, was auch ich gesagt habe.»

«Der Preis?»

«Unsinnig hoch. Einstweilen hat sie freilich nur eine Anzahlung bekommen, von der sie ihre dringendsten Schulden begleichen und ein paar Wochen in ihrem gewohnten Stil weiterleben kann. Haben Sie das Geschäft vermittelt?»

«Ich?» fragte Fox erstaunt. «Was fällt Ihnen ein, wie käme ich dazu! Ich will nicht hoffen, daß Lady Diana etwas dergleichen behauptet hat?»

«Sie hat es bestritten. Deshalb nahm ich es als Tatsache an.»

«Ja, auf die Weiber ist eben kein Verlaß.»

«Lady Diana hat mir noch manches andere erzählt, auch über Sie, und ich bin nun im Zweifel –»

«Ja, so ist es. Wer einmal nicht lügt, dem glaubt man erst recht nicht. Was hat sie denn erzählt?»

«Hören Sie», sagte Wilton mißmutig, «wenn Sie immer solche Luftsprünge machen, komme ich nicht mit, ich bin kein Akrobat. Reden wir vernünftig, Doktor Fox.»

«Wenn ich nicht irre, heiße ich Reineke?»

«Meinetwegen. Halten wir uns doch nicht mehr mit solchen Verzierungen auf. Aber das hat man davon.»

«Wovon?»

«Ich hätte mich bei dieser ganzen Geschichte nicht mit Lady Diana einlassen sollen, das hat eine Menge Geld gekostet, ohne etwas einzubringen. Ich habe sie überschätzt und für viel gescheiter gehalten, als sie wirklich ist. Und bei Ihnen hat sie glatt versagt. Ich dachte, Diana würde Sie hereinlegen, und dann ging es umgekehrt.»

Zu diesen Bekenntnissen einer schönen Seele schwieg Fox.

«Nun also zu unserem Geschäft», sagte Wilton, deutlich entschlossen, Kleinigkeiten wegzulassen.

«Geschäft?» fragte Fox. «Nicht daß ich wüßte.»
«Tun Sie nicht so, selbstverständlich wissen Sie es.»
«Ach nein, auf diese Weise kommen wir nicht weiter, Herr Wilton.»
«Sie meinen, weil Sie die Trümpfe in der Hand haben? Es würde Ihnen wenig nützen ohne mich, das möchte ich doch bemerken. Seien Sie vorsichtig.»
«Ich bin es, darauf können Sie sich verlassen, und gerade deshalb wollte ich mich so gern etwas ausführlicher mit Ihnen unterhalten.»
Wilton schwieg.
«Sie sind doch sonst so redselig, Herr Wilton. Den Professor Helfering haben Sie damals zur Verzweiflung gebracht mit Ihrer Geschwätzigkeit.»
«Wie soll man einem solchen Affen anders beikommen?»
«Sie meinen Helfering?»
«Seine Eitelkeit wird ihm noch einmal einen üblen Streich spielen.»
«Aber die Kleopatra sollte er Ihnen abkaufen!»
«Das hat niemand geglaubt, außer ihm. Woher nähme er denn das Geld!»
«Warum haben Sie dann das ganze Theater gemacht?»
«Es traf sich recht gut, mir kam es darauf an, mit Ihnen bekannt zu werden.»
«Ich weiß die Ehre zu schätzen», sagte Fox. Er dachte an Yvonne, die mit ihrem Spürsinn diesen Zusammenhang schon vor Wochen geahnt hatte. «Es ist Ihnen ja auch gelungen. Merkwürdigerweise haben Sie aber von dieser Bekanntschaft keinen Gebrauch gemacht.»
Wilton strich mit der flachen Hand über sein eigenartig kleingekräuseltes Haar. «Wie Sie sehen, bin ich im Begriff, es zu tun», antwortete er. «Bisher konnte ich warten. Aber jetzt wird es höchste Zeit.»
«Ich verstehe das nicht ganz.»
«Möglich, aber nicht sehr wahrscheinlich», sagte der an-

dere. «Ich hätte also keinen Tag länger in Rom bleiben dürfen – Sie waren im Begriff, nach Alexandria zu reisen?»

«Nehmen Sie es nicht als sicher an. Das Kamel fesselte mich.»

«Erblicken Sie in diesem Kamel den Finger der Vorsehung!»

«Ein schönes Bild, Herr Wilton, würdig eines Antiquitätenhändlers. Haben Sie etwas gegen Alexandria?»

«Nein. Aber die Reise ist schon einmal jemandem schlecht bekommen, es ist dort ein so ungesundes Klima.»

«Sie denken an Lord Meldrum?»

«Sie waren so liebenswürdig», fuhr Wilton fort, «Lady Diana gegenüber anzudeuten, daß Sie mich für seinen Mörder halten.»

«O, sollte ich mich geirrt haben?»

«Das haben Sie in der Tat. Der Lord starb an den Folgen eines Autounfalls. Das Polizeiprotokoll bestätigt es. Die Sache war so, daß ein anderer Wagen, aus einer Seitenstraße kommend, mit großer Wucht gerade in die Flanke von Meldrums Wagen fuhr.»

«Das weiß ich.»

«Ja, und denken Sie, ich gehöre zu den ganz wenigen Menschen, die überhaupt nicht autofahren können. Sie werden darauf erwidern, daß dieser Umstand eigentlich nichts beweist, sondern eher dafür spricht, daß man jemandem in die Flanke kracht. Aber das Risiko wäre doch zu groß, meinen Sie nicht auch? Und vor allem: Der andere Wagen verschwand sofort und spurlos – das hätte ich bestimmt nicht gekonnt. Sie glauben mir nicht? Das bringt mich nun in eine unangenehme Lage, denn es ist sehr leicht, zu beweisen, daß man etwas kann, aber sehr schwer, zu beweisen, daß man etwas nicht kann. Wie denken Sie darüber?»

«Sehen Sie, sehen Sie», sagte Fox, «Ihre Einsilbigkeit

läßt bereits nach, das freut mich. Übrigens habe ich niemals angenommen, daß Sie persönlich der Mörder sind – ebenso wenig, wie ich glauben möchte, daß Sie persönlich im Louvre –»

«Ah!» rief Wilton. «Wir fangen an, uns zu verstehen. Der Besuch im Louvre hat Ihnen Kopfzerbrechen gemacht?»

«Ich will's nicht leugnen. Sonst hätte ich die Sache dem Kommissar Lebrun überlassen.»

«Diesmal bin ich es, der die Ehre zu schätzen weiß», grinste Wilton. «Leider hatten Sie mit Ihren Nachforschungen mehr Glück als ich.»

«Sind Sie davon überzeugt?»

«Vollkommen, denn aus keinem anderen Grunde waren Sie ja in Rom: Sie wollten auf dem Umweg über Lady Diana mich von Ihren Erfolgen in Kenntnis setzen, und ich muß sagen, daß ich dies als sehr klug und taktvoll empfunden habe, es ließ sich gar nicht besser machen. Der Erfolg beweist es Ihnen, ich habe Ihre freundliche Einladung sofort angenommen.»

«Wie schön, wenn sich zwei Menschen so gut verstehen», sagte Fox.

Wilton sah ihn scharf an, aber das überdeckte nicht eine Unsicherheit in seinen Augen.

Fox bemerkte das recht wohl, deshalb fuhr er fort: «Einiges aber verstehe ich eben doch nicht.»

«Und deshalb», unterbrach ihn Wilton, «möchten Sie mir Dinge in die Schuhe schieben, mit denen ich nichts zu schaffen habe. So etwas tut man nicht.»

«Hat Ihnen Lord Meldrum –»

«Lassen Sie mich doch endlich mit Lord Meldrum in Ruhe», sagte Wilton. «Ich kannte ihn überhaupt nicht, habe ihn nie gesehen. Aber auch ohne dies hat er mich genug Geld gekostet.»

«Meldrum?»

«Natürlich nicht er selbst!» Mit einem ärgerlichen Seufzer lehnte sich Wilton zurück und schlug die Knie übereinander. «Hören Sie mir jetzt gut zu, ich muß diesen albernen Verdacht loswerden, er stört uns. Wenn ich nicht irre, hat Ihnen Lady Diana erzählt, daß Meldrum den Kleopatrakopf von einem Griechen kaufte.»

Fox nickte.

«Das ist wahr. Hat Ihnen Diana auch erzählt, daß dieser Grieche sie und ihren Vater in unterirdische Anlagen geführt hat?»

«Das wissen Sie doch.»

«Auch das ist wahr. Sie begegneten dort zwei Männern. Daß Lord Meldrum, seine Tochter und der Grieche von diesen Männern nicht sofort umgebracht wurden, erklärt sich nur daraus, daß Meldrum britischer Botschafter war. Er ahnte bei dieser Begegnung wohl nichts, aber der Grieche wußte, was es bedeutete. Er hieß Schilizi, konnte sich über sein Schicksal nicht täuschen; er und die beiden anderen waren nämlich die einzigen Menschen, welche die Gruft und ihren Zugang kannten.»

«Der Kleopatrakopf kam also tatsächlich aus einem so romantischen Versteck?» fragte Fox. «Ich habe das bis vor kurzem bezweifelt.»

«Er kam daher, wohin er gehörte», antwortete Wilton.

«Die drei hatten den Plan, und der Grieche verkaufte ihn an Meldrum?»

«Ungefähr so war es», sagte Wilton.

«Und woher hatte der Grieche den Plan?»

«Der Grieche hatte den Plan von derselben Stelle, von der auch Sie den Ihren haben!» antwortete Wilton.

«Sie werden nicht behaupten wollen, daß dieser Schilizi in Ancenis gewesen ist!»

«Nein, das nicht, so meine ich es auch nicht. Als der Oberst Bouchard –»

«Wie kommen Sie überhaupt zu dem Oberst Bouchard?»

«Das will ich Ihnen eben erklären, es ist ziemlich einfach. Als der Oberst oder vielmehr der damalige Hauptmann Bouchard zusammen mit dem General Bonaparte Alexandria verließ, hatte er die Ptolemäergruft gefunden und einen Plan von ihr gezeichnet. Er war der einzige, der davon wußte und wollte sein kostbares Geheimnis natürlich bewahren, daher kam ihm die Idee mit den Vasendeckeln. Es war kein sehr glücklicher Einfall, wie mir scheint, aber wenn man sich in die damalige Zeit und in die Lage des Hauptmanns versetzt, mag es hingehen, es fiel ihm eben nichts Besseres ein.»

«Dies alles ist mir nicht neu», sagte Fox.

«Nein, heute nicht mehr», antwortete Wilton. «Wie war es aber noch vor Weihnachten? Sie haben es erstaunlich rasch herausgebracht, alle Achtung, und das ist der Grund, weshalb ich Sie heute besuche. Aber davon später.»

«Eben! Bleiben Sie bei Ihrer Geschichte.»

«Ein sehr verständlicher Wunsch», sagte Wilton mit einem albern mokanten Lächeln, «denn jetzt kommt ein Punkt, über den Sie nicht Bescheid wissen. Ich empfahl schon vorhin, sich in die Zeit und in die Lage des Hauptmanns zu versetzen. Man kann sich denken, daß alles sehr schnell gehen mußte. Bouchard hatte wohl noch mehr zu tun, als einen Lageplan in einen Vasendeckel einzukitten – wozu übrigens ja auch einige Handfertigkeit gehört, will man nicht Gefahr laufen, daß jeder diese merkwürdige Reparatur bemerkt, und gerade das mußte Bouchard ja vermeiden.»

«Ah! Bouchard gab jemandem den Auftrag, den Plan in einem der Deckel verschwinden zu lassen –»

Wilton nickte mit einem säuerlichen Lachen. «Wie das bei diesen Herren so zu sein pflegt. Höchst ehrenwert, höchst intelligent – und im entscheidenden Augenblick dumm wie Bohnenstroh. Der Offizier beehrte also mit dem Auftrag einen Töpfer, der Mann war Grieche und hieß Schilizi. Ein Glück übrigens, daß er Grieche war, denn irgendein töpfernder Fellache hätte sich wahrscheinlich nicht viel dabei gedacht, aber der Grieche betrachtete den Plan genau, machte sich Gedanken, die wohl vor allem in der Richtung liefen, daß es hier um geldwerte Dinge ging. Aus dieser klugen Erwägung heraus kopierte er die Zeichnung erst einmal, und weil er in anerkennenswerter Umsicht in dem Plan ein Familienvermögen erblickte und seine Nachkommen ins Bild setzen wollte, schrieb er auf die Rückseite, von wem dieses kopierte Glück stammte, wann und wie es in seinen Besitz gekommen war. Erst dadurch erhielt das Dokument seinen Wert. Das ist es, Doktor Fox, was Sie bisher nicht wußten! Daß Ihre Untersuchungen trotzdem so erfolgreich waren, verdient alle Hochachtung.»

«Und dann?»

«Dann zerschnitt der Grieche das Original, wie der Hauptmann es befohlen hatte, steckte die zusammengerollten Streifen in den Deckel und verkittete alles, wie sich das für einen zuverlässigen und sorgfältigen Handwerker gehört.»

«Weiter?» fragte Fox. «Diese Kopie des alten Schilizi ist also der Plan, den später Lord Meldrum kaufte?»

«Ihr Scharfsinn entzückt mich!» antwortete Wilton.

«Und wer hat ihn jetzt?»

«Wer? Ich! Und er war teuer genug, das können Sie mir glauben. Viel zu teuer, unendlich viel zu teuer. Denn wer möchte für eine Enttäuschung auch noch bezahlen!»

«Welche Enttäuschung?»

«Hören Sie, Doktor Fox,» sagte Wilton, «ich habe Ihnen jetzt eine ganze Menge erzählt von Dingen, die Sie möglicherweise ahnten, aber nicht wußten, und ich habe mich dabei bereitwillig von Ihnen ausfragen lassen – es war für mich recht interessant zu sehen, wie Sie so etwas machen. Es wäre wohl nur gerecht, wenn jetzt zur Ab-

wechslung ich Sie etwas fragen dürfte. Wie mir Lady Diana sagte, haben Sie den Originalplan Bouchards gefunden. Der kleine Witz mit der unfixierten Photographie war nicht übel, ist aber in meinen Augen natürlich kein Beweis. Und dieser Plan –» Wilton beugte sich vor und starrte ihn an, «– dieser Plan ist vollständig?»
Fox wurde stutzig, er vermutete eine Falle und sagte: «Genau kann das heute wohl niemand wissen, aber mir ist der Gedanke, daß etwas fehlen könnte, nicht gekommen. Ich halte den Plan für vollständig. Sie, Herr Wilton, waren in Ancenis wohl etwas zu temperamentvoll. Mit der nötigen Geduld hätten Sie ihn ebenso gut finden können wie ich. Aber sagen Sie mir nur, warum Sie ihn überhaupt so verzweifelt gesucht haben, da Sie doch die Kopie hatten! Das konnte ich nicht annehmen, daran wäre ich beinahe gescheitert.»
Scheinbar ohne auf diesen Einwurf einzugehen, fragte Wilton mit spürbarer Erregung: «Der Plan, den der Hauptmann Bouchard zeichnete, bestand aus zwei gleich großen, durch einen senkrechten Strich getrennten Teilen. Auf der linken Hälfte sind alle Grundrisse, auf der rechten der Stadtplan mit dem Hinweg und dem Eingang?»
«Warum fragen Sie, da Sie es doch genau wissen?»
Wilton lachte. «Ich wußte es bis zu dieser Minute eben nicht. Als Lord Meldrum die Kopie des Plans von dem Griechen kaufte, waren beide Hälften noch vorhanden. Als er dann aber, beinahe zwanzig Jahre später, nach Alexandria reiste, um dort, wie er seiner Tochter sagte, einmal nachzusehen, muß er diese rechte Hälfte abgetrennt und vernichtet haben.»
«Sie fehlt?»
Wilton schwieg.
Auch Fox schwieg, fast überwältigt von diesem Augenblick, in dem das bisher Unverständliche plötzlich durch-

sichtig wurde. Meldrum hatte die Gefahr geahnt, der er entgegenreiste, und dafür gesorgt, daß ihre Spitze abgebrochen wurde, er selbst kannte ja den Eingang, hatte ihn sogar in seinem Reisehandbuch markiert. Jetzt war Fox offenbar der einzige Mensch, der Bescheid wußte. Wilton jedenfalls kannte den Eingang nicht, daher blieb die linke Hälfte für ihn so gut wie wertlos, und daher dieses verzweifelte Suchen! Die ganze Lage, die ungeheurer war als Fox je angenommen, brachte ihm eine Belastung, wie er sie noch nie erlebt hatte.

Um wieder einigermaßen Boden unter die Füße zu bekommen, fragte er endlich: «Sie mußten also die fehlende Hälfte suchen. Ich begreife nur nicht, wie Sie auf die geradezu verrückte Annahme verfallen konnten, daß der Plan des Hauptmanns Bouchard sich noch anderthalb Jahrhunderte später in der Vase befinden würde! Ja, wenn Bouchard etwa auf der Seereise von Alexandria nach Frankreich ums Leben gekommen oder wenn ihm die Vase gestohlen worden wäre! Dann hätte eine solche Vermutung Sinn. Wie aber die Dinge liefen, ist es doch selbstverständlich, daß er seine Zeichnung so bald wie möglich herausnahm!»

«Sie haben durchaus recht», sagte Wilton, «und so dumm bin ich nicht, daß ich nicht dasselbe gedacht habe. Aber wo war denn der Plan? Niemand wußte etwas von ihm, Bouchard hat ihn auch nicht verkauft, sonst wäre er nicht in so verhängnisvoll wachsende Geldnot gekommen. Niemand kennt die Zeichnung. Was blieb? Man muß alles versuchen.»

«Warum?» fragte Fox. Dieses eine, kleine Wort kam sehr aus dem Hintergrund und wirkte genau so, wie es beabsichtigt war.

«Warum!» sagte Wilton heftig. «Das fragt jemand, der den Kopf der Kleopatra gesehen hat!»

«Glauben Sie denn, daß sich auf Grund des Plans noch

mehr dergleichen finden ließe? Ich möchte das bezweifeln, da ich nun von Ihnen gehört habe, daß diese griechische Familie Schilizi anderthalb Jahrhunderte lang im Besitz der Plan-Kopie gewesen ist.»
Wilton schüttelte den Kopf, aber noch bevor er etwas äußern konnte, sagte Fox, als ob es sich um Selbstverständliches handle: «Aber Sie müssen es ja wissen, da Sie den Ort genau kennen. Lady Diana beschrieb die ganze Anlage als so trostlos, wie man es nicht anders erwartet.»
«Irrtum, ich war niemals dort», unterbrach ihn Wilton, «und ich bin so gut wie überzeugt, daß nach dem Ende des vorigen Krieges, das ja mit dem Tode des letzten Schilizi ungefähr zusammenfällt, auch niemand mehr diese Anlagen gesehen hat.»
«Aber die beiden Männer, vor denen der Grieche so erschrak, und mit Recht, wie sich zeigte?»
«Niemand weiß etwas von ihnen», sagte Wilton mit einem eigentümlichen Lächeln, «sie scheinen umgekommen zu sein, das behauptet auch die Witwe Schilizi.»
«Die gibt es noch?» fragte Fox.
«Ein völliges Schaf», antwortete Wilton mit einer endgültig wegstreifenden Handbewegung. «Und in diesem Zusammenhang, Doktor Fox: Lassen Sie sich warnen, ich habe Ihnen das schon heute früh gesagt! Es ist freilich eine alte Erfahrung, daß auch die klügsten Leute einmal eine Dummheit machen – und die genügt dann!»
«Ihre Sorge um mein Wohlergehen hat etwas Rührendes, ja Erschütterndes!» sagte Fox mit seinem niederträchtigsten Gesicht. «Glauben Sie wirklich, daß ich hinabsteigen und Kleopatra in ihrem Schlafe stören möchte? Zugegeben, ich habe eine ziemlich weitreichende Phantasie, und der Gedanke wäre an und für sich verlockend. Aber ich habe mich in letzter Zeit – das wird Sie nicht wundern – recht gründlich mit den Aussichten beschäftigt, die das

Unternehmen böte, sofern in solchen verschütteten Maulwurfsgängen überhaupt von Aussicht die Rede sein kann. Sagen Sie mir doch: Was würden Sie davon erwarten?»
Das war wiederum eine recht hintergründige Frage. Eigentümlich genug, Wilton schien das auch diesmal nicht zu merken. Er antwortete: «Gewiß, Alexandria ist mehrmals fast völlig zerstört worden, schreckliche Aufstände haben immer wieder in der Stadt getobt, Brand und Mord. Seit zweitausend Jahren treiben die Grabräuber ihr dunkles Gewerbe. Aber die Gruft der Ptolemäer, beinahe eine heilige Stadt für sich, muß so unendliche Schätze enthalten haben, daß davon auch heute noch vieles übrig sein sollte, wenn auch verschüttet. Denken Sie nur an den Kopf der Kleopatra.»
«Sie haben sich mit der Geschichte der ptolemäischen Dynastie eingehend beschäftigt?»
«Kaum.»
«Schade. Ich hoffte, von Ihnen Einzelheiten zu erfahren, die mir unbekannt sind.»
«Ich muß Sie enttäuschen – ich hoffte dasselbe von Ihnen, und deshalb –»
«Deshalb vermuten Sie noch anderes, ich meine: Außer den Ptolemäern?»
«Ich bin bescheiden, mir genügt es, daß Kleopatra dort bestattet wurde. Denken Sie an etwas Bestimmtes?»
«Nein», sagte Fox nebenhin. Noch nie in seinem Leben hatte er so schrecklich gelogen. «Ich habe Ihnen ja schon mitgeteilt, daß ich von alledem sehr wenig oder nichts erwarte. Mein Interesse ist theoretisch oder, wenn Sie wollen, platonisch.»
Unvermutet hastig stand Wilton auf, von einem Entschluß zum Letzten getrieben. «Das meine ich nicht!» sagte er mit einer plötzlich heiseren Stimme. «Aber Sie sind der einzige, der den Zugang kennt. Fifty fifty, Doktor Fox?»

Auch Fox hatte sich erhoben, vorsichtshalber. Sie standen sich gegenüber.

«Das hat keinen Sinn», sagte Fox ruhig. «Wenn Sie das Nichts teilen, kommt immer wieder nichts heraus, und vollends mit Null darf man nicht dividieren, das ist eine Todsünde.»

«Reden Sie doch nicht solches Zeug!» rief Wilton und griff in die Tasche.

Er zog aber nur ein Scheckbuch heraus.

«Was kostet also der Plan des Hauptmanns Bouchard?»

Das Telefon summte. Fox blickte Wilton an, schüttelte lächelnd den Kopf und hob den Hörer ab. Für den Anruf Lebruns war es noch zu früh.

«Ah, jawohl, guten Abend. – Nein, augenblicklich nicht. – Im Gegenteil, es ist mir sogar sehr erwünscht, wir haben uns viel zu lange nicht gesehen. – Jetzt gleich? Ausgezeichnet, ich erwarte Sie.» –

Es war der Legationsrat Sinan von der ägyptischen Botschaft, der angerufen hatte. Er kam eine halbe Stunde danach und fand Fox allein.

«Ich muß Ihnen leider recht geben, Sie haben sich allzu lange nicht um mich gekümmert», sagte er. «Indessen entschuldige ich Sie damit, daß es bei Ihnen vermutlich nichts Neues gegeben hat. Heute bin ich es, der etwas Neues mitzuteilen hat. Denken Sie, die Tochter Lord Meldrums hat den Kleopatrakopf verkauft!»

«Ja, an die ägyptische Regierung.»

«Das wissen Sie schon? Welche Enttäuschung! Aber ich habe noch etwas, und das können Sie nun unmöglich wissen, weil die Nachricht erst heute nachmittag bei der Botschaft eingetroffen ist. Erwähnten Sie nicht letzthin, daß ein Antiquitätenhändler namens Wilton an der Sache beteiligt war?»

«Ja?» fragte Fox gespannt.

«Mir scheint, mein damaliges Bestreben, Ihnen ein wenig

zu helfen, hat eine recht unerwartete Wirkung gehabt. Wie es im einzelnen gekommen ist, weiß ich noch nicht. Jedenfalls erhielten wir heute die Mitteilung, daß mein Besuch in Kairo und meine Gespräche über das Auftauchen der Königin Kleopatra die dortige Staatsanwaltschaft veranlaßt hat, sich neuerdings mit dem Tode Lord Meldrums zu beschäftigen.»
«Und?»
«Der Staatsanwalt hat jetzt gegen Wilton Anklage wegen Mordes erhoben.»
«An Meldrum?»
Sinan hatte die ziemlich lange Mitteilung nur überflogen, um das Wesentliche zu erfahren. Wilton wurde beschuldigt, zwei Ägypter zum Mord an Lord Meldrum angestiftet und dann auch diese beiden Männer gewaltsam beseitigt zu haben.
«Hm, das ist etwas sonderbar ausgedrückt», sagte Fox, «finden Sie nicht auch?»
«Stehen Sie noch mit Wilton in Verbindung?»
«Ich kann eigentlich nicht behaupten», antwortete Fox, «daß ich jemals mit ihm in Verbindung gestanden habe. Falls Sie aber wissen möchten, wann ich ihn das letzte Mal gesehen habe – vor vierzig Minuten saß er auf demselben Stuhl, auf dem jetzt Sie sitzen ... kein Grund, hochzuhüpfen, lieber Doktor Sinan, Sie erwischen ihn ja doch nicht.»
Sinan, in dem unbestimmten Gefühl, durchaus nicht so aufregende Nachrichten überbracht zu haben, wie er geglaubt hatte, sagte: «Jedenfalls sehen Sie, daß unsere Behörden alles Mögliche tun.»
«Ja, jetzt, nachdem sich vermuten läßt, daß bei der Sache etwas herausspringt. Aber das wird eine peinliche Geschichte, lieber Sinan. Denken Sie: Die Tochter des Toten versucht durch den Mörder das wertvollste Stück der Hinterlassenschaft zu veräußern. Stellen Sie sich nur vor, wie

die Verhandlungen laufen werden – vorausgesetzt, daß man Wilton überhaupt erwischt.»
«Man wird ihn erwischen.»
«Daß man es könnte, will ich gerne glauben. Ob man es aber tun wird? Sie wissen, wie wenig ich von Ihrer Blitzreise nach Kairo entzückt war. Jetzt haben wir es!» Fox stand auf und begann hin und her zu gehen. «Wenn Staub aufgewirbelt wird, weiß niemand genau, wohin er sich setzt. Ihr Staatsanwalt hat länger als ein Jahr gebraucht, ehe ihn der Fall Meldrum interessierte. Finden Sie das in Ordnung? Wir verstehen uns, und zwar schon deshalb, weil ich Ihnen dies alles bereits um die Weihnachtszeit vorhergesagt habe, erinnern Sie sich?»
«Allerdings!» erwiderte Sinan. «Es war damals von einem Plan die Rede –»
«Eben!» rief Fox. «Davon spreche ich ja seit einer Viertelstunde!»
«Sie? Von dem Plan?» fragte der Legationsrat.
Mit einem Blick auf die Uhr sagte Fox: «Lieber Doktor, wie sehr ich Sie schätze, wissen Sie. Leider sind wir im Begriff, uns zu verzanken, und das wäre das Dümmste, was wir tun könnten. Darf ich Sie zu einem guten Abendessen einladen? Heute, ja. Bitte bestimmen Sie alles und holen Sie Yvonne ab, das wird Ihnen wohl nichts ausmachen? Aha, da geht die Sonne auf. Rufen Sie mich in einer Stunde an, ich komme dann sofort. Aber jetzt muß ich für eine Weile allein sein. Sie wissen nämlich nicht, welche unendliche Hilfe Sie mir heute gebracht haben. Darüber will ich nachdenken.»
«Ich? Hilfe? Es kam mir nicht so vor.»
«Ihre Gesellschaft wirkt immer so anregend. Wie wäre es mit überbackenem Hummer? Man muß ihn nur rechtzeitig bestellen – ich beschwöre Sie, tun Sie es, und zwar sofort!»
«Der appetitlichste Hinauswurf, den ich je erlebt habe!»

knurrte Sinan, schon in der Tür. «Aber was tut man nicht für seine Feinde!»
In das Zimmer zurückkehrend dachte Fox, dies sei nun doch ein wahrhaft beschaulicher Nachmittag – da summte auch schon wieder das Telefon; diesmal war es, wie erwartet, Lebrun; er rief vom nächstgelegenen Fernsprechhäuschen an. Fox bat ihn, sogleich heraufzukommen, und hatte während der Minuten, die bis dahin vergingen, genügend Zeit, sich einiges zu überlegen.
«Mein lieber Herr Lebrun», sagte er, als der Kommissar erschien, «Sie wissen aus Erfahrung, daß ich Sie immer nur dann belästige, wenn es gar nicht anders geht und etwas wirklich Wichtiges vorliegt.»
Lebrun, geschmeichelt, machte eine Verbeugung.
«Wie wichtig die Sache ist und worum sich's letztlich handelt, erzähle ich, wenn Sie mit Ihrer bewährten Umsicht alles glücklich abgeschlossen haben – auch den Akt über die Kanopusvasen.»
«Darum geht es?»
«Unter anderem, sehr unter anderem, lieber Freund, aber jedenfalls dürfen Sie sich durchaus in Ihrem eigenen dienstlichen Fahrwasser fühlen.»
«Das ist wichtig.»
«Natürlich ist es wichtig. Und wir haben Eile.»
«Warum?»
Fox sah ihn mit seinem scharmantesten Lächeln an und sagte: «Weil ich mich noch umziehen muß, denn ich bin für neun Uhr zum Abendessen verabredet ... mit einer Dame, die Sie kennen.»
«Dann allerdings! Kein überflüssiges Wort mehr!»
«So eilt es nun doch nicht. Wenn Sie nur erlauben würden, daß ich mit dem Umkleiden einstweilen schon beginne. Hören Sie also gut zu.»

Pünktlich um neun Uhr trat Fox an den Tisch, an dem Yvonne und Sinan auf ihn warteten.
«Im Frack!» sagte Yvonne. «Was ist denn los?»
Er blickte zu ihr hinab. «Ich weiß eben, was ich meinen Gästen schuldig bin», sagte er, «und im übrigen war mir einfach so.»
«Hast du das große Los gewonnen?»
«Noch nicht, aber es kann nicht mehr lange dauern. Ich dachte, daß Sinan immer so unwiderstehlich ist und daß also auch ich etwas für mich tun müsse, um keine schlechte Figur zu machen. Ach, man glaubt mir nicht, ich fühle es deutlich. Ja, die Wahrheit sieht allerdings ein wenig anders aus: Es gibt Augenblicke, in denen man so überanstrengt ist, daß man sich nur noch an einem frischen Hemd aufrechthalten kann.»
Sinan schenkte ihm ein Glas Sekt ein. «Ich fürchte, daß ich an diesem trostlosen Zustand nicht ganz unschuldig bin? Trotzdem sind Sie in glänzender Laune!»
«Das ist bei jedem Motor so, wenn er sich ordentlich warmgelaufen hat.»
«Kein Grund, mehr hineinzuschütten, als er verträgt!» sagte Yvonne und nahm sein Glas weg. «Es ist also nichts passiert?»
«Passiert? Nein. Warum?»
«Wir wurden schon unruhig.»
«Sage getrost: Wir hatten Hunger. Es tut mir leid. Aber auch daran ist Sinan schuld.»
«Wer sonst!» nickte der Legationsrat.
Fox war in einer ganz außergewöhnlichen Laune, die sich nach dem Essen noch steigerte; man hätte behaupten dürfen, daß etwas Explosives darin lag, aber nicht in gefährlichem Sinn, sondern wie bei einem Feuerwerk. Yvonne hatte das schon gelegentlich erlebt und war überaus gespannt, mit welchen Leuchtfarben und blitzenden Überraschungen die Raketen hochgehen würden, gewiß

gab es nun bald eine Schlußapotheose und die golden verschlungenen Buchstaben WF, ein ganz prächtiges Vergnügen. Aber die Raketen zischten und knallten nach allen Richtungen hin, ohne daß man den Anlaß zu diesem Fest erkannte.

Es war kurz vor Mitternacht, als das hübsche und eigentlich mit nicht sehr viel mehr als mit Netzstrümpfen und einem Bauchlaken gekleidete Mädchen zwischen den Tischen hindurchging und Zigaretten und die allerletzten Nachtausgaben der Zeitungen anbot.

Sinan, der eben etwas erzählte, hielt inne und bekam große Augen, nicht wegen der Strümpfe, sondern wegen der Zeitungen. Er sah die Haupt-Schlagzeile: «Der Mord an Lord Meldrum».

«Was ist denn das!» sagte er mit einem Blick zu Fox, ließ sich die Zeitungen geben und las vor:

Aus Kairo erfahren wir bei Redaktionsschluß, daß die dortigen Behörden nach mehr als einjähriger Suche überzeugt sind, den oder die Täter ausfindig gemacht zu haben, auf die der Tod des britischen Botschafters Lord Meldrum zurückzuführen ist. Bekanntlich war der Botschafter das Opfer eines Verkehrsunglücks in Alexandria geworden, dessen Begleitumstände den Verdacht nahelegten, daß es sich dabei um einen Gewaltakt handelte . . und so weiter, hier folgt nun eine kurze Schilderung des Hergangs . . . Die mit aller Sorgfalt geführten Untersuchungen haben dies jetzt bestätigt, auch Namen scheinen bereits festzustehen, wurden jedoch amtlicherseits noch nicht bekannt gegeben. Der Mord soll mit dem Ankauf einer antiken Porträtbüste der Königin Kleopatra in Verbindung stehen, die übrigens erst vor kurzem in Staatsbesitz übergegangen ist. Näheres war nicht zu erfahren, jedoch soll bald mit greifbaren Ergebnissen zu rechnen sein.

«Fox!!» sagte Sinan. «Wie kommt das in die Zeitungen?»

«Wie?» fragte Fox. «Durch die Agence France-Presse, das sehen Sie doch.»
«Und woher hat es das Nachrichtenbüro?»
«Das kann ich Ihnen sagen: von meinem Freund, dem Kriminalkommissar Lebrun.»
«Und Ihr Freund –?»
«Ja, der hat es von mir. Deshalb kam ich ja so spät hierher.»
«Mich trifft der Schlag!» sagte Sinan. «Und Sie haben es von mir!»
«Natürlich, von wem sonst!»
Der Legationsrat schlug auf den Tisch. «Das ist –»
«Das ist vor allem kein Grund, hier das Mobiliar zu ruinieren, lieber Doktor Sinan.»
«Die Nachricht war ausschließlich für unsere Botschaft bestimmt. Man wird mich wegen dieser entsetzlichen Indiskretion zur Rechenschaft ziehen!»
«Möglich», sagte Fox. «Aber bevor sich das auswirken könnte, werden Sie auf der Leiter bereits so hoch hinauf gefallen sein, daß derlei Kleinigkeiten Sie gar nicht mehr erreichen. Ich hoffe, Sie denken dann wohlwollend an Ihren stets ergebenen und im Dunkel zurückbleibenden Freund Fox.»
«Verstehen Sie das?» fragte Sinan das Fräulein von Louha.
«Ich verstehe es nicht», antwortete Yvonne und sah Fox an. «Aber ich glaube es.»

Am folgenden Morgen hielt ein Wagen an einer gewissen Gartentür in Ancenis.
Ein langer, dürrer Herr stieg aus, verständigte sich durch einen Blick mit dem Fahrer, der den Motor abstellte, und ging auf das Haus der Familie de Bouchard zu. Dort zog er am Klingelgriff und wartete geduldig. Dann klin-

gelte er nochmals. Nach einer Weile wurde geöffnet, jedoch von keinem der Geschwister, sondern von einem Manne, der den Fremden neugierig, jedoch nicht ablehnend betrachtete.
«Mein Name ist Myers», sagte dieser, «ich war schon einmal hier und habe damals mit Fräulein und Herrn de Bouchard verhandelt, denen das Haus gehört. Darf ich Sie bitten, mich anzumelden?»
«Es tut mir leid, mein Herr», sagte der Mann in der Tür, «meine Schwester und mein Bruder sind gerade heute nicht daheim, sondern auswärts zu einer Geburtstagsfeier, und es ist unbestimmt, ob sie schon morgen oder erst übermorgen zurückkommen. Kann ich etwas ausrichten?»
«Ah, Sie sind nur hier, um das Haus zu hüten, Herr de Bouchard?»
«So kann man es nennen, denn obwohl ich hier geboren bin, wohne ich in Nantes. Man muß vorsichtig sein, es ist letzthin eingebrochen worden.» Dieser Bruder schien bessere Erfahrungen mit dem Leben gemacht zu haben als die Geschwister, er war freundlich und aufgeschlossener, ein völlig anderer Typ, und er war jünger und lächelte gern. «Man hat mir nichts von einem bevorstehenden Besuch gesagt. Haben Sie geschrieben?»
«Nein, leider», antwortete der Fremde. «Der Tag meiner Reise ließ sich nicht genau bestimmen, und ich nahm ohne weiteres an –»
«Das konnten Sie auch», sagte der andere, «denn es geschieht sehr selten, daß meine Geschwister das Haus verlassen, noch dazu gemeinsam. Sie kommen weither?»
«Von Paris, und in einer Angelegenheit, die eigentlich keinen weiteren Aufschub duldet.» Herr Myers überlegte und faßte, wie deutlich zu erkennen war, einen Entschluß. «Daß vor kurzem hier eingebrochen wurde, ist mir nicht ganz unbekannt . . .», sagte er.

«Ah!» sagte darauf Herr de Bouchard augenzwinkernd. «Daher weht der Wind! Es war übrigens nichts Besonderes. Mein Gott, was gibt es hier schon zu stehlen!»
«O, sagen Sie das nicht», erwiderte Herr Myers. «Im Laufe der Untersuchung hat sich nämlich herausgestellt, daß die ganze Geschichte ziemlich raffiniert eingefädelt war.»
«Untersuchung? Mein Bruder hat mir doch gesagt, daß er auf jede Anzeige verzichtet hat?»
«Auf den Einbruch selbst kommt es dabei gar nicht mehr an, der sollte nur die Spur verwischen.»
«Wie aufregend!» sagte Herr de Bouchard entzückt. «Ich begreife aber nicht, wie Ihr Bruder auf den Gedanken kam, keine Anzeige zu erstatten!»
«Es ist nicht sein Gedanke gewesen, sondern der des Herrn, der damals hier zu Besuch war.»
«Aha! Das wollte ich nur hören. Dieser Herr –»
«Ich glaube, es beginnt wieder zu regnen. Wollen Sie nicht nähertreten?»
«Es würde Ihre Zeit wohl allzu sehr in Anspruch nehmen.»
«Zeit ist das einzige, worüber ich reichlich verfüge, mein Herr. Ohne Umstände! Vielleicht kann ich Ihnen doch irgendwie behilflich sein.»
«Aber Sie sind nicht im Bilde.»
«Nun, so setzen Sie mich hinein! Es wäre mir nur lieb, wenn ich meine Geschwister bei ihrer Rückkehr mit einer Neuigkeit überraschen könnte.»
Herr Myers trat über die Schwelle des Hauses. «Ich tue es, um Ihrer Familie einen Gefallen zu erweisen», sagte er. «Es ist nämlich nicht ausgeschlossen, daß die Angelegenheit noch eine Fortsetzung findet, die dann allerdings weniger harmlos werden könnte.»
Monsieur de Bouchard ließ den Besucher in das Zimmer eintreten, wo sich der Schreibtisch befand, auf dem das

Ohr der Königin Kleopatra so lange als Briefbeschwerer gelegen hatte. Mit Hausherrnwürde setzte er sich an den Tisch und bat den Fremden durch eine liebenswürdige Handbewegung, in einem Lehnstuhl Platz zu nehmen.
«Es ist Ihnen also bekannt», fragte Myers, «daß zur Zeit des Einbruchs ein Herr und eine Dame hier waren?»
Der stellvertretende Hausherr nickte voll Wichtigkeit. «Man hat mir davon erzählt. Sehr feine Leute.»
«Diese sehr feinen Leute», sagte Myers, «stehen in unmittelbarem Zusammenhang mit dem Einbruch. Für uns war das freilich keine Überraschung.»
«Zusammenhang?» fragte Herr de Bouchard. «Wie soll ich das auffassen? Sie wollen gewiß nicht andeuten –»
«Doch. Mich wundert nur, daß dies überhaupt nötig ist.»
«Um Himmels willen, mein Herr! Erzählen Sie mir doch ausführlich –»
«Ich würde das gern tun, aber dann säßen wir noch morgen beieinander, Herr de Bouchard, und so viel Zeit habe ich nicht. Ich muß mich auf die Hauptsache beschränken. Diese sehr feinen Leute haben hier eine Beschreibung oder eine Zeichnung an sich gebracht, die zwar keinen materiellen, aber mindestens einen Wert für die Kunstgeschichte hat.»
«Ah, so ist das!» rief Herr de Bouchard. «Meine Geschwister erklärten nämlich, über diesen Punkt nichts Genaues zu wissen, noch gestern sprachen wir bei ihrer Abreise darüber. Was ist es also?»
«Das weiß man nicht genau, jedenfalls ein Papier.»
Herr de Bouchard blickte voll unendlicher Mißbilligung vor sich hin und schüttelte den Kopf. «Sie sagen ‚an sich gebracht', mein Herr, das klingt doch nach Unregelmäßigkeit. Ich glaube jedoch, man darf das nicht so ausdrücken. Der Herr und die Dame haben das Papier freilich mitgenommen, aber sie haben es deponiert.»
Myers lachte mitleidig. «Herr de Bouchard! Hat es wohl

jemals einen Dieb gegeben, der das Gestohlene schön ordentlich deponiert? Die Leute müßten ja verrückt sein, und das sind sie bestimmt nicht. Leider bin ich überzeugt, daß Ihre Geschwister auf ein ganz primitives Märchen hineingefallen sind. So etwas ist wohl auch nur in Ancenis möglich, verzeihen Sie, aber Sie wohnen ja nicht hier, können durch meine Äußerung also nicht gekränkt sein.»

«Ich wohne zwar nicht hier», erwiderte Herr de Bouchard mit Würde, «aber wie ich Ihnen schon sagte, bin ich hier geboren. Sie unterschätzen den Genius von Ancenis, mein Herr. Nun nimmt die Polizei freilich von jeher das Vorrecht für sich in Anspruch, alle anderen für Verbrecher oder Dummköpfe zu halten. Wie wenig berechtigt das ist, werde ich Ihnen sofort beweisen!» Er zog die Schublade des Schreibtisches auf, nahm daraus eine mit verblichenem Grün überzogene Mappe, schlug sie auf, blätterte und fand sehr bald, was er suchte. «Hier, bitte! Der Depotschein, auf dem die Bank in Nantes bestätigt, für Herrn Emile und Fräulein de Bouchard einen großen verschlossenen Umschlag in Verwahrung genommen zu haben.»

«Darf ich einmal sehen? – Das Datum stimmt allerdings.»

«In der Nacht zuvor war eingebrochen worden.»

«Das ist unwichtig.»

«Ja, aber ich möchte doch wissen –»

«Sie haben wohl noch nie in der Zeitung gelesen, Herr de Bouchard, daß man eine Handvoll Papierschnitzel in einen Umschlag tun kann?»

«Das kommt vor. Warum fragen Sie?»

«Warum!» sagte Herr Myers mit einem unhöflichen Blick zum Himmel. «Können Sie wirklich glauben, daß sich in dem deponierten Umschlag irgendetwas Nennenswertes befindet?»

«Ach so . . .», sagte Herr de Bouchard erkenntnisvoll und kleinlaut.
«Daß die beiden am Morgen nach dem Einbruch Ihren Geschwistern diesen Depotschein überbrachten, ist nichts weiter als der Versuch, die Aufmerksamkeit von dem Einbruch abzulenken und eine Anzeige zu verhindern. Wie Sie sehen, ist der Versuch gelungen. Die Leute verstehen ihr Handwerk, ich möchte sagen, sie betreiben es mit anerkennenswerter Eleganz.»
Der rundliche Herr de Bouchard mußte sich durch so viel Logik an die Wand gedrängt fühlen, aber auch noch mit dem Rücken zur Wand suchte er seine Stellung zu verteidigen. Was Herr Myers da vorbringe, sagte er, sei zwar einleuchtend. Sei es aber auch richtig?
Darauf könne er sich verlassen, erwiderte der andere, denn alles spräche dafür und nichts dagegen, und jetzt bitte er freundlich zu entschuldigen, wenn er sich verabschiede, er habe heute noch eine Menge zu erledigen und müsse leider einsehen, daß in Ancenis nichts mehr zu erreichen sei, da er sich unglücklicherweise gerade den Tag ausgesucht hatte, an dem die Geschwister nicht daheim waren.
«In Ancenis wohl nicht», sagte Herr de Bouchard, von einem glänzenden Einfall beflügelt. «Vielleicht aber in Nantes?»
In Nantes, antwortete Herr Myers leicht verwundert, habe er nichts zu schaffen.
«Ich wäre Ihnen aber dankbar, wenn Sie sich dort etwas zu schaffen machten!» sagte Herr de Bouchard.
Der andere blickte ihn verständnislos an.
«Es wäre mir nämlich lieb, wenn wir die Sache mit dem Depotschein sogleich aufklären könnten, damit ich meine Geschwister, wenn sie heimkommen, davon unterrichten kann.»
Herr Myers dachte ein wenig nach, aber dann schüttelte

er den Kopf. «Sie stellen sich das leichter vor als es ist», sagte er. «Der Depotschein lautet auf den Namen de Bouchard.»
«Heiße ich etwa nicht so?»
«Gewiß, aber –»
«Meine Geschwister haben kein Konto dort, aber ich habe eins, denn ich wohne in Nantes, man kennt mich in der Bank.»
«Trotzdem!» sagte Myers ablehnend und stand auf.
«Fahren wir doch hin!» drängte Bouchard. «Die paar Kilometer werden Ihnen nichts ausmachen.»
Herr Myers blickte auf die Uhr. «Da Sie es durchaus wünschen . . .», sagte er achselzuckend. «Ich bin Ihnen gern gefällig, und schließlich muß man ja irgendwo zu Mittag essen.»
«Gehen wir also!»
«Und der Schein?»
«O . . . ja!» sagte Herr de Bouchard und steckte den Schein zu sich. «Wir leben wahrhaftig in einem papierenen Zeitalter.»
Es war kurz vor elf Uhr, als der Wagen Ancenis verließ.
Unterwegs sagte Myers, nachdem er eine ziemliche Weile geschwiegen hatte: «Es kommt darauf an, aus allem das Beste zu machen. Eigentlich haben Sie recht! Wenn ich schon in der Gegend bin, kann man sich nebenbei Klarheit über diesen allerdings unwichtigen Punkt verschaffen.»
Bouchard verstand das nicht ganz. Deshalb nickte er.
In der Bank ging er zu dem Schalter, wo man ihn kannte, und schickte sich an, seinen Wunsch umständlich vorzubringen. Der Schalterbeamte sah jedoch an dem vorgewiesenen Schein, daß die Angelegenheit nicht zu seinem Arbeitsbereich gehörte und bat die beiden Herren in das Innere des Schalterraums. Dort führte er sie hinter den Schreibtischen und dem vielfältigen Maschinengeklapper

entlang an den Platz des zuständigen Herrn, der die Besucher mit aller Höflichkeit empfing und sie bat, einstweilen in den Tresorraum hinunter zu gehen, dessen Tür er ihnen zeigte, er selbst komme sofort nach und bringe den Gefachschlüssel mit.

Die beiden stiegen also in das schwimmende Neonlicht der Unterwelt hinab und nahmen in bequemen Sesseln an einem großen Tische Platz. Sie brauchten nur eine Minute zu warten. Der Angestellte kam, ließ sich irgendetwas durch Unterschrift bestätigen und schloß dann ein Fach in der großen Panzerwand auf.

«Nun?» fragte Herr de Bouchard seinen Begleiter, nicht ohne Triumph in der Stimme.

«Ein Umschlag, ja», sagte Myers mit dem schiefsten Lächeln. «Noch dazu ein sehr großer. Das ließ sich ja denken.»

Der Bankangestellte unterbrach. «Wie ich sehe, werden mich die Herren eine Zeit lang nicht brauchen, entschuldigen Sie also, oben warten Kunden.» Er schloß den Panzerschrank ab und ging, wobei auch die Eingangstür nicht offen blieb.

«Das ließ sich denken», wiederholte Myers. «Fragt sich nur, was darin ist.»

«Sehen wir nach!» sagte Herr de Bouchard, zog sein Taschenmesser, schnitt den Umschlag auf und nahm daraus einen mehrfach zusammengefalteten Bogen.

Sein Begleiter, der bisher jede Bewegung mit Gelassenheit verfolgt hatte, griff unerwartet hastig nach dem Bogen und entfaltete ihn rasch, aber vorsichtig auf dem Tisch.

«Was ist das?» fragte Bouchard ahnungslos. «Der Plan zu einer Gartenanlage? Was soll daran von Bedeutung oder gar von Wert sein?»

Der andere betrachtete den Plan mit brennenden Augen. Er vergaß zu antworten.

Dann ging er zur Tür und überzeugte sich, daß sie zwar geschlossen, aber nicht abgeschlossen war.

An den Tisch zurückgekehrt, faltete Myers den Plan zusammen und steckte ihn in die Tasche.

«Aber nein!» sagte Herr de Bouchard unangenehm überrascht. «Tun Sie das bitte nicht. Ich fühle mich nicht berechtigt, diese Zeichnung wegzugeben.»

«Sie bleiben jetzt hier», sagte Myers und wandte sich zum Gehen.

«Was fällt Ihnen ein! Ich denke nicht daran!»

«Aber ich!» erwiderte Myers, zog eine Pistole aus der Manteltasche und hob sie gegen Herrn de Bouchard.

In diesem Augenblick flog hinter ihm die Tür auf.

Mit einer jähen Bewegung wandte sich Myers von Bouchard ab.

In der Tür sagte Fox: «Lassen Sie das bleiben, Wilton!»

Der Schuß krachte. Drei Spannen neben Fox saß ein Loch im Verputz.

Und dann krachte ein zweiter Schuß, aber diesmal nicht aus der Waffe Wiltons, sondern hinter ihm.

Wilton drehte sich ein wenig, fast wie erstaunt, und brach zusammen.

«Ich fürchte, Sie haben zu gut gezielt, Herr Lebrun!» sagte Fox zu dem Mann, der eben noch Herr de Bouchard gewesen war, und kniete neben Wilton. «Nein, da ist nichts mehr zu machen.»

Eine Stunde später saßen Fox, Lebrun und Dr. Sinan, der mit Fox gekommen war, im ersten Stockwerk der Bank beisammen in einem Zimmer, das auch sonst nur bei Besprechungen im engsten Kreise benutzt wurde und deshalb recht freundlich eingerichtet war. Die Mittagssonne schien durch zwei hohe Fenster.

«Für ihn war es der letzte Ausweg», sagte Fox nachdenklich. «Trotzdem habe ich dem Mann so viel Unbesonnenheit kaum zugetraut. Selbstverständlich müssen ihn die Zeitungsnachrichten gestern abend rasend gemacht haben, vollends weil er noch unmittelbar vorher bei mir war und nun das Gefühl hatte, düpiert worden zu sein. Was freilich nicht zutrifft, wie Sie ja wissen, Dr. Sinan, da Sie erst nach ihm zu mir kamen. Als nun vollends später auch noch Herr Lebrun erschien, auf meinen Vorschlag hin sofort die Zeitungen informierte und dann aus dem Handgelenk seine Rolle als Bruder de Bouchard für Ancenis erfand – eine glänzende Idee, auf die ich nicht gekommen wäre! –, da hatten wir die Falle so schön aufgebaut, daß man sich ziemlich auf sie verlassen durfte. – Wilton dachte ein bißchen zu langsam, daran lag es. – Wir, meine Herren, sollten jetzt zum Essen gehen, ich muß aber bekennen, daß mir der Appetit verdorben ist. Ihnen auch? Fragen wir einmal, was sich da tun läßt.» Durch das Tischtelefon erkundigte er sich bei der Hauszentrale, ob dort wohl veranlaßt werden könnte, daß Kaffee herauf geschickt würde? Ausgezeichnet, danke.

«Denn es ist doch immer eine trübselige Sache», fuhr er fort, «wenn einer so daliegt.»

Lebrun fragte: «Wäre es Ihnen lieber, Sie lägen da? Es blieb mir nichts anderes übrig.»

«Ja, sicher. Sie wissen noch nicht, Herr Lebrun, daß ich, unmittelbar nachdem Sie mit Wilton das Bankgebäude betreten hatten, den Fahrer des Wagens festnehmen ließ. Die beiden kannten sich gut, ich würde mich nicht wundern, wenn sich herausstellte, daß der Fahrer der tatsächliche Mörder Lord Meldrums und jener zwei Männer aus der Gruft ist. Aber natürlich steckte Wilton dahinter.»

Der Kaffee wurde gebracht.

«Eins wundert mich ja», sagte Fox, sogleich weniger

melancholisch. «Nämlich: Wie Sie imstande waren, lieber Lebrun, die Rolle des Bruders Bouchard so durchzuführen, daß Wilton nichts merkte. Stellen Sie sich vor, er wäre mißtrauisch geworden! Oder stellen Sie sich's lieber nicht vor.»
«Gelernt ist gelernt!» antwortete der Kriminalkommissar und ließ ein Zuckerstück nach dem andern in seiner Tasse zergehen.
«Wieso? Bekommt die Polizei neuerdings Schauspielunterricht?»
«Das nicht. Aber als ganz junger Mensch war ich doch bei der Bühne.»
«Lebrun! Das erfahre ich jetzt erst? Bestimmt hätte ich für Sie schon die herrlichsten Rollen gehabt!»
«Das Genie wird eben meistens zu spät erkannt. Sie hätten den Auftritt ‚Ancenis, ein altes Herrenhaus' miterleben sollen! O, wie wir uns gegenseitig die Stichwörter brachten, mit welcher ahnungslosen Gutmütigkeit ich mich übertölpeln ließ!»
«Ja —», sagte Fox, «das Stück wird sich nun leider nicht wiederholen lassen. Ich hätte nicht nur mir eine Aufheiterung gewünscht, sondern auch Herrn Dr. Sinan, der sich bisher mit einer stummen Rolle begnügt.»
Lebrun gab, mit einem Blick auf die Uhr, zu bedenken: «Ich meine, Sie sollten jetzt aufbrechen.»
«Wohin?»
«Nach Ancenis.»
«Das eilt nicht.»
«Es eilt nicht gerade», sagte Lebrun, «aber ich spreche aus rein menschlichen Erwägungen, denn so jung sind die Leute auch nicht mehr.»
«Welche Leute?»
«Herr und Fräulein de Bouchard. Ich habe sie schon um acht Uhr in den Keller gesperrt, damit sie mir nicht in die Quere kommen konnten.»

«Großer Gott – und da sitzen sie noch?»
«Wenn sie niemand herausgelassen hat. Kellergang dritte Tür links, der Schlüssel steckt außen.»
Fünf Minuten später verließ der Wagen des Legationsrats die Stadt Nantes. Der Diplomat saß am Steuer, Fox neben ihm. «Denn», sagte er und streckte sich, «ich möchte auch einmal nichts tun. Können Sie sich vorstellen, wie mir zumut ist? Alle Mühen und Plagen sind nichts gegen solche Augenblicke, in denen man weiß, daß eine Sache erfolgreich abgeschlossen ist. Und noch dazu diese Sache!»
«Ich», erwiderte Sinan, «bin außerstande, alle die Zauberkunststücke zu ordnen, geschweige denn zu begreifen, mit denen Sie uns überrascht haben. Wenn ich denke: Vor vierundzwanzig Stunden ahnte ich noch nicht einmal, daß man gegen Lord Meldrums Mörder vorgehen will! Und jetzt ist die ganze üble Angelegenheit schon so gut wie erledigt!»
«Es liegt, wie bei allen Zauberkunststücken, an der Geschwindigkeit, auf die niemand gefaßt ist. Übrigens hat Lebrun sich selbst übertroffen, ich hätte ihm das, unter uns, nicht zugetraut. Nun, um so besser. Überlegen Sie nur: Keine Verhaftung, keine Untersuchung, kein Prozeß, vor allem aber keine Zeugenvernehmungen, keine Sensationsberichte. Und nun kommt, was ich Ihnen gestern abend prophezeite: Dies alles wäre nicht möglich gewesen ohne das märchenhaft raschentschlossene Handeln des Legationsrats Sinan.»
«Das ist doch einfach nicht wahr, Doktor Fox!»
«Wahr oder nicht. Es ist wie im Krieg. Ein Unterführer handelt gegen den Befehl, den er hat, weil er es besser weiß. Geht die Sache schief, wird er erschossen. Geht sie gut, ist er ein Held und bekommt den höchsten Orden.»
«Ich wußte es aber nicht besser.»
«Nein, aber ich. Die Wirkung bleibt sich gleich. Einer

von uns, lieber Sinan, kann jetzt Karriere machen. Bei mir ist das nicht möglich, also werden Sie es tun.»
«Dadurch, daß ich eine Indiskretion begangen habe!»
«Ich dachte, Sie wären Diplomat», sagte Fox so trocken, daß der Legationsrat lachen mußte. «Und nun bedenken Sie ein Zweites – Ihren Vorgesetzten gegenüber bedenken Sie es nicht nur, sondern betonen es!! Während Sie zur unglaublich schnellen Aufklärung des Mordfalles Meldrum die wertvollste Hilfe leisteten und sogar persönlich unter Lebensgefahr mitwirkten (denn wer sonst als Sie hat mich nach Nantes gebracht zu einer Zeit, zu der Sie gewöhnlich noch schlafen!), gelang es Ihnen, den längstgesuchten Plan der Ptolemäergruft sicherzustellen und dadurch zu verhindern, daß er je wieder in unrechte Hände gerät! Ich möchte sagen: Sie haben ein Nationalheiligtum Ägyptens vor Raub und Plünderung gerettet (auch wenn es wahrscheinlich schon lange nichts mehr wert ist, aber das denken Sie nur und betonen es nicht!). Ich ahne, daß man Ihnen noch bei Lebzeiten ein Denkmal setzen wird.»
«Und was haben Sie davon?» fragte Sinan.
«Lassen Sie doch mich aus dem Spiel, es interessiert mich wahrhaftig nicht mehr.» Dies war der Punkt, den Fox angesteuert hatte – jetzt kam er mit lässiger Eleganz um ein gewisses Dreieck herum, das gar kein Dreieck, sondern ein A war. Dieses A behielt er für sich, als sein alleiniges Eigentum. Auch davon hatte er nichts – nichts als das ungeheure Bewußtsein, unter allen den Milliarden von Menschen der einzige zu sein, der über dieses A Bescheid wußte.
«Wir haben», sagte er, «jetzt nur noch eine Kleinigkeit zu tun, anstandshalber.»
Sinan lächelte: «Die Kellertür aufzuschließen.»
«O ja, tun Sie das!» sagte Fox.
«Ich?»

«Mir ist es zu gefährlich. Aber ich mache Ihnen einen Vorschlag: Sie werden, damit der erste Sturm schnell vorübergeht, Öl auf die befreiten Geschwister gießen –»
«Ein schönes Bild!»
«– und erklären, daß Ihre Regierung das gerettete Papier sofort und gegen Barzahlung kauft.»
«Selbstverständlich. Wissen die Leute, worum es sich handelt?»
«Nein, das ist auch nicht nötig, komplizieren Sie die Sache nur um Himmels willen nicht schon wieder, sonst wird das Papier immer teurer. Bieten Sie so viel, daß das Haus des Obersten de Bouchard nach anderthalb Jahrhunderten wieder instandgesetzt werden kann und die Geschwister eine anständige Rente bekommen.»
«Wo ist übrigens der Plan?»
«Hier!» sagte Fox. «An meinem Herzen treu geborgen, wie bei Don José, nur kann ich nicht so schön singen. Da vor uns, das ist Ancenis. Jetzt kommt der Abstieg in die Unterwelt, mein lieber Dr. Sinan, ich werde oben an der Treppe stehen bleiben und aufpassen, daß niemand die Geschwister stört, wenn sie im Keller einen Legationsrat zerstückeln. Denn warum soll immer ich es sein, der den Kopf hinhält!»

Am Abend dieses Tages rief Yvonne bei Fox an, so hatten sie es abgemacht. Als er sich meldete, fragte sie: «Bist du wieder da?», und man hörte, daß ihr ein sehr großer Stein vom Herzen fiel.
Eine halbe Stunde später kam sie und fand ihn ein wenig blaß und müde, aber in bester Laune.
Er begann damit, daß er Grüße der Bouchards ausrichtete. Für den Herbst, sagte er, seien Herr und Frau Reineke aufs dringlichste nach Ancenis eingeladen, denn bis dahin, hofften die Geschwister, werde das alte Haus in neuem Glanz erstrahlen.

«Haben die denn so viel Geld?» fragte Yvonne, und nun konnte er den Film des Tages ablaufen lassen. Die Rolle, die der Kommissar Lebrun darin spielte, hätte von Goldoni geschrieben sein können – aber das durch Yvonne vertretene Theaterpublikum wurde nicht so heiter, wie Fox erwartete. «Ich muß nämlich immer an das Loch im Verputz denken», sagte sie. «Darauf oder auf irgend so etwas hättest du doch gefaßt sein sollen!»
Die Bank von Frankreich, antwortete er, werde an den Ausbesserungsarbeiten wohl nicht zugrunde gehen.
«Ja, aber –», sagte Yvonne.
«Jetzt müssen wir überlegen, meine Liebe, was wir mit meinem alten Freund Helfering machen.»
«Machen?» fragte sie und ließ sich ablenken. «Hat er denn mit der ganzen Geschichte noch etwas zu tun?»
«Nein, glücklicherweise nicht. Denn stell dir vor, er wüßte von dem Plan der Ptolemäergruft etwas Näheres und daß ich ihn aus der Hand gegeben habe!»
Dabei sah Fox die liebe Yvonne von der Seite an. Auch sie wußte ja nicht alles. Den geheimnisvollen Buchstaben A behielt er für sich. Nicht einmal den Frauen darf man Unmögliches zumuten. Und er dachte auch an Yvonnes eifrige Studien und an ihre grenzenlose Phantasie, an die Hartnäckigkeit, mit der sie ihre Ziele zu verfolgen wußte und daß sie diesen Buchstaben A, wenn er das Geheimnis preisgab, fortan täglich dreimal an die Wand malen und noch als alte Frau davon sprechen würde. Nein, man darf die Menschen nicht unglücklich machen.
«Helfering?» fragte Yvonne. «Meinem Gefühl nach sollte er nichts davon erfahren. Du weißt, ich liebe ihn sehr. Er hat aber auch seine Schwächen. Nämlich eine gewisse Eitelkeit.»
«Eine sehr gewisse!»
«Und dann diese Neugier.»
«Aha!» sagte Fox hintergründig. «Ja, die Neugier. Ohne

sie gäbe es aber keine Wissenschaft, denke ich. Dir liegt so etwas natürlich fern.»

«Es liegt mir nicht fern», antwortete sie. «Aber ich bin ohne Bücher und Hörsäle aufgewachsen.» Sie lehnte sich zurück und bekam jenen Blick in die Augen, der weit über das Gegenwärtige hinaus ging. «Was ich hörte, war der große Gesang aus Wind und Wasser oder das noch größere Schweigen, und was ich sah, waren Wolken und Sterne. Hat das mit Wissenschaft zu tun? Die Wahrheit erfahren wir nur, wenn wir nicht fragen.»